让我我行上

酱子贝 著

TC-SOFT

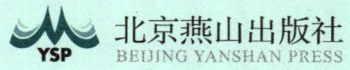
北京燕山出版社
BEIJING YANSHAN PRESS

contents

001　**第一章**
　　中单替补

021　**第二章**
　　TTC·Road

042　**第三章**
　　Soft 现身比赛现场

061　**第四章**
　　和偶像一起双排

080　**第五章**
　　失业主播

126　**第六章**
　　试训

153　**第七章**
　　醉酒的 Soft

171　**第八章**
　　电竞圈地震

202　**第九章**
　　受罚

236　**第十章**
　　身高的硬伤

269　**第十一章**
　　春节假期

"我当时是不是挺小气的？"
"只给你买了一杯牛奶。"

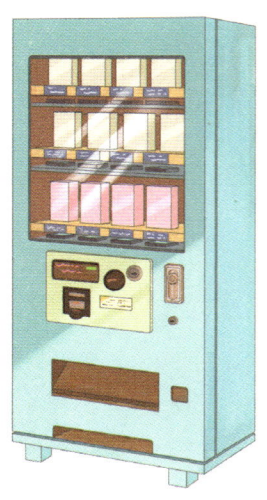

只要让我上．
我就可以赢．

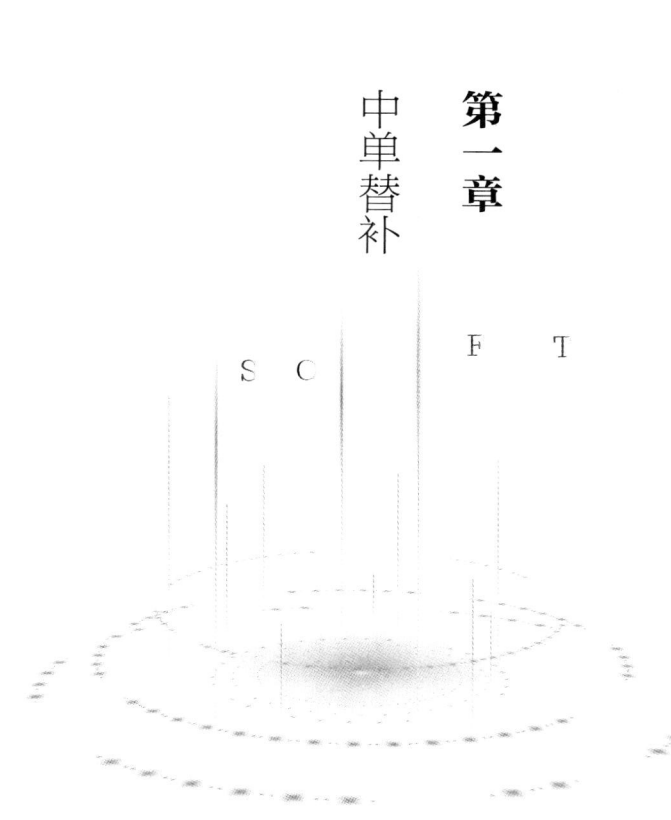

第一章 中单替补

SOFT

十一月二日下午五点，上海下了一场细密的小雨。

上海东方体育中心外挤满了人，他们手上拿着印有电竞战队 logo 的手幅或灯牌，正井然有序地排队入场，每个人脸上布满兴奋和期待，这场雨似乎对他们没有丝毫影响。

今天，英雄联盟 S10 全球总决赛的半决赛将在这里举行。参加比赛的两支队伍分别是来自 H 国赛区的 HT 战队和来自中国赛区的 TTC 战队。

在这场比赛中获胜的队伍，将获得参加下个礼拜全球总决赛的机会。

因为占有主场优势，放眼看去，粉丝们手上拿的"周边"几乎都印着 TTC 的皇冠队标。

一辆大巴车在体育馆右侧停下，乌黑锃亮的车身上印着白色的皇冠队标，保安见状，连忙起身工作，拦住所有想上前堵车门的媒体和粉丝。

大巴车门缓缓打开，TTC 成员一一下车，他们在粉丝的尖叫声中微笑着挥手点头。

当最后一位成员下车时，周围的尖叫声明显变大，粉丝们的灯牌挥舞得更加卖力。

人流量多难免发生意外。一块写着"TTC"的应援牌忽然落在地上，紧跟着响起的是女生的尖叫声和保安的喝止声。

女生焦急道："抱歉抱歉，我被推了一下，实在抱歉，你能帮我把灯牌拿回来吗？拜托你了。"

保安说："我一会儿再帮你捡，你往后退一退。"

保安话音刚落，就有人弯腰把灯牌捡起，再递还过去。

捡起灯牌的男人穿着黑白队服，头发乱得有些随意，仔细看还能发现他狭长的眼尾有一道靠在某处睡觉时留下的印子，再往下是高挺的鼻梁和微抿的薄唇。

女生一脸呆滞，看了他几秒，才低头去看对方递过来的灯牌。

他五指修长，拇指和食指中间有颗不明显的痣。

女生呆呆地接过灯牌："谢谢。"

男人小幅度地点了点头，转身走进了比赛场馆。

直到看不见对方的背影了，女生才后知后觉地回神。

她抱紧自己的灯牌，猛地转身去抓身边好友的衣服，激动地尖叫："是 Road！是路神！路神朝我点头了！他还摸了我的灯牌，啊啊啊——"

TTC 众人到了后台休息室，神情明显放松许多。

TTC 的辅助小白往椅子上一坐，拿出镜子看了看自己出门前抓了半天的发型："刚刚那个姑娘的嗓门太强了，我国男足不夺冠肯定是因为缺了她的应援。"

领队兼教练用笔记本不轻不重地拍了一下小白的脑袋："你别疯言疯语。"

说完，教练回头看了眼刚落座的路柏沅，也就是 Road。对方左手拿着手机在滑动屏幕，右手随意搭在扶手上，正轻微地舒展手指。

比赛开始前半小时，教练开始给大家做赛前指导。

说到最后，教练看向队里的中单，冷不防点名："Kan，我之前说的都记得吧？"

被叫到的人半秒后才反应过来："啊……哦，我当然记得，一定不犯之前的错误。"

路柏沅扫了 Kan 一眼，待教练全部交代完毕后起身，说："我去下厕所。"

水浇在路柏沅手上，带起一阵刺骨的凉意。

"你还可以吗？"

听见声音，路柏沅抬头，从镜子里看向站在自己身后的教练。

几秒后，路柏沅关掉水龙头，抽出纸巾把手擦干，平静地对上教练的视线："只要让我上，我就可以赢。"

星空TV英雄联盟直播频道，此时官方转播的房间观众人数已经高达八亿，稳稳地占据英雄联盟频道第一名，再往后是退役后来开直播的前职业选手们。

一眼望去，直播间的名字都是"S10半决赛""激情解说""TTC必胜"之类的字眼。

第一页里，排名最末的直播间名字成了页面中的一股清流。

"今天偷懒——Soft"，直播间热度一亿三千万。

简茸拿了外卖回来，看见直播里还是主持人在唠嗑，便顺手打开外卖包装。

外面下雨，外卖迟了快半小时，他饿得前胸贴后背。

"不是吧？不是吧？你让大家伙在这儿看你吃外卖？"

"消极直播，举报了。"

"吃的啥啊？"

"炸酱面。"简茸刚睡醒没多久，调子懒洋洋的，"我不吃饱，哪有力气给你们解说？"

"嗯嗯，你多吃点，我怕你一会儿没力气喷人。"

"我退坑多年，想问一下，这名主播是谁？人气为什么这么高？也是退役选手吗？长得这么帅？"

"这位是英雄联盟频道知名气人主播。"

"嘴臭主播。"

"菜鸟主播。"

"房管把这个说我菜的封了……算了，我自己封。"简茸放下筷子，给那个说他是菜鸟的人安排禁言套餐。

简茸跟观众们随便聊了一会儿，两个战队的选手终于上场准备了。

简茸盘腿坐在电竞椅上，一只手托着外卖盒底，咀嚼的动作慢了一点，目光不自觉地往左侧第二人那里瞟。

TTC 的打野 Road 已经落座，此时正在调试设备。他似乎刚洗过脸，前额的发尾有点湿。

导播开始给各位选手特写镜头，轮到 Road 时，镜头停留的时间明显比其他人要久一点，解说立刻把话题转到了 Road 身上。

解说甲介绍道："接下来镜头给到的是 TTC 乃至我们英雄联盟的王牌打野，TTC·Road！路神今天一如既往地帅气啊。"

解说乙："是，而且他看起来一点也不紧张。"

"他不愧是 TTC 的定海神针，往那儿一坐，我就觉得特别安心。"解说丙笑了一下，随着镜头转移道，"不过中单 Kan 今天看起来好像蛮紧张的。"

解说乙："是有点，按理说不会啊，他都打了四次 S 赛了。希望他赶快调整一下，争取在进入游戏之前放松下来。"

简茸扫了眼弹幕，咽下面条，回答："我觉得谁会赢？不知道，看双方状态。TTC 赢了发不发红包？我又不是 TTC 的推广大使，他们赢了，我为什么要发红包？……Kan 厉害还是我厉害？我。"

老粉立刻刷起一堆"666"，他们早就习惯了 Soft 的风格。

Soft 是两年多前入驻直播平台的，刚进平台几个月就爆火。其中原因众多，要真挑出几个来说，一是实力强劲，直播质量高；二是他性格狂妄，十分敢说。

但也有一些新观众看不惯他。

"你也就只能在直播间里耍耍嘴皮子了。"

"你以为击杀过 Kan 几次就了不起了？Kan 是发育团战型选手，跟你这种技术菜鸟的憨憨肯定不一样。"

"我不知道什么是'发育团战型选手'，我只知道线上能把对手击杀回家就是赢家。"简茸说，"上次是谁剪了我排位赛里击杀 Kan 的视频合集？

给这位粉丝发一份。"

"这个主播这么狂的吗？是'Kan黑'？"

"别，你千万别误会，他对谁都这样，不只对你们家Kan，不过Kan这个赛季打得是真烂。"

"我一时间竟然想不出哪个知名选手没被Soft毒舌过。"

"有的！他没毒舌过Road！"

"行了，比赛开始了。"简茸打乱弹幕上的节奏，移动着自己视频界面的位置，"这视频窗口是不是遮到比赛界面了？我关一会儿。"

"别啊！我就是来看你的脸的！你要是关了，我还不如去看比赛直播！"

"别关，我就靠你这头蓝色玩意儿提神了。"

简茸刚开播时，曾经因为长得太好看，被直播间管理者分到了"颜值区"。

他皮肤白，睫毛又长又密，眼睛比女生还水灵，鼻尖右侧有一颗小小的痣，这长相完全是颜值区的门面担当。

但简茸被分到"颜值区"的关键原因，还是他染了一头蓝发。

水蓝色把他衬得更白，往耳朵上挂个麦克风就能左转出道。

不过简茸没在颜值区待多久。他因为辱骂观众被投诉，连着投诉几十次后，管理者老老实实把他放回了英雄联盟区，毕竟颜值区的弟弟妹妹们心理承受能力还是太弱。

简茸这句话显然不是在征求他们的意见，说完之后他就麻利地把视频关了。

他开着视频，"嗦粉"都不自在。

他无视弹幕上的抗议，直接把比赛视频最大化，专心看起比赛。

比赛是BO5赛制，五局三胜，这不仅考验选手的实力，更考验选手的心态和耐心。不过场上坐着的都不是职业新人了，每个人的状态都非常稳定。

第一局，TTC针对敌方上路，成功反蹲敌方打野两次，三十五分钟就轻松拿下了比赛。

第二局，TTC开局下路就创造了极大优势，率先破掉了敌方的下路高地塔，却因为Kan连续被敌方偷袭两次给了机会，在第四十五分钟遗憾输掉比赛。

比分来到1:1。

弹幕刷得厉害，全是说Kan技术菜的，还有人问简茸为什么不骂Kan了。

"我骂累了。"简茸看着上场比赛的数据，说，"8300点伤害……四十五分钟，他就打了8300点伤害。我往中路放一只河蟹，河蟹的伤害都比他高。"

"你整天就知道在直播间里瞎叨叨，你行你上啊！"

"你行你上"这句话，简茸一天能在弹幕上看到千八百句。

他懒得搭理，靠在椅上专心看起第三局比赛。

如果说前两局Kan技术平平的话，这一局第五分钟Kan一次闪现失误，白白送了一分就实在是离谱了。

不过好在Road一如既往站了出来，中后期利用青钢影的抓人优势，带着上单连续逮住对方好几次，十分艰难地取得胜利。

第四局更加漫长。

Kan前期终于正常发挥了一次，对线期没有出事，可到了中后期的团战期，他竟然半血坑了队友两次。

一些水平不够的玩家或许会觉得Kan这两次逃跑情有可原，但简茸非常明白，这两场团战Kan如果后续伤害给足，完完全全可以换掉对方两至三个人。

别说职业选手，这团战就是放个铂金水平的玩家上去打，都不可能选择抛弃队友逃跑。

第五十二分钟，TTC输掉第四场比赛，比分来到2:2，双方都拿下了赛点。

第四局比赛结束的那一瞬间,Road率先起身,头也不回地走进后台,一个眼神都未给自己身边的Kan。

"主播怎么不说话了?"

"代入感太强,我已经帮Road捶爆了Kan的头。"

"主播竟然已经足足两局没有骂Kan了!"

简茸短暂地安静了一会儿,直到比赛镜头给到Kan。

Kan是一个有点胖的大高个,长相老实,非常随和,此刻他低垂着头,表情十分愧疚。

"你们猜他在想什么?"简茸忽然开口。

"难过吧,毕竟他年纪大了,今年都二十四岁了,手速和脑子都比不上年轻人了。"

"Kan年轻的时候也没有很厉害,OK?估计队里最拖后腿的就是他了。"

"大家留点口德,Kan也帮战队取得过不少胜利。"

弹幕吵得热闹,最终被简茸一句话打断:"我猜他在想……'我这两局演得这么好,一会儿要让庄家多给我分点钱'。"

这话一出,无论是"黑粉"还是"粉丝"都愣住了,屏幕瞬间被问号充斥。

简茸话里的意思很明白,暗讽Kan是在配合开赌局的庄家演戏。

英雄联盟联赛发展到现在这个规模,自然躲不掉被搬上赌桌的命运。很多战队都被质疑过"打假赛",不过都是观众们私底下吐槽,不会搬到台面上说。

简茸话音刚落,屏幕上几乎全是攻击他的弹幕。

"你平时毒舌选手可以当作开玩笑,现在污蔑别人清白就有点过分了。"

"我已经打电话举报了,主播真恶心。"

"无凭无据说这种话不好吧?"

简茸懒得和弹幕吵,这四场比赛看得他头疼,干脆起身去冰箱拿一瓶冰咖啡。

他再回来时，双方战队第五场的上场人员名单出来了。

TTC连上两名替补，一名替补中单，换下"状态不佳"的Kan。

一名替补打野，换下了队伍支柱Road。

看见两位面生选手穿着TTC的队服上场，简茸拿着刚打开的罐装咖啡，一时间忘了喝。直播间弹幕疯狂刷起了问号，简茸的电脑都被刷得卡顿了几秒。

别说观众了，就连刚上场的两位TTC替补选手——尤其是代替Road上场的那位，眼底仿佛也带着些许迷惘。

三位解说脸上挂着尴尬又疑惑的笑，互相对视几眼。

"TTC这应该是有什么战术吧？"解说甲僵硬地抛出话题。

另一人接收到同事的讯号，忙点头："他们肯定是练了什么绝招，不过如果我没有记错的话，TTC的打野替补应该是第一次上场吧？"

"对，这位打野实力也很强劲，是非常擅长开团的选手。"

比赛还没正式开始，简茸不想听解说们'尬聊'，关掉比赛直播的声音，问："TTC什么时候有替补打野的？"

其实TTC这位替补打野已经不是第一次掀起话题了。

早在报名阶段时粉丝们就发现TTC名单最末有一个陌生名字，据说是青训队直升上来的打野。因为这件事，TTC的官方微博还被粉丝们爆料过——准确来说，是被Road的粉丝爆料过。

毕竟TTC手握王牌打野Road，Road入队以后，TTC的替补名单从来没有安排过打野选手。

"这名替补好像夏季赛就在了。"

"上一场如果让替补中单上，或许TTC的胜率会更大。"

"这名替补打野终于来了，坐了一个赛季的冷板凳，再不上场，我都要以为他是TTC拿来凑数的。"

"TTC到底有什么绝招？好奇。"

简茸挑了挑眉，没说话。

就算TTC真有什么神秘招数，那也不该放着Road不用，让一个从没上过场的替补上来打配合。

手机响了一声，简茸重新打开直播声音，光明正大地拿起手机偷懒。

石榴："大哥，你怎么什么都敢说啊？"

石榴是简茸为数不多的好友之一，也是星空TV的一名男主播，以前玩英雄联盟，现在改道去别的频道混了。

艹耳："干吗？"

石榴："你居然在几十上百万人面前说Kan打假赛，难道不怕他的粉丝针对你啊？"

艹耳："我连他本人都不怕，还会怕他粉丝？"

石榴本想回一句"你真厉害"，又想起他这朋友似乎一直这么有个性。

石榴："你就少说两句吧，我真怕哪天那些英雄联盟选手要联合起来对付你。"

艹耳："我没骂Kan，我刚才是在夸他。"

石榴："怎么说？"

艹耳："以前他虽然也菜，但好歹还在钻石水平。但他今天那几次操作，没十年脑血栓都打不出来，我说他打假赛，不是变相夸他的实力应该远在他的发挥之上吗？"

石榴木着脸收起手机，心想：罢了，不与键盘侠争长短。

简茸的想法没错，TTC没有准备什么"绝招"，至少这一局没有。

第五分钟，TTC的打野在野区逛街被击杀。

第十二分钟，TTC的打野去中路抓人，被敌方反蹲，敌方拿下双杀。

主心骨不在，两名首发队员下场，队里另外三名首发选手也明显不在状态，再加上打不出队伍配合，比赛第二十分钟爆发的第一场大团战，

TTC 被打得团灭。

简苷看了一眼双方的差距，知道这局 TTC 翻盘无望，懒得浪费口水去解说了。他点开直播间的弹幕助手，想跟"水友们"来一些"友爱互动"。

"TTC 是真的打得烂呀。"

"主播怎么不喷人？"

"我总算知道这名替补打野为什么一个赛季都没上场了。TTC 有病吧，在半决赛把他放上来恶心人？Road 前几把打得那么好，为什么要换人？"

"得了吧，Road 的水平也不咋样，TTC 全员技术不在线。你们看看 Road 这几年打的都是些什么比赛，赶紧退役吧！"

简苷动动手指头，把后面那骂人的号封了，那人很快开小号卷土重来。

"只是骂两句你就封踢我？你不也天天点评游戏选手，怎么不把你自己封了？"

"我看你不爽就封你，不服憋着。"简苷懒得解释。键盘侠之间的对决不需要讲道理，能气到对方就完事儿了。

简苷靠在椅子上，挑了一个舒服的姿势才继续往下说："替补打野的确有失水准，但他第一次上场就打半决赛的决胜局，打得不好也情有可原吧，能看出他私底下应该很少和首发队员练配合。况且队里其他人打得也不怎么样，当钻石排位局看就得了。"

"替补中单倒还行，勉强比前四局的 Kan 有点用……当然还是没我强，别问这种废话。"

比赛第三十二分钟，万众期待的第五局决胜局终于接近尾声。

这一场游戏里，TTC 几乎完败。

比赛最后，HT 的队员逼到 TTC 的泉水前，对 TTC 进行了近三十秒的虐泉战术。

此时此刻，TTC 的休息室里一片死寂。

赛方工作人员受了氛围影响，大气儿都不敢出，敬业地扛着摄像机进行拍摄，并连着给了坐在沙发上的 Road 好几个特写。

Road 平静地看着屏幕，右手随意搭在沙发扶手上。他的队服外套穿得松垮，衣袖把他整个手掌都套了进去。

Kan 坐在角落里，他反复咬了几次下唇，终于在自己队友被敌人虐泉时忍不住了，看向路柏沉，道："队长，我都说了这局我可以打。"

路柏沉仿佛听不见他的话，甚至瞧都没瞧他一眼。

Kan："虽然我前面发挥得不好，但是……"

"行了。"教练沉着脸打断他，"你别说了。"

几分钟后，TTC 的队员们回到休息室。他们垂头望地，每个人都像脖子上被勒了一根看不见的绳索，心情压抑得说不出话，也迸发不出其他的情绪。

他们不是没输过比赛，但是这次输得太彻底、太丢人，饶是有几次 S 赛经验的老队员也忍不住红了眼眶。

教练做了几次深呼吸，简单安慰了他们几句，就赶紧走去阳台打电话联系队车了。现在粉丝情绪激动，他必须让赛方多安排几名保安来维持秩序。

在这死水般的沉默中，路柏沉终于有了动作。

他拿起身旁的棒球帽随意戴上，帽檐压得有些低，说："回去了。"

队员们依着他的话起身，木木地往门外走。

TTC 的替补打野是一个面容青涩的大男孩，刚到官方许可参赛的条件就被管理层从青训生里提了出来。他失魂落魄地走在人群末端，右手紧紧攥着外设包的肩带，用力地抿着嘴唇。

他离后门出口还有一段距离，却已经能听见场馆外粉丝的吵闹声。这一瞬间，他忽然觉得那些模糊的话语里全部掺杂着自己的 ID，还有一些嘲笑讥讽的词语，他甚至幻想着自己此刻已经走出后门，然后被印有"TTC"字样的灯牌砸得头破血流。

当他快要忍不住停下脚步时，肩膀被不轻不重地拍了两下。

"辛苦。"路柏沉说，"回去加练。"

男孩仿佛被这两下拍出了一道口子，眼泪在这一瞬间汹涌而出。他先是重重地点了点头，然后用衣袖捂住脸，忍不住呜咽出声。

TTC的队车直接开回基地。

下车后，教练再三嘱咐其他队员卸载论坛贴吧和微博后，跟着Road一起进了会议室。

"我已经跟联盟的人联系了，他们正在来基地的路上。"教练接了一杯开水，放在路柏沅面前，沉默几秒后问，"如果事情真是你想的那样，怎么办？"

路柏沅说："照规矩办。"

教练紧皱着眉头，办事一向干脆利落的他此刻一脸犹豫："Kan他……他在TTC待了七年，比你和我待的时间还长。"

路柏沅"嗯"了一声："所以？"

"我明白了。"教练看到桌上没被动过的纸杯，眉头皱得更紧了，问，"你的情况怎么样？医生那边我催过了，他马上到，啧……我就该让他跟着一块儿去现场的。"

路柏沅伸直胳膊，把右手露出衣袖："好多了。"

教练看了一眼："都这么久了，它还在抖？"

路柏沅说："中间两局打太久。"

"你少诓我！你以前一天训练十几个小时，现在跟我说五十分钟的比赛时间长？你肯定偷偷加练了！"教练看得心疼，"这几天你别训练了，游戏都别开，听见没？"

路柏沅心里有数，他训练的时间确实超了医生规定的时长，还超了不少。

左右最近自己没比赛要打，路柏沅点头："我知道了。找中单的事有进展了吗？"

"你都这样了，能不能少操点心？"教练说教完，还是老实道，"有。团队最近从青训生、国服积分排名榜和马上合约到期的中单里挑出了几个人,还得一个一个考察筛选才有结果。"

路柏沅说:"名单也给我一份。"

"当然会给你。"教练想起什么,忍不住皱起鼻子,"但是有些话我得说在前面,咱们是在找队友,不是找老婆,你别那么挑剔,要给别人一点成长进步的机会……上次你否掉的那几个人,现在都被其他战队瓜分走了,心疼死我了。"

路柏沅表面冷冷淡淡地"嗯"了一声,心里却想:要是找队员跟找老婆一样简单,就不用浪费这么多时间了。

翌日下午,简茸刚睡醒,就看到手机上有几条消息。

石榴:"醒了没,大哥?"

石榴:"我听说平台又要大整改了,你最近直播收敛点,少骂人。"

简茸揉揉眼,回了一句"知道",没太放在心上。

直播间整来整去也就那几件事,他一不涉黄,二不开挂,应该整改不到他头上。

还没到开播时间,简茸打算上微博随便逛逛,没想到一打开微博就被同一个名字刷了屏。

他微博关注的都是与电竞相关的博主,被刷屏的自然也是与电竞相关的话题,有几个甚至已经爬到了微博热搜上,居高不下:"据传 Road 将退役""回顾 Road 五年职业生涯""Road 传奇落幕?"……

简茸眨眨眼,睡意散了一些。

他翻了个身,慢吞吞地滑动屏幕。

"Road 退役"这个话题此时已经爬到了热搜第一,甚至把昨晚的半决赛话题都压下去了,热度高得惊人。

不过这也正常。Road 是谁,他刚入队就带着在次级联赛凑数多年的 TTC 战队打进 LPL,次年拿了 S 赛全国冠军,后来连续两年获得"最受欢迎选手"奖项，是 TTC 战队的支柱，也是 LPL 如今人气最高的明星选手。

平时关于 Road 的一个小采访都能上热搜，更别说退役这种大事。

几个电竞营销号已经发文章述起了情怀，评论里满屏哭泣和心碎的表情包，粉丝都表示自己不愿相信。

简茸也不太相信。

职业选手会退役无非就几种情况：成绩不好、实力不够、手速退步。从 Road 昨天的操作来看，这三种情况都可以直接排除了。

简茸去逛了逛 TTC 的官博，官博最后一条发的还是昨晚半决赛的赛报。

Road 的微博就更平静了，最新一条动态是广告，一个月前发的。

石榴："你刷微博没？都说 Road 要退役了。"

艹耳："我看了。这是哪儿来的消息？"

石榴："好像是内部消息，听说 Road 有手伤。"

简茸边刷牙边回想昨晚 Road 在比赛里的表现。

那是有手伤的人能打出来的操作？

他随便翻了几条 Road 的微博。虽然本人还没发声，但评论区里已经全是粉丝的留言，当然，其中还掺杂了不少黑粉的抨击。

"Road 早该退役了，打得本来就不好，昨晚还占着首发位置缺席决胜局，是想输了好甩锅？粉丝都是看脸才粉他的吧？这两年起来的新人打野不知道比他强多少。"

简茸吐出泡沫，直接点了转发。

Soft："谁比他强，你数出来我看看。"

路柏沅醒来才知道自己"被退役"了。

他简单洗漱完，开门就看见一个微胖的小身影守在他房门外，背影看起来还有些可怜。

那人听见动静，立刻回过头来，是队伍里的辅助小白，和路柏沅同一年进队的队友。

"哥。"小白咬着嘴唇，一副想哭又忍着的模样，支支吾吾地问，"你要退役啊？"

路柏沅手受伤是队里人都知道的事，虽然医生说还没到不能打的程度，但大家还是整天都悬着一颗心。

路柏沅说："嗯。"

小白蒙了，脑海中飞过无数句挽留的话，最后只憋出一句："那……那你什么时候退？"

路柏沅拉上大衣的拉链："两三年后？"

小白："……"

"行了，你别吓唬他。"教练从楼上下来，手里拿着万年不离身的笔记本。

路柏沅一只手插兜："这消息是怎么传的？"

"一开始是传你手受伤，后来有人爆料昨晚联盟的人来过基地……就演变成你要退役了。"教练说，"我让阿姨做了早餐，你先下去吃。"

基地请的阿姨已经习惯了他们的作息时间，在下午三点麻利地给路柏沅做了一份早餐。

教练将小白赶去客厅后，开口道："Kan给我发消息了。"

路柏沅切火腿的动作未停，他收到的几十条消息里就有Kan的，他只看了一条消息预览，没点进去看："联盟那边怎么说？"

"还在查，没这么快的。"教练说，"唉，万一是我们想多了……"

路柏沅没说话。这种事情宁可错杀，不能放过。再说如果Kan真的没做，联盟也不可能随便给他定罪。

"不说这个了。"教练问，"打完比赛有一周假期，你有什么打算？"

路柏沅说："留基地。"

他最近都要针灸，回家不方便，他不想让爸妈知道自己手受伤的事。

教练点头:"行,那我让阿姨准时准点过来给你做饭。"

"不用,我随便应付。"路柏沆抽出纸巾擦了擦嘴,"名单拿来了?"

教练从本子里抽出一张纸:"这里。"

名单上只有六个人,ID旁边写着他们排位赛积分分数、直播间号码或曾经在战队里的成绩,还有管理团队给他们的各项评分。

教练说:"团队还汇总了一些他们的游戏视频,我看过了,觉得前面两个还不错,一会儿发你邮箱里。"

路柏沆的视线停留在白纸最下方,那里有一个被人用黑笔画掉的名字。

教练察觉到路柏沆的视线,解释道:"这人叫Soft,我排除掉了。他是一个主播,我觉得不太合适。"

路柏沆问:"哪里不合适?"

"各方面都不合适,我都怀疑团队里混进了他的粉丝。"教练想了想,随便挑了一个原因说,"他最擅长的英雄都是些什么……劫、亚索、男刀,反正比赛坐冷板凳的那些英雄,他都喜欢玩。"

《英雄联盟》每个英雄都有属于他们的背景和输出定位,教练列出来的三个英雄都是刺客定位,优势是灵活、爆发高。

这三个角色是路人局的热门选择,玩得好能控制全场,玩得不好能坑到队友怀疑人生。

一旦放在比赛里,他们的弱点就会被无限放大——射程短,poke(远程消耗)能力弱,过分依赖前期优势,不好开团。

在本次S赛里,这三名刺客英雄从未登上比赛舞台。

路柏沆听见这几个名字,挑了一下眉。

玩好刺客流英雄,对使用者的手速和反应能力的要求非常高。

"英雄可以练。"他说。

"是这么说没错,但是……"教练摊牌,"我觉得这个主播本身不是打职业的苗子。"

路柏沅抬眼看他："有污点？"

"算是吧。"教练说，"他其实就是一个娱乐主播，平时只打钻石分段，偶尔还会跑去打黄金局，对线的人水平参差不齐，根本看不出他的真实水平。而且他很喜欢骂人。"

那确实不能用。路柏沅问："平台也允许主播骂人？"

他记得上次小白直播时说了几句脏话，没几秒直播间就被超管暂时封停了。

"不允许，所以他骂人一般不带脏字。而且他不仅跟键盘侠互怼，还特别喜欢骂职业选手。"教练顿了一下，"这么说吧，LPL 的选手里，除了你，都被他骂过。"

路柏沅："哦。"

路柏沅拿着名单回到自己的机位，找出教练给他发的视频看了两场。

这两人相较之前那一批青训生是要好一点，但就是太中规中矩了，打得没什么大毛病，也没有亮点。

路柏沅又看了几分钟视频，抬手点了暂停，然后转头问坐在自己旁边的小白："你认识 Soft 吗？"

小白正在吃红豆派，闻言停下咀嚼的动作："刚开播错跑颜值区，又因为骂人被赶回英雄联盟区的那位蓝头发的主播？"

他一听就知道仇恨挺深。

路柏沅弯了一下唇："是他。你知道得还挺详细。"

"哥，你还笑！你是不知道那主播有多气人。"小白直言道，"他招惹的选手太多了，有人创了一个专门骂他的贴吧，我都是在里面听来的。"

路柏沅"嗯"了一声："你在里面几级了？"

"九……"小白刚吐出一个数字就闭了嘴，他咽下红豆派，咳了两声作掩饰，"你怎么问起 Soft 来了？"

路柏沅说："我随便问问。"

小白吐槽:"不过最近那贴吧里的人画风越来越奇怪,我都不爱逛了。"

小白打开手机,翻出自己关注的贴吧,点进"Soft吧",然后把手机递到路柏沅面前。

路柏沅扫了一眼上面的讨论。

"今儿这主播怎么还没开播?我都在电脑前蹲他半小时了,我女朋友都没他这么爱迟到。"

"我也在等,一天不骂他都觉得心里空落落的。"

"我看不惯这菜鸟主播很久了,兄弟们看我做得对吗?"

图片里是星空TV的送礼截图,横幅上写着一行大字——"Soft菜鸟主播在Soft直播间送出了一片星海"。

路柏沅:"……"

傍晚,路柏沅终于看完团队发来的所有游戏视频。

他揉揉眉心,关了播放器,顺手把那张名单塞进抽屉里。关抽屉之前,他的眼角余光瞄到了纸上的那抹黑色。

几分钟后,路柏沅打开星空TV的直播软件,在搜索栏里敲下"Soft",顺利进入对方的直播间。

路柏沅一进直播间,就看见主播正低着头在敲字,视频的角度只能看见他的蓝发、睫毛,还有白皙的两颊。

噼噼啪啪的敲击声不绝于耳,会发光的机械键盘被他敲成了夜店灯光。

路柏沅看向游戏界面。

不是吧你可真菜啊(影流之主):"就这操作,辅助你也配?不看看自己多少KDA(击杀率、死亡率、支援率)?野区梦游觉得自己很会?"

不是吧你可真菜啊(影流之主):"一整局三十分钟都在野区奔腾,不知道的以为你在挑自己的坟。"

不是吧你可真菜啊(影流之主):"挂机吧,别送了,让我这局玩得轻松一点。"

主播刚打完这行字,就在野区遇到了对面的辅助。他终于从键盘中抬头,几秒就操作熟练又快速地收割掉敌方辅助的人头。

"主播,别骂了别骂了,这是你的晋级赛!"

"我知道。"Soft嫌头发遮睫毛,撩了一把自己额前的碎发,露出一双好看的眼睛:"切记,晋级赛输了可以再打,蠢队友错过了就再也骂不到了,明白吗?"

路柏沅:"……"

第二章
TTC・Road
SOFT

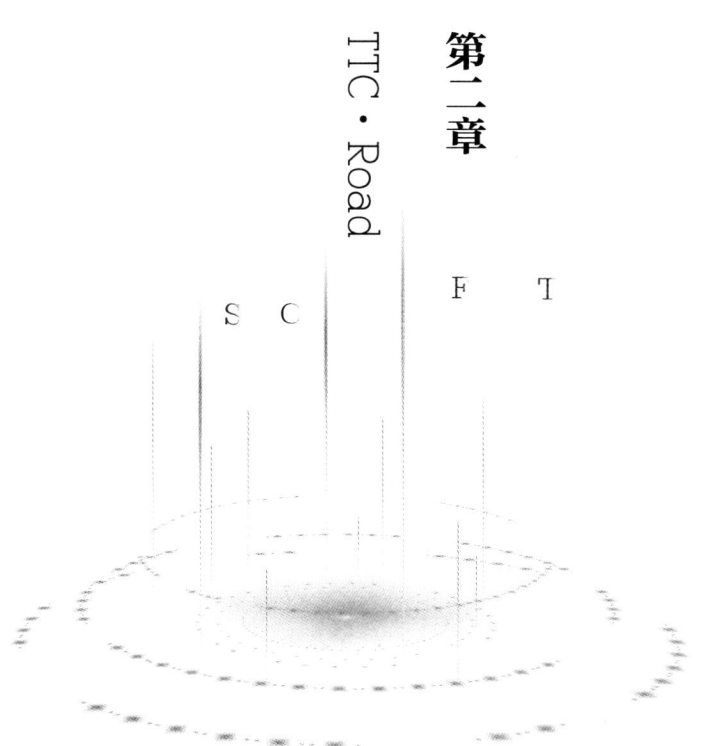

路柏沆转了转手腕，刚要关掉直播间，手机先响了。

丁哥劈头问："你怎么跑到 Soft 直播间去了？"

路柏沆皱了一下眉，几秒后抬眼看向直播间界面的右上角。

只见登录用户那儿明晃晃写着几个大字母——TTC·Road。

路柏沆沉默两秒，简单解释："我忘了切号。"

"我都让你平时别登大号，你这段时间又不需要开直播……这是重点吗？"丁哥道，"现在营销号全在发微博带节奏！"

路柏沆说："有什么节奏？我看一场直播而已。"

"而已？你平时还看过谁的直播？你连队友的直播间都不进。"丁哥停顿了几秒，才有气无力地往下说，"而且 Soft 昨晚在直播间里解说了半决赛。"

路柏沆回想了一下昨晚队友的梦游操作，心里有了底，Soft 解说时应该没说几句好话。

丁哥："这小子当着几十万人的面，说 Kan 被庄家买通了。"

路柏沆："……"

"他也真是胆大，Kan 如果有心追究，那一告一个准。"丁哥面无表情地向他复述营销号发的内容，"现在这些营销号都说你要去给队友出头。"

营销号这个想法虽然有些离谱，但大家真想不出 Road 会出现在 Soft 直播间里的其他原因了。

电话那头没了声音，丁哥叹了一口气，刚想开口，就听见一道很轻的低笑声。

他震惊:"你笑什么?"

"没。"路柏沉收起笑,说,"那我现在退出,不就真像来示威的了吗?"

丁哥愣了一下:"什么意思?你到底去他直播间干吗?"

"随便看看。"路柏沉说,"没事,我自己处理。挂了。"

简茸不知道发生了什么事,他只知道此刻直播间里弹幕爆炸,已经影响到他玩游戏了。

这台电脑是他爸留下来的东西,配置只能算是中上,勉强能开直播,但礼物特效过多就容易卡顿。

他不用看弹幕助手就知道这群人在嚷嚷什么:"别问,不换电脑,没钱。"

队里的打野已经被骂到挂机,并在对话框里扬言要让简茸丢分。

简茸看见对方的话,讥讽地笑了一声:"对付这种人,不仅要骂到他挂机,还要在他挂机的情况下让他赢,让他认清自己是废物的事实。"

"为了气死这个人,我暂时关一下弹幕助手,应该没人反对吧?好的,没有,我关了。"

简茸无视弹幕里无数个问号,快速地关了弹幕助手,开始专心打游戏。

简茸其实很少骂路人。

为了直播效果,他经常玩铂金、钻石段位的小号,遇到的本来就是水平一般的玩家。

偶尔队里有人阵亡次数过多,被其他三个队友针对时,他还会发一句"别骂了,这局我来带"。

但这局遇到的打野实在太不是东西。

事情起因和简茸无关。他们队伍的辅助因为残血回城,团战时支援晚了一些。

团战的结果也尚能接受。他们这边阵亡一个打野、一个 ADC(物理伤害),简茸击杀了对面三个,野区资源也没有丢。

然后打野就开始攻击辅助,说"看到辅助资料性别是女就想退游戏""明知要打团还回城""什么年代版本还玩软辅露露,一看就是一个来上分的玩家"。

辅助回了几句嘴,女生骂不出什么狠话,打野看到她回复更来劲儿了,骂的话一句比一句难听。

当拌嘴演变成人身攻击后,简茸一套连招把对面中单送回家,然后停留在原地,跟这位打野朋友开始"友好交流",最终成了现在这个场面。

此时简茸是队里唯一有优势的人,队友的战绩都是 0/2/0、0/4/3(击杀/死亡/助攻),他的战绩是 7/2/0,因为击杀数较多,他身上还有赏金,这让他成了敌人针对的对象。

简茸操控英雄走到中路,看到敌方的中单卡萨丁正在清理兵线。

游戏中能获得金钱的方式不多,一是击杀敌人英雄,二是击杀野怪和敌方的小兵。

"他们打野来了。"简茸挑起眉,用理所当然的语气给水友们分析,"不然他哪敢碰我家的兵。"说是这么说,他还是往中路靠。

然后他在敌方打野的眼皮底下把对面中单卡萨丁单杀了。

卡萨丁的大招是位移技能,简茸像知道他什么时候逃跑似的,赶在他逃跑前的最后一刻用大招冲到了他身上,利用前两秒全中的技能引爆伤害,漂亮完成单杀。

简茸再钻进敌方野区逃跑。一系列操作行云流水,毫不拖沓。

没想到他刚进野区就遇到了敌方上单和辅助。敌方辅助是锤石,一个控制很强的辅助,能钩人能减速。他用位移技能轻松躲过对方的减速技能。对方杀意十足,直接丢闪现上来丢钩子,好不容易钩中了他。

谁承想钩子的拉扯特效都还没显示出来,简茸就用装备水银腰带瞬间解除了自己身上的控制,速度快得令人瞠目。

敌人和观众都还没有反应过来,他已经头也不回地逃掉了。

临走之前,他还熟练地给对面截了个图标炫耀。

[所有人]宝贝他打我(卡萨丁)："？"

[所有人]宝贝他打我(卡萨丁)："大哥给点面子，打野是我老婆，你在她脸上击杀我三次了。"

[所有人]不是吧你可真菜啊(影流之主)："行。"

说完，简茸还真就不杀卡萨丁了。

他转头入侵敌方野区，并反蹲敌方打野三次。

[所有人]宝贝他打我(卡萨丁)："不是吧，她被你气得下线了！早知道是这样，你还不如来针对我！"

简茸边买装备边说："这对情侣怎么这么难伺候？"

不知是不是简茸帮辅助出了头的缘故，自从打野挂机之后，小辅助时不时就跟在他的身后。

但是他玩的英雄非常灵活，可以冲进人群里秒杀敌方脆皮再毫发无损地出来，辅助跟着他没什么用。

几次之后，简茸忍不住打字。

不是吧你可真菜啊(影流之主)："辅助去保护ADC(物理伤害英雄)，别管我。"

辅助却仿佛没看见，依旧跟在他屁股后面，打一个野怪都要给他加护盾。

第三十七分钟，简茸挂着16/2/0的战绩带队伍取得了胜利。

在推掉对方水晶的前两秒，简茸火速敲字。

不是吧你可真菜啊(影流之主)："游戏的输赢跟你有关系吗？"

到了结算界面，打野一声不吭秒退了，看起来气得不轻。

简茸伸了个懒腰，刚要返回游戏大厅，右下角弹出一个好友申请。

是刚才的辅助。

他习惯性地点了拒绝，重新把弹幕助手打开。

弹幕数量实在太密集，简茸挑出能看清的弹幕回答。

"你为什么拒绝？你知道你错过了一场美好而又单纯的网恋吗？"

"不加陌生人。"简茸说完,打开之前被他关闭的礼物列表,一一感谢过去。

简茸念完再看向弹幕,上面已经是别的话题。他稍微眯起眼,发现弹幕内容自己竟然看不太懂。

"你完了,Road 来制裁你了。"

"就是要教育教育这毒舌主播,让他成天乱喷人!"

"Road 带着 Kan 的律师函来找你了!"

"很遗憾以这种方式认识你。"

"路神真的要退役了吗?求求你说句话,生或者死给我一个痛快。"

"路神,你的直播间都起灰了。"

"全网保护柔弱宝贝 Soft(目前一人)。"

"又是什么新招数?以为这能吓着我?"简茸冷笑,"你们怎么不干脆说游戏创始人来找我给英雄联盟拍广告了?"

说完,他靠在椅子上捧着手机看外卖,偶尔抬起头来感谢新收到的礼物:"谢谢'我是刚才那个辅助'的小星星,谢谢'TTC·Road'的星……"

简茸:"嗯?"

意识到自己念出了哪串 ID 后,简茸嘲讽的笑容停在脸上。

星空 TV 为了防止水友被骗,每个职业选手的名字都是禁用的,只有选手本人认证之后才可以用。

简茸缓缓挪动脖子,看见自己直播间的大星使榜上坐着一个金灿灿的"TTC·Road",字母后面还有一个小小的黑白皇冠图标。

TTC 战队和星空 TV 有直播合约,战队所有队员都在这个平台直播。星空 TV 给足了选手牌面,每人的 ID 后面都有一长串的高贵图标,其中就包含 TTC 的专属队标。

三个月没出现在星空 TV 任何一个角落的 Road,此时就在简茸的直播间里挂着,还挂在砸钱榜上。

不仅简茸蒙了，直播间里近三十万的在线水友也蒙了。

"这人昨儿刚嘲讽你队友打假赛,你今天就来给他砸大几万的礼物？"

"盗号者？星空TV连选手账号都不保护好？"

"那这盗号者不仅得知道路神的登录密码，还要知道他的支付密码……"

"老公，你手滑了？"

"什么情况？我不是来看Soft被喷的吗？"

Road依旧坐在砸钱榜上没说话，几秒后，直播间再次弹出一道礼物特效。

"水友"们还没来得及从满脸疑惑中爬出来，又看到了匪夷所思的一幕——只见天天吊儿郎当跟水友们挑刺、抬杠的Soft忽然放下盘着的双腿，端正笔直地坐好，把一直挂得歪歪扭扭的头戴式耳机拉正，还抬手捋了一把凌乱的蓝毛。

"谢谢Road送的星海。"鼠标箭头在电脑桌面上没有目标地晃，简茸依旧镇定，就是视线乱瞟，声音比平时低两度，"Road大气。"

TTC基地难得安静了一天。昨天半决赛打得不好，大家都没心情玩闹，醒了也是窝在客厅或房间里看比赛回放或电影综艺打发时间。

一阵急急忙忙的脚步声打破了短暂的宁静，小白抓着手机从客厅一路狂奔到训练室，喘着气尖叫："哥，你的直播账号被盗了！"

他哥坐在机位前，坐姿稍显随意。

路柏沅听见动静，摘掉一边耳机，缓慢地回头："嗯？"

"有人盗你直播号在刷礼物，还是刷给那个蓝毛傻——"小白的声音戛然而止。

窗外天色已暗，训练室没开灯，只有路柏沅面前的电脑显示屏亮着光。小白眯着眼扶门框，过了好半天才看清显示屏上的画面，后面那个字被他生生吞进了肚子里。

显示屏中是熟悉的直播间界面，上面飘着"星海"礼物才能触发的浮夸特效。

屏幕左下角有一个小小的视频框，小白看不清楚里面人的脸，只能看到他那一头比特效更浮夸的蓝毛。

小白："……"

路柏沅扫了眼弹幕，那些说他是来找 Soft 算账的弹幕已经没了。

他听完 Soft 的感谢，动动手指头关闭直播间。

基地大门被推开，丁哥拎着几大袋夜宵进来，跟呆呆站在训练房门口的小白对上目光。

"过来吃夜宵。"他看了眼训练房的方向，一脸牙疼，"把 Road 叫上。"

每次比赛结束，俱乐部都会给选手放假。但此时 TTC 的首发队员除了 Kan 之外，全员留在基地里。

几人围坐在茶几边，中间摆着几大盒麻小。这段时间，为了比赛中不出意外，他们不知吃了多久的营养餐。

小白盯着自己身边男生手上的小龙虾，暗示道："P宝，你这只虾好肥。"

他身边坐的是队伍里的 ADC（物理伤害英雄操作者），Pine，今年二十岁，单眼皮男孩，样貌看上去有些冷，跟本人的性格一样。

Pine"嗯"了一声，剥干净虾壳后，把虾肉丢进了自己嘴里。

小白："小气。"

丁哥接了一个电话回来，把手机往沙发上一丢，撸起衬衫袖子坐下："平台打电话问我你是不是被盗号了，真有你的。"

路柏沅低头剥虾："下次会切号。"

丁哥不太满意地"嗯"了一声，完了又察觉出不对劲："下次？为什么还有下次？"

路柏沅说："他反应很快。"

丁哥一愣："嗯？"

"一整局下来,非指向性技能他只中过一次。"路柏沅说。

其实刚刚那局游戏里,他印象最深的还是Soft用水银解除敌方控制的时机,干脆利落,几乎可以称作是秒解。

这就算是放到职业赛场上,都是令人惊呼的操作。

不过只有一次,路柏沅分不清是他反应速度快还是他运气好。

"哥,你是不知道,"小白擦了擦嘴,"那小蓝毛成天待在黄金、铂金段位,排到的人都很菜的,到高段位估计被捶得满地找牙。"

"不会的。"一个男人拿着橙汁从厨房出来,是战队的上单袁谦,队里的老大哥,人好没脾气,体重常年超标。袁谦给每个人倒上橙汁,说:"我跟他打过。"

所有人都看向他。

小白一脸诧异:"谦哥,你还跟那小蓝毛一起打过游戏?"

袁谦说:"是啊,怎么了?"

"他在直播间骂过你!"小白立刻告状,"还骂过P宝和Kan,Kan都能称得上是他直播间的常驻嘉宾了。"

"我知道。"袁谦一点儿都不生气,反倒不好意思地笑了一下,"他说的那几场,我确实打得有问题。"

小白:"……"

丁哥的关注点不同,好奇道:"他还有能和你一起排位的号?"

英雄联盟排位赛积分分数有几大段位,黑铁、青铜、白银、黄金、铂金、钻石、大师、宗师和最强王者。两位玩家必须段位相近才可以打双排,最强王者以上只能单排。

职业队员平时都要训练,没办法分太多精力去打排位赛,TTC目前段位最高的是袁谦,H服王者五百分。

段位最低的是路柏沅,钻四。他是长久没碰排位赛,系统自动扣分掉下去的。

"有，而且是在H服一起玩的，那时我一百多分吧，经常排到他。他好像不直播的时候都会打H服。"袁谦回想了一下，"两年前，他段位很高的，后来据说是高端局直播效果不好，他就打低分局去了。"

小白捏着小龙虾，过了半晌才吐出一句："庸俗。"

路柏沉问："他以前也喜欢玩刺客？"

"对，当时他在H服还挺出名的。"说到这儿，袁谦才终于反应过来，"怎么突然说起他了？"

丁哥道："没。最近不是在招新中单吗？团队给出的考虑名单里有他。"

"不行！"小白一惊，"绝对不行！这个团队有他没我！有我没他！我跟他不共戴天！"

丁哥说："你和战队的合同还有两年，由不得你。"

小白："……"

袁谦摇摇头："那你别想了，他应该不会来的。"

路柏沉问："为什么？"

"以前有战队托我去带个消息，他直接拒绝了，连联系方式都没加上。"袁谦顿了顿，"他说新人的签约费太低了，没直播赚钱。"

小白："庸俗至极！"

路柏沉垂眼点头，没再多问。

他原本就是心血来潮才去看一眼，还算不上非常想要这个人。

Road来去匆匆，他离开直播间后的半小时，闻讯而来的观众们还有大半没走。

"为什么TTC官方还没出盗号公告？"

"Road可能是来做慈善的吧？关注孤儿的生活，由你我做起。"

"我下班来晚了。兄弟们，怎么回事，主播今天怎么坐得这么端正？"

简茸随意两口吃完晚饭，再用湿纸巾擦干净手。当水友们以为他要打开游戏时，他把鼠标挪到了自己今日的礼物贡献榜上。

简茸反复看了几眼贡献榜第一名的ID后，才若无其事地打开了游戏客户端。

"你到底要看几遍？"

"怎么，你一秒不看贡献榜TTC·Road这几个字母它就会跑吗？"

"还看！还看！"

简茸扫到这个弹幕，戴上耳机，面无表情地反击。

晚上十一点，简茸踩点下了直播。

他洗完澡出来，抓着浴巾有一下没一下地擦拭头发，低头翻直播时收到的消息。

石榴："兄弟，厉害。你的直播间今晚的热度都超过那几个退役选手了。"

艹耳："不是我厉害。"

石榴："都一样，这波热度来得太舒服了。"

石榴是出了名的人脉广，简茸想了想，直接敲字。

艹耳："Road的号真的是他本人在上吗？"

石榴："要不我帮你打电话问问？"

艹耳："好。"

石榴："好什么好，我开玩笑的，你以为Road的电话号码是这么容易拿到的吗？"

石榴："不过我觉得应该是本人。Road的号谁敢随便上啊？"

艹耳："哦。"

石榴："说到这儿，我今儿得到一个惊天大八卦！"

艹耳："什么？"

石榴："半决赛结束的那晚，联盟的人去了TTC的基地，好像把Kan带走了！"

石榴："我第一次听说这种事！你说带走Kan干吗？该不会真被你说

中了吧？"

那头迟迟没回，石榴在输入框里又写了一大段分析，刚打出"打假赛对 Kan 来说弊大于利"的结论，手机便振了一下。

艹耳："不知道。"

艹耳："如果是本人在上，他为什么要给我送礼物啊？"

石榴："？"

石榴："我在跟你说 LPL 今年最刺激、最劲爆的八卦，别逼我扇你。"

艹耳："哦。"

艹耳："他是不是进直播间首页的时候手滑点错，才会进我直播间的？"

石榴无语了，分享八卦的紧张感顿时消失得无影无踪。他麻木地敲字回复。

石榴："不知道，可能他想拿礼物收买你，让你以后少骂两句 TTC 吧。"

石榴："我算是发现了，你是 Road 的真粉。"

简茸刚想解释，打了两个字又删了。

艹耳："嗯。"

半决赛打完的第四天，水友们对 TTC 战队的谩骂讥讽终于消停了一些——再过几天就是 S10 的全球总决赛，LPL 的 PUD 战队将迎战 H 国赛区的 HT 战队。水友们的视线都投向了 PUD 战队身上。

这天深夜一点，TTC 基地灯火通明。

英雄联盟赛事大都是在下午或者晚上进行，职业选手们会调整自己的作息时间，让自己在下午至晚上的时间段里保持最好的状态。

大家习惯了这样的生物钟，就算在没有训练或比赛的日子，也还是会熬夜。

路柏沅披着一件大衣，坐在小白和袁谦的机位旁，观战他们打排位赛。

大家刚打完比赛，心态已经逐渐放松下来。今天，两人都打的国服，小白开着自己的钻石号玩打野位，操作简直下饭。所以全程路柏沅都在看袁谦的显示屏。

又一局游戏结束，袁谦觉得钻石段位单排难打，随便拉了一个好友进队。他的好友列表里不是职业选手就是单排遇到的路人高手，谁来了都能玩。

一个ID叫"看我操作就行了"的玩家进入组队房间。

袁谦按下匹配按钮，没几秒又取消。

他捂着肚子打开好友的对话框，刚敲出"不好意思"四个字。

"怎么了？"路柏沉问。

袁谦表情痛苦："肚子疼。"

路柏沉点点头。就在袁谦消息要发出去的前两秒，他从椅子上站了起来。

"我帮你打。"路柏沉说。

袁谦一愣，连忙摇头："不用，又没排进去……而且丁哥知道了得骂我。"

丁哥明令禁止路柏沉打游戏，为了监督他，还时不时会搜一下他的战绩。

路柏沉已经快闲得冒烟了。

他站着没动："我只是替你打一会儿，你回来了就还你。"

袁谦："真不用。"

路柏沉说："起来。"

袁谦："……"

路柏沉成功坐到袁谦的位置，问："队里的是谁？"

"我没仔细看，随手拉的。这人好像改过ID，你瞧一眼备注。"袁谦说完，头也不回地冲去了厕所。

路柏沉打开好友列表看了一眼。

备注：Soft。

队里的人忽然说话了。

看我操作就行了："点错了，我单排。"

Q哥宇宙无敌："好的。"

看我操作就行了："你是哪位？我加个备注。"

袁谦虽然很久没打国服，但他的国服号 ID 不是什么秘密，网上一搜就能查到。

Q 哥宇宙无敌："Qian。"

简茸退出队伍的动作一顿。

看我操作就行了："TTC 的 Qian？"

Q 哥宇宙无敌："嗯。"

看我操作就行了："哦。"

路柏沅不想浪费时间，见 Soft 迟迟没走，他正想先退。

看我操作就行了："那不然一起打两局？你在爬王者吧？我带你上去。"他说得自信又猖狂。

Q 哥宇宙无敌："可以。"

看我操作就行了："不过你得先回答我一个问题，兄弟。"

Q 哥宇宙无敌："？"

看我操作就行了："前几天，就周一，Road 的直播号是他本人在上吗？"

路柏沅的手搭在键盘上，过了半晌才敲字。

Q 哥宇宙无敌："是吧。"

看我操作就行了："哦。"

看我操作就行了："那礼物是他点错了吗？"

看我操作就行了："我可以退钱的。"

路柏沅想起小白那天吐槽 Soft 的话，说他爱财如命，只要给他送礼物，不论多难听的 ID 他都会念出来感谢。

Q 哥宇宙无敌："不是。"

简茸再次打出一个问题，看了眼聊天框又觉得自己啰里啰唆的，于是忍了忍，删了。

看我操作就行了："你听得见声音吗？"

为了方便玩家开黑交流，英雄联盟里有内置语音，路柏沅扫了眼，Soft 的麦克风标识正在闪烁。

他换上手机耳机，刚戴好就听见那边敲键盘的声音，动静不小。

Q 哥宇宙无敌："听得见。"

"声音会大吗？我刚下直播，懒得调声卡了。"Soft 出声问。

路柏沅发现他骂人和聊天时的声音是不一样的，骂人的时候有股挑衅讽刺的劲儿，正常聊天时就顺耳多了。

Q 哥宇宙无敌："不会。"

简茸挑眉："你没麦？"

Q 哥宇宙无敌："坏了，介意吗？"

对简茸而言，单排、双排没什么区别，他开麦也只是懒得打字，对方能不能说话倒无所谓。

"不介意。"简茸说，"选位置吧。"

每个玩家在进入排位赛前都要先预选自己要玩的两个位置，以免玩家们为了抢位置引起纠纷。

简茸这个赛季就没怎么玩过国服大号，现在这号才刚刚钻三，排位时基本不用等，几秒之后就排进了新游戏。

刚进去是禁英雄环节，简茸什么英雄都没禁，这种行为就像在说"我没有怕的英雄"。

他一抬头，就看到他的队友直接禁掉了"劫"这个英雄。

你一玩上单的，选我中单英雄干什么？

简茸皱着眉刚想问，就看到 Q 哥宇宙无敌 (盲僧) 道："ID 下面写着两个字——打野。"

简茸问："你不玩上单？"

Q 哥宇宙无敌："玩腻了。"

简茸"哦"了一声。几秒后，两方禁用的英雄全部显示出来。

劫、亚索、妖姬、男刀都被禁用了。

送头第一名："四楼是 Soft？"

简茸扫了一眼 ID，眼生，不认识。

看我操作就行了："？"

送头第一名："你会的英雄都被禁了，不然你跟我换位置吧，你来打辅助？"

看我操作就行了："我会的英雄比你玩过的都多。"

送头第一名："……"

简茸是最后一个选英雄的，等待时间里他切出去回了一条消息，再回来时其他人已经全部选定英雄了。

他看了眼阵容，选了辛德拉。

送头第一名："你拿辛德拉打小人鱼？对面把你克制得死死的。"

送头第一名："你打了这么多低端局，还能打钻石排位吗？我晋级赛最后一把生死局，别坑我啊，兄弟。"

也许是晋级赛打到自闭了，这个辅助的话尤其多，别说简茸，就是其他人都觉得有些烦。

不过这辅助的话也不是完全不对，从英雄上看，辛德拉对线期的确不好打小人鱼。

但简茸是谁，玩了这么多年的中路，他对换血这一套研究得比别人都要细，一路发育到六级，他竟然一点亏都没吃，补兵甚至还比小人鱼多十来个。

又打了一套消耗，简茸下意识想叫打野来抓，刚开口就停住了。

他还是不为难他们家这位新晋打野了。

这时，一道信号声忽然响起。Q 哥宇宙无敌（盲僧）："正在路上。"

在游戏中玩家能发出几道简单的信号，"×× 正在路上"就是其中之一，示意队友自己马上赶到。简茸这才发现，他们队伍的打野盲僧已经摸到了敌方一塔旁边的河道里。

在小人鱼的位移技能交出去的那一瞬间，盲僧从河道摸眼跳出，一脚把小人鱼踢到了简茸面前。同一时间，简茸快速利用推球技能使敌方晕眩，配合盲僧的伤害完成了击杀。

虽然是一套常规配合，但他们两人所有技能都放得恰到好处，丝毫不拖泥带水，没给敌方中单留一点后路。

三百金到手，简茸回家出了装备："继续来。你来我就能击杀。"

"袁谦"没有应他。不过在接下来的游戏里，队伍的聊天框被这几句话塞满——

Q哥宇宙无敌（盲僧）："正在路上。"

"看我操作就行了正在释放技能，连续击杀三人。"

Q哥宇宙无敌（盲僧）："正在路上。"

"看我操作就行了已经主宰比赛了，连续击杀六人。"

Q哥宇宙无敌（盲僧）："正在路上。"

"看我操作就行了已经超越神了，连续击杀八人。"

简茸又击杀掉对面一人，嚣张地在别人高地旁边回城。他看了眼左下角的对话框，忽然笑了一声："你是在模仿Road吗？"

粉丝们都知道，Road在开直播打排赛位时从来不跟队友打字交流，都是沉默地带动三路。唯一的互动，就是"正在路上"这个信号。所以有些粉丝叫他"路神"并不全是因为他名字里的"路"字。

而且Road的招牌英雄就是盲僧，他曾用这个英雄在世界赛上秀翻全场，每次他开团和逃跑，观众们都是把心脏吊在嗓子里看的。

Q哥宇宙无敌（盲僧）："？"

Q哥宇宙无敌（盲僧）："不是。"

简茸推敌方基地时，大方地夸赞："你打野玩得很好。"

路柏沅刚要打字。

"比你上单玩得好。"简茸说，"不然你转型吧？"

路柏沅："……"

"袁谦"安静了一会儿。

Q哥宇宙无敌(盲僧)："我考虑一下。"

这局游戏结束，简茸起身去了趟厕所。洗手时，他盯着水柱回想了一下盲僧的操作——他刚才不是胡说，虽然只是钻石局，但从越塔、开团各种细节能看出来，袁谦这盲僧有点东西。

他几乎每一次的gank(抓人)技能都让简茸觉得特别给力，哪里需要他，他就在哪里，甚至还能做到抓人和入侵敌方野区两不误。

简茸从厕所回来，重新戴上耳机："来了。今晚排通宵吗？"

"我这儿打不了了。"袁谦的声音传出来，有些不好意思，"小白找我双排，下一次吧？"

麦又好了？

简茸刚想应"嗯"，就听见耳机那头隐隐约约传来一道模糊的声音。

"你赶紧把那蓝毛喷子踢了，他一会儿肯定要划水的！"

简茸闻言，停下了刚要退出队伍的动作："小白？"

另一头瞬间安静，那道声音也没再出现，明显袁谦此时正用着电脑外放，没连耳机。

"你们战队的Bye？"简茸故意放慢语速，问，"那个常规赛里玩锤石反向Q，玩猫咪野区迷路的辅助？"

小白："……"

袁谦想帮队友说句话，可简茸说的都是事实，一句都反驳不过来，于是轻咳一声，含糊不清地说："嗯。"

"那你保重吧。"简茸语带怜悯，"走了。"

小白："……"

Soft刚退出房间，小白就爹毛道："这喷子是缠上我们战队了吗？怎么我们每场比赛他都看？烦不烦啊！"

Pine 头也不回地问:"这话你刚刚怎么不对他说?"

小白理直气壮:"废话!我又骂不过他!"

路柏沅已经回到自己的机位前,他把耳机插进自己机子里,再次打开星空 TV 软件。

他切换成小号,点进了 Soft 的直播间。对方果然已经下直播,界面上弹出对方的直播回放。

路柏沅把电竞椅调成一个舒服的角度,随便点开某段回放,安静地看了起来。

S10 世界总决赛当天,简茸临时取消了原定的直播,下午五点准时到了上海体育馆入口。

他戴着一顶黑色棒球帽,帽子上印着皇冠队标,正低头一边玩手机一边等人。

他翻自己刚发的请假微博,下面有几百条评论,都在指责他的任性行为。

换作平时,简茸是要跟他们理论两句的,但今天他确实临时放了鸽子,不占理。

他挑了几条微博回复。

"我等了你两小时,你来一句不播了?我吐了。"

Soft 发了一个微笑的表情。

"你连总决赛都放鸽子?干吗,赶着去投胎?"

Soft 发了一个可爱的表情。

"你快滚回来开播啊,我给你送星海。"

Soft:"我不回,你自个儿看吧。"

水友们被他的回应雷得不轻,回复更加激烈了,他翻着都忍不住想笑。

"来了来了。"一个穿着黑色风衣的男人跑到他面前,喘着气说,"堵车,我居然在停车场堵了大半个小时。"

来人是石榴。

石榴刚和女朋友分手,手头多出一张总决赛门票,昨晚他临时问简茸要不要一起来看。

特殊渠道拿到的票,VIP 席好位置,有钱都买不到。简茸思考了两秒钟,爽快地放弃了今天的直播。

石榴看了看四周:"走,我们从另一个入口进,这票不用排队的。"

他们进场时观众席已经坐了不少人。简茸的票是大前排,能拿到这个位置票的人都有些门路。简茸粗略扫了一眼,看到了不少星空 TV 的大主播,甚至还有一些战队的职业选手。

石榴娴熟地跟那些人打招呼聊天,简茸平时就不爱参与这些交际,他把棒球帽往下压了压,低头继续回复粉丝的消息。

几分钟后,一行人悄无声息地进了场。

他们穿着厚实,都戴着帽子和口罩,根本看不清脸。不过他们遮得再严实还是被周围的人认了出来,大家窃窃私语的同时都忍不住朝他们所在的方向看。

小白落座后,忍不住打量了一下决赛会场,心想:真气派。

一想到这里原本有机会是自己的比赛场地,他就有些烦闷,把围巾拉到鼻子上说:"场地也就这样嘛……比赛还要多久开始啊?"

袁谦看了眼手表:"应该快了。"

小白"哦"了一声,看向自己右侧的人:"哥,你怎么还在看回放?哪场比赛的?"

路柏沅挂着一边耳机,头也不抬地随口胡扯:"八进四。"

游戏回放里,"不是吧你可真菜啊"玩的是发条,这也是 Soft 直播里最少出现的英雄。

这一次,发条在自家防御塔下一打二,完虐对面中单和打野,完了还踩在别人的"尸体"上跳舞。

跳完舞，Soft点了回城，冷笑道："这打野能抓死我一次，我管他叫爷。"

与此同时，坐在他右侧的观众正在聊天。

一个男人问："你说决赛谁能赢？我觉得PUD的打野最近挺厉害的，他们都说快赶上Road了。"

另一个人沉默许久才开口："是啊。"

也许因为刚吹了风，男生的嗓音有点低哑，但音色没变，和路柏沅耳机里的声音完美重合。

路柏沅挑了一下眉，缓慢地别过头。

他身边坐着的男生把大衣拉链拉到了脖子，因为低着头，他只能看见对方高挺的鼻梁。

对方头上戴了一顶棒球帽，几撮压不住的蓝色毛发从帽子后面的扣子里露出来。

帽子上是TTC战队的队标，如果仔细看，还能看到队标下面有一个印上去的签名：Road。

路柏沅还没回想起这帽子是哪一年的比赛周边，男生又开了口，把话说完："他再练八百年，就差不多能赶上了。"

第三章

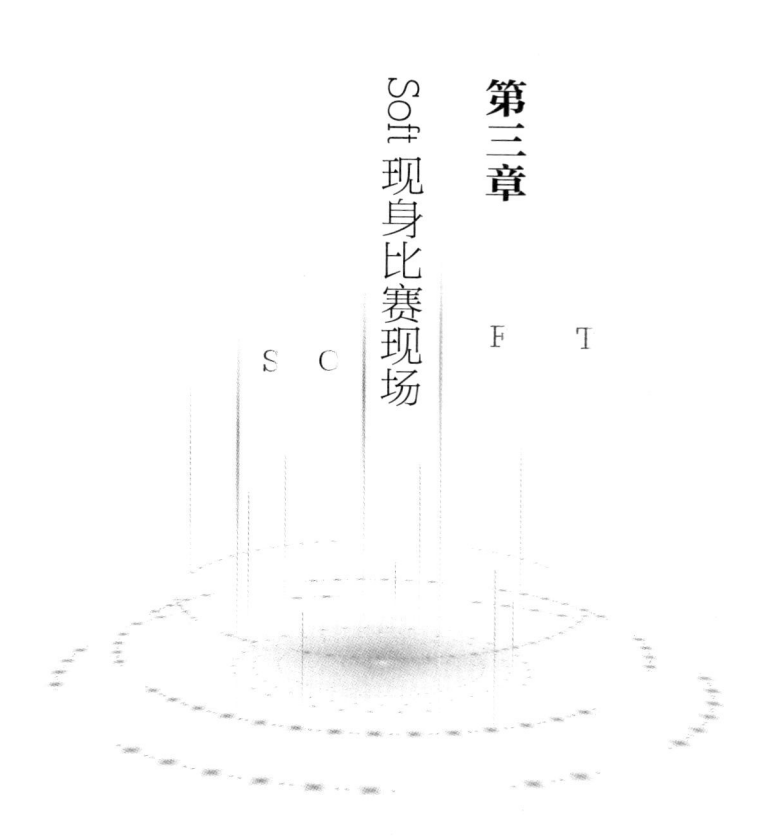

Soft 现身比赛现场

男生看起来有点瘦，低头时从衣领露出的一小截后颈很白，本人跟直播间里没什么区别，明显在直播时也没乱开什么瘦脸、大眼或者滤镜功能。

不像小白，最初开直播的时候把美颜拉到最满，粉丝们在爆笑中还把他送上了热搜。

石榴听着笑了："那也不至于，你是真喜欢 Road 啊。"

"我只是在说事实。"简茸皱眉，"PUD 打野的漏洞很明显，抓人、打团还行，入侵野区太弱，很依赖队友支援。队友如果没跟上，那他打野的节奏就断了。"

石榴想了想，好像真是。

他这次会找简茸一块儿来，就是因为喜欢听简茸分析这些。他又问："那 Road 呢？"

简茸抬起头，安静地思考了几秒。

简茸说："Road 的缺点……队友太弱了？"

石榴："啊？"

"别的位置我没注意，但是中单太弱了，"简茸说，"只知道吃兵发育，不支援，自己也打不出优势，废物一个。"

石榴评价："你这是同行相轻。"

简茸把帽檐往下拉了拉，说："我在 H 服排到过 Kan，我补位到了辅助，他拿的中单位，对面中单是 HT 的首发中单。"

石榴知道他以前的 H 服号段位高，也不意外他能排到职业选手："然后呢？"

"他被别人连续击杀了四次。"简茸说得云淡风轻，"我当时没注意看ID，以为他是哪个区来的退役小兵。"

石榴："……"

路柏沅收回视线，垂下的眼眸里带着一点无奈的笑意。他把手机里的视频关了，把耳机随意塞进了口袋里。

比赛即将开始，工作人员上台做最后的准备，解说也已经在解说席就位。决赛气氛正火速蔓延，场馆里沸沸扬扬。

丁哥去后台跟朋友打完招呼后才回来，他整理好西装落座，问一直低着头的人："比赛都要开始了，你还在看什么？"

小白抬头道："没，我去星空TV转了一圈。"

袁谦说："现在主播们不都等着直播比赛吗，有啥好看的？"

小白"啧"了一声："我想听听那个蓝毛喷子一会儿怎么喷HT或者PUD，可他竟然没开播。"

"他本来就不经常解说比赛。"袁谦跟后排坐着的主播好友挥挥手，算是打了招呼，随口道，"没准他今天也来现场了。"

"他敢！我一点不夸张，今天来看比赛的几个战队，他全得罪干净了。"小白挺直腰，四处张望，"那头小蓝毛一认一个准，他如果敢出现在这儿，我非跟他好好算账不可。"

他话刚说完，就对上了他哥的视线。

路柏沅说："坐好，要开始了。"

小白"哦"一声，乖乖坐了回去。

三位解说就位，总决赛直播正式开启，场馆观众席的灯光已经调暗。

解说三人自我介绍后，开始对两边队伍进行分析。

解说在平时英雄联盟赛事的直播里立场都是中立的，但遇上两个赛区的碰撞，解说们都会偏向自己赛区的选手。

"HT战队虽然强，但突破口也是非常明显的。比如他们刚招进队的下路双新人，比赛经验不足，一到中后期就容易掉链子。反观我们PUD的选手阵容已经是非常成熟的了，我对他们很有信心！"

解说把PUD吹了一通之后，导播的镜头给到了现场的观众。

解说甲："今年的总决赛主场就在上海，我们也算是占据了主场优势，能看到此时的比赛现场人山人海，粉丝们都非常热情！"

镜头给到现场前排。

解说乙："是的。不只粉丝热情，今天现场更是来了许多熟面孔啊……战虎战队、MFG战队全员到齐，还有鱿鱼战队……"

解说们每念到一个战队，后排的粉丝都要欢呼尖叫一次。

简茸觉得自己的耳膜都要被喊穿了。

他皱着眉把帽子脱掉，垂下头随便整理几下头发，抬手揉了揉耳朵。

这时，镜头给到了另一个战队。

观众们的声音一瞬间高了无数分贝，这阵势，说是哪位巨星出场都不为过。

解说丙："还有我们的坦克战队，也到达了现场！"

简茸怔了几秒，才反应过来对方说的是哪个战队。

TTC的官方寓意是"Take the crown"。

由于这个战队刚打进英雄联盟就拿下了第一座S赛的冠军奖杯，势头太猛，粉丝们都戏称这个战队为"Tank Training Center（坦克训练中心）"。

再然后，TTC就成了粉丝口中的"坦克战队"。

简茸抬头看向舞台上方的大荧幕，想知道TTC战队都来了谁。

镜头先是给到了TTC的下路双人组，Pine依旧戴着口罩，看向镜头的眼神毫无波动；小白把脸上的遮挡物全脱了，朝镜头笑了一下，露出一口白牙。

然后是袁谦和丁哥，两人非常得体地挥了挥手，嘴边都挂着浅笑。

最后是一个单人镜头，男人刚出现在大荧幕上，尖叫声都快掀翻屋顶，不知道的人还以为PUD已经夺冠了。

英雄联盟最受欢迎选手Road把自己包得非常严实，帽子、口罩全部戴着，但仍旧逃不过导播的火眼金睛。

几秒后，见镜头还是没挪走，路柏沅无奈地把自己的帽檐往上抬了一些，露出眼睛来。

然后他对镜头点了点头。

解说们的麦克风已经开得很大声了，此刻却还是淹没在观众们的欢呼声中："我们路神也来了！今天比赛现场绝对是群英荟萃啊！在场的观众们，你们的票价值了！"

换作平时，简茸已经要离场去买耳塞了，但他现在暂时顾不到这些。

他呆滞地看着大荧幕里Road右边不小心入镜的观众。

蓝色头发，黑色上衣，手里还拿着一顶棒球帽，脸上挂着茫然的表情，是他自己。

导播的镜头忽然挪了一下，简茸猝不及防全脸入了镜。

简茸仍然一脸蒙。

解说甲："路神旁边坐着的居然还是他的粉丝，大家看这位观众手上的帽子。"

简茸灵魂归位，动作僵硬地把帽子藏进了大衣里。

解说甲："哈哈哈，你别着急，我们这儿有保安，没人敢跟你抢帽子的。"

简茸："……"

其他两位解说都顿住了，几秒后才接上话。

"呃，是。"解说乙说，"其实这位粉丝我认识。"

解说甲："怎么说？"

解说丙："他也是我们《英雄联盟》游戏的主播，直播内容非常有特色。"

解说甲疑惑："什么特色？"

"非常擅长，那什么，"解说丙憋了半天，才挤出一句，"分析选手。"

解说甲："啊？"

观众们哄然大笑，在他们看不见的官方直播间里，"666"和"哈哈哈"已经淹没了整个弹幕区。

导播的镜头很快给回解说席，三位解说游刃有余地进行到下一个话题。

台下的人就没他们这么镇定了。

简茸还保持着刚才藏帽子的动作，僵直着背脊迟迟没动。

他没有东张西望的习惯，坐下来后就专心看微博，压根没注意自己周围都坐了谁，但他现在知道了。

十来秒后，简茸慢吞吞地从怀里掏出帽子，重新戴上，头发被帽子压得乱七八糟。

TTC这一边也陷入了短暂的沉默。

Pine用肩膀撞了撞小白，冷冷开口："你愣着干什么？算账啊。"

小白："……"

小白偷偷看了那边一眼，蓝毛喷子此时冷着一张脸，嘴唇还抿着，虽然身材不壮实，但看上去依旧不好惹。

小白收回脑袋："我……我先忍一忍，现场这么多人看着，我不好下手。"

Pine："胆小鬼。"

最后是两方的"和平大使"打破了这个僵局。

袁谦弯下腰，隔着中间两人朝石榴挥挥手："石榴，你也在这儿呢？"

石榴连忙笑着点头："是啊，太巧了，谦哥，你们也来看比赛？"

"反正离基地近，我们就顺道来了。"袁谦看向他旁边的人，"你是Soft吧？我们游戏里一块玩过。"

简茸别过头，"嗯"了一声。

他戴着帽子，有帽檐遮着，看不到自己旁边的人。

袁谦说："我们好久没一块儿打了，下次有机会再排两把。"

简茸正在回想自己刚才和石榴的聊天内容，闻言脱口道："前两天不是刚玩过?"

袁谦愣了一下,随即解释:"啊,那天……"

"那局是我在打。"夹在中间的人忽然出声。

男人的声音很轻,简茸像被定在原地,还保持着稍稍弯腰去跟袁谦聊天的姿势。

他感觉到一道目光从上面扫下来,直直地落在他的帽子上。

简茸开始回忆自己那天都干了什么。

他好像玩了一把辛德拉,问"袁谦"是不是在模仿Road,还追问"袁谦"那天送礼物的到底是不是Road本人。

简茸:"……"

路柏沅看着他的帽子,说:"那天我的手感不行,没坑到你吧?"

简茸已经听不清解说的声音了。他短暂地闭了闭眼,然后硬着头皮缓缓抬头,对上路柏沅的眼睛。

"哦。"他木着脸舔了舔唇,摇头,"没有。"

解说们聊完两队选手常用的英雄和阵容后,话题莫名其妙又转了回来。

"这次的比赛一定很精彩,但其实我心里还是有一点遗憾的。"解说甲道,"大家肯定更希望能在自家的主场看到LPL赛区的两个战队角逐冠军。"

解说乙点头:"是,坦克战队真的很遗憾。不过他们也很努力了,毕竟打到了BO5,相信明年一定能调整好状态重新出发。"

解说在说这话的时候,路柏沅仍旧垂眼看简茸,仿佛他们说的与他无关。

路柏沅听见简茸的回答,"嗯"了一声,重新坐直,顺手把口罩和帽子都摘了。既然已经被摄像机抓到,他也没必要再遮遮掩掩。

简茸盯着他的下巴看了几秒,直到他别过头去跟袁谦说话,才猛地回神,飞快回身坐好。

周围的声音虽然嘈杂，但用心去听，还是能听见自己旁边的人在聊什么。

袁谦他们在讨论看完比赛后去"撸串"的事，顺便商量聚餐地点。

路柏沅只是听着，偶尔说一句"随便"或者"嗯"。

他的音量不大，嗓音跟比赛采访时差不多，比简茸几年前听见的要低沉一些。

石榴叫了他一声，没得到回应，又用手肘撞了他一下："简茸？"

简茸骤然回神："啊？"

"比赛开始了。"

舞台灯光效果开满，两个队伍不知何时已经上台，主持人正在向大家介绍每一位选手。

PUD 战队是 LPL 另一支豪门战队，在 TTC 还未崛起之时人气就非常高了，去年更是新引进两名强势的外国选手，是人气仅次于 TTC 的战队。

十位选手分别落座，赛场气氛瞬间紧张起来。Ban（禁用）&Pick（选人）环节开始之后，现场更是被"PUD"三字淹没。

阵容选定后，石榴问："你说谁会赢？"

简茸说："不知道。"

"分析一波啊。PUD 的打野拿了皇子，他的皇子胜率很高，这赛季他的皇子就输过一场。"石榴顿了一下，"当然，我知道他没 Road 强。"

"PUD 阵容比 HT 好。"简茸打断他，"如果前期不乱打，中后期 PUD 胜率高。还有，你声音小一点，不要影响周围的人看比赛。"

解说的嗓门这么大，他能影响到谁？

石榴莫名其妙地"哦"了一声，压低了自己的音量。

袁谦看得正专注，旁边的小白忽然拽了一下他的衣袖。

"谦哥，"小白说，"要不你跟队长换一下位子吧？"

袁谦一脸奇怪道："为什么？"

"你忍心让他跟那个蓝毛喷子坐在一起吗？"

袁谦闻言，忍不住往右边快速瞥了一眼："还好吧，我觉得他看起来挺乖的啊，就一小弟弟，应该没事。"

小白瞪圆了眼睛。

他染头，他臭脸，他骂人，但他是一个乖弟弟？

最后袁谦还是去跟路柏沅说了这事。

"哥，要不咱俩换个位置？"

简茸心不在焉地看着大荧幕，冷不防听见这么一句。

他目视前方，偷偷地竖起耳朵。

路柏沅问："怎么了？"

"没，"袁谦说，"我这个位置看得清楚一点。"

路柏沅没动："我这儿也看得清。"

袁谦顿了两秒，又说："小白让你坐过来一块儿看，他说想听你讲解比赛。"

简茸靠在椅子上，脸臭了几分。

"回去丁哥会安排复盘。"路柏沅道，"看比赛吧。"

PUD和HT今天的状态都非常好，你来我往各赢两局后，比分又来到了胶着的2∶2。

没想到连续两个星期的比赛都要打决胜局，现场的气氛攀升到顶峰，PUD队员下场短暂休息时，观众们还在呼喊着他们的名字。

"又是决胜局，也太刺激了吧。"石榴起身道，"不行，我要去放个水，一会儿才能专心看比赛。你去不去？"

简茸点点头，跟着他一块儿站起来，下意识要往右边走。

石榴却先一步拦住他："往左走，厕所在左边。"

简茸："……"

他转过身，看到正低着头玩手机的路柏沅。

几秒后，路柏沅抬起头："要出去？"

简茸："嗯。"

他们这两排座位没有摆好，椅子间有些挤，路柏沅腿长，就算屈起来也只能勉强腾出一条狭窄的通道。

简茸低着头想快速走过，他刚迈出一步，路柏沅前面的观众忽然起身，椅子跟着往后一推，他只能生生停下脚步。

前面的人明显没注意到他们这边，已经跟着朋友出去了。简茸深吸一口气，刚想后退，路柏沅推开前面的椅子，说："过吧。"

简茸丢下一句"谢谢"，加快速度越过路柏沅，头也不回地出去了。

简茸刚走，小白立刻夸张道："这喷子竟然会说'谢谢'！"

Pine："这话你敢不敢在他面前说？"

"谁要和他说话！"小白道，"不过他好像真是我哥的粉丝。你们看到他的帽子没？上面还有我哥的签名。"

其他人纷纷看向路柏沅，路柏沅说："不是签的，印的。"

袁谦顺口接道："估计是哪年比赛的周边吧。"

"今天来的战队真多，我刚刚数了一下，包括我们起码来了四队人。"小白说完，像想到什么了，幸灾乐祸道，"现在全场观众都知道Soft在这儿了，他平时得罪了那么多人，那些选手的粉丝会不会找他算账啊？"

丁哥拍了一下他的脑袋："行了，你别总说这些有的没的。我要去买水，你跟我一块儿去。"

小白和Pine被抓去当苦力，袁谦嫌坐着腰疼，刚想起身走两步，就被路柏沅叫住了。

简茸用凉水冲了两遍脸才回了观众席。

夜风吹在脸上，让人异常清醒。他回去时，第五局比赛正好开始。

五十一分钟，PUD被HT反将一军，遗憾输掉了比赛。比赛结束的那一刻，前面坐着的女生捂脸痛哭，解说的声音也有一些哽咽。

"唉，可惜了，本来能赢的，最后一次团没打好。"准备离场时，石榴不断叹气，"第四局PUD的中野配合这么好，为什么不再拿一次那个阵容啊？"

简茸看得不用心，已经想不起来PUD第四局玩的什么东西了。

"石榴！"身后传来一声呼唤。

两人回头，看到TTC的人站在他们身后。

袁谦说："现在每个出口都挤，我们能走后门，你俩要不要一起？"

小白不可思议地看向袁谦。

石榴也愣了一下："好啊，正好我的车停在后门停车场。简茸，我开车送你回去。"

能方便自然是好，简茸犹豫地"嗯"了一声，转身跟上了TTC战队的人。

后门离得不远，认识的工作人员带他们走了一段路就到了。丁哥跟对方道了谢后，几人往台阶下走。

比赛刚结束就下起了细雨，空气里混着冰冷的湿气，所有人都忍不住裹紧了大衣。

袁谦张望了一下："小白呢？"

丁哥说："他遇到熟人，聊着呢，马上就来了。"

后门连着很长的台阶，众人走下台阶后站定。

石榴说："谢谢了，那我们先回去了。我车上有伞，要不要拿下来给你们？"

"不用，我们的车子马上到。"

袁谦说完，看到刚从后门出来，正快速走下台阶的小白，忍不住道："小白，你慢点，刚下完雨，这台阶特别……"

小白还没等他把话说完，就在倒数第二个台阶原地打了滑，白着一张大脸朝面前站着的背影撞去："完了。"

简茸觉得自己被陨石砸中了。

他毫无防备，被撞得踉跄一下，身体失去平衡往前摔。

前面的人闻声回头，简茸没来得及改变轨道，直直撞到了那人身上。

路柏沅没拉大衣拉链，他里面穿的毛衣，质地柔软。简茸闻到了毛衣上的味道，香味很淡。

为了保持平衡，路柏沅抬手揽了一下他的后脖，两人才终于站稳。

没等简茸反应过来，路柏沅已经松开了手，问他："你没事吧？"

简茸闻声，立刻后退了两步，先是摇头，几秒后又生硬地说："没事。"

小白没人接，摔了个狗吃屎。还好中途有简茸给他缓冲了一下，不然估计得见血。

他站起来后立马去看简茸："不好意思不好意思！路太滑了，我没站稳。撞伤你没有？我带你去医院看看。"

简茸见他一副要上来查看自己伤势的模样，立刻往后退了两步。

"不用。"简茸说，"你离我远点。"

小白："……"

简茸跟着石榴离开后，小白惊魂未定，拍了拍胸脯。

他缓过来后，苦着脸说："我刚刚撞得这么狠，Soft一定记仇了，以后绝对会使劲儿黑我的。"

袁谦安慰他："不会的。"

"肯定会！你们看到他刚刚的样子没？"小白苦着脸道，"他的脸都被我气红了，像一个番茄似的……那些喷子天天在直播间骂他，他都没气红过脸！"

比赛刚结束，场馆旁的十字路口堵起长龙。

车子刚挪了几步又不动了。石榴干脆挂到停车挡，扭头去看副驾驶座上的人。

简茸手肘撑在窗边，手掌随意地搭在后脖，正盯着窗外。

石榴眯着眼凑近看他。他感觉到旁边人的视线，倏地回头："干什么？"

"你的脸怎么还这么红？"石榴打量他，说，"小白撞到你哪儿了？送你去医院看看？"

简茸捂着微微发烫的后颈，说："不用，我没伤着，坐久了，冻的。"

石榴"哦"了一声，收回身子："谦哥人真好，还愿意带我们走后门，我和他其实好久没联系了。"

简茸心不在焉地听他说，拿出手机瞄了一眼，屏幕已经被微博消息提示占满了。

车子发动前，石榴看着他手中攥着的帽子，笑道："你是不是不粉战队，只喜欢Road啊？"

简茸"嗯"了一声。

"你什么时候粉的？"石榴随口闲聊。

简茸说："看比赛。"

"哪场比赛？"石榴问，"粉多久了？这帽子哪儿来的？TTC战队里我还是比较喜欢Pine，他的厄斐琉斯和EZ是真的强……你一个玩中单的，怎么会粉Road？"

石榴没得到回应，疑惑地转了一下头，发现对方也在看自己。

此时，简茸已经恢复到跟直播时一样欠揍的表情。

他说："专注自家，管好你自己。"

石榴："……"

到了小区门口，简茸拒绝了石榴递过来的伞，开门下车："谢了，下次我请你吃饭。"

石榴不跟他客气："地点我挑。"

"好。"

"哎，等等。"石榴把人叫住，抬头看了眼旁边的破旧小区，"你怎么还住在这儿？我正好有朋友的房子在出租，价格能谈，你绝对承担得起，地段、环境都比这里好多了,我给你介绍一下?"

简茸想也没想就摇头:"不用,我住惯了。"

他住的地方环境的确一般,地段也偏,不过这对很久才出一次门的他来说没有影响。只要给他一张干净的床、一台联了网的电脑,他就能住。

雨还在下,不过是毛毛雨。简茸看着石榴的车子驶出狭窄的路口,把帽子塞进大衣里,拽紧拉链转身回家。

TTC众人回到基地,小白还在念叨后门发生的事。

"你放心,真没事。"袁谦说,"你要真这么怕 Soft,我可以让石榴给他带一句话。"

"谁怕他了?"小白挺起胸膛,虚张声势道,"我这不是撞了人,不好意思吗?再说了,谦哥,要不是你邀请他跟我们一块走后门,我也撞不到他啊。这事你有责任,你必须负责解决。"

袁谦哭笑不得,虽然人是他叫住的,但他只是依着队长的话办事啊。

袁谦点点头:"行,我跟他说。"

路柏沅无视他们的胡闹,边脱大衣边往训练室里走。

他前脚刚走进门,丁哥后脚就跟进来了。

"朋友给我推荐了一位按摩师,明天下午我让他来基地给你们按一按。"丁哥下意识看向他的手,"这两天怎么样?还疼吗?"

"早不疼了。"路柏沅把大衣随手搭在椅子上,见丁哥还站着不走,表情犹豫,又问,"怎么了?"

"没事。"丁哥叹了一口气,道,"就是星空 TV 那边来找我了。"

星空 TV 是他们的直播合作方,TTC 所有战队成员的直播合约都签在这一家。

合同也是看人下菜,战队其他人每个月二十至三十五小时,只有路柏沅不同,他没有时长要求,不播也有底薪拿,礼物分成又高,播一次能赚一大笔钱。

不过路柏沅不缺这点礼物钱，今年以来，他开直播的次数一只手都数得过来。

"这不是年底了吗，这些平台又要办什么年度盛典。最近几家直播平台打得很凶，他们对家刚签下 PUD，据说人气很高，平台担心英雄联盟分区的流量打不过别人，就托我来找你帮忙，拉拉热度。"丁哥说，"不过我还没答应，主要还是看你。你想去就去，不想去我推了。"

丁哥说着说着，自己先反悔了："算了，还是别播了，我去给他们负责人打电话。"

"等会儿。"路柏沅叫住他，"那活动什么时候开始？"

丁哥愣了愣："明天就开始了，一直到十二月。"

路柏沅"嗯"了一声，把桌面存着的视频全部压缩到了邮箱里，然后点击发送。

丁哥的手机振了振，他的邮箱收到了十几个解压文件。他问："你发的什么？"

"录像。"路柏沅停顿几秒，又说，"里面是我个人推荐给团队的中单。"

翌日，简茸一睁眼就听见雨滴砸在窗户玻璃上的响声。

这种声音太催眠人，简茸缓了半天才慢吞吞地睁眼。他伸了一下懒腰，伸手去摸索不知道被丢在床铺哪处的手机。

他养成了熬夜的习惯，昨晚看电影到天亮才睡，现在已经是下午六点半了。

微博消息太吵，他昨晚睡前已经屏蔽掉了。手机屏幕上干干净净，只有石榴发来的一句："你今天开播吗？"

艹耳："播。"

石榴："不去追星？"

简茸打了一个哈欠，懒洋洋地回复。

艹耳："发错人了？"

石榴："没，你不是 Road 的粉丝吗？"

艹耳："这事你每天都要在我耳边说一遍，担心我会忘？"

石榴："我去，Road 今天开直播。"

简茸盯着手机发了几秒钟的呆。

艹耳："真的？什么时候？"

石榴骂了一句"你个假粉"，然后发了一张微博截图过来。

TTC·Road："晚上七点。"后面附了一个链接。

简茸用了十分钟洗漱。他先开自己的直播大号，挂在后台，然后登录了他的小号。

六点五十五分，他准时摸进了 Road 的直播间。

Road 还没来，他的直播间里已经蹲满了人。打赏榜上有粉丝，有主播，甚至有职业选手。打赏金额太高，还未开播，这个直播间就已经冲到了英雄联盟分区的月榜第一。

界面太卡，官方给 Road 开了四条线路。

简茸刚找到流畅的线路，黑色的直播界面忽然一闪，Road 的电脑屏幕出现在大家面前。

只见主播的鼠标在界面上移动了一下，片刻后，耳麦里传来一声很轻的笑声。

"稍等。我太久没直播，忘了怎么开摄像头。"

"啊啊啊啊，你来了！"

"给路神吹一吹直播间积的灰。"

"决胜局为什么上替补？决胜局为什么上替补？"

"今晚宣布退役？"

"退什么役，没官宣的事别乱带节奏。"

"TTC 原地解散吧！"

成千上万条弹幕席卷而来，简茸默默地把耳机音量调大，并关掉了弹幕。

弹幕消失的那一刻，一个大大的视频窗口弹了出来。

男人坐在电脑前，穿着昨天那件毛衣，袖子被撸至手肘处，脸上没什么表情，垂着眼，正在等旁边的人给他调试设备。

虽然关了弹幕，但礼物特效依旧很卡，礼物横幅在直播间上方一条条划过，每个礼物的停留时间甚至不到两秒。

简茸的老年机被卡得一顿一顿的，他"啧"了一声，顺手丢出两个星海，打算去床上用平板电脑看。

"我随便播播，别破费。"路柏沅调好麦克风音量，一句废话没多说，径直打开英雄联盟客户端。

简茸躺到床上时，路柏沅已经排进游戏了。

路柏沅话不多，偶尔应一句看得清的弹幕。他随手禁掉一个英雄，问："你们想看什么英雄？"

弹幕直接爆炸。

英雄的名字密密麻麻重叠在一起，根本看不清。

简茸也随手发了一个："盲僧。"

"好。"路柏沅扫了眼弹幕，很随意地笑了一下，"那就盲僧。"

简茸："……"

他抱着平板电脑，咽了咽口水。

弹幕上十有八九发的是"盲僧"，路柏沅看到的肯定不是他发的。但这一瞬间，他还是有一种 Road 是在和自己对话的错觉。

简茸满脸镇定，又砸出两个星海。

路柏沅没有回应弹幕上对他的任何质疑，也只字不提比赛的事。他游刃有余地操控游戏，第三十一分钟时，以 12/0/6 的战绩赢下了游戏。

正当简茸又要砸礼物时，一个微信电话打了进来。

"八点了，你到底还开不开直播了？"石榴说，"你那些水友都催到我这里来了！"

简茸一怔，慌忙抱着平板电脑起身，在五分钟之内调控好直播设备。他把平板电脑调静音后，打开了直播。

"主播，我以为你昨晚被那些战队粉丝堵住，凉在总决赛现场了。"

"你迟到了十分钟，今晚要补半小时，不然我就天天举报你的直播间。"

"迟到，解释。"

"我睡得太好，把你们忘了。"简茸言简意赅。

大家："？"

"这是人说的话吗？"

"我昨天看直播的时候心惊胆战，就怕你冲上解说台抢麦克风骂PUD。"

简茸说："没，昨晚我没认真看。"

"你去现场，还不认真看比赛？那你去干吗的？"

"等等，你们看主播任务栏第一个程序！"

简茸愣了愣，随着这个弹幕往自己任务栏看去——星空TV_ ++耳个人主页，是他刚刚为了充值而打开的小号主页。

简茸还没反应过来，就有人发弹幕说自己已经成功摸进小号的个人主页了。

简茸眼前一黑："等等，我可以解释。"

这一边，路柏沉在等小白上号双排。

他正打算起身去泡杯咖啡，就看见弹幕里出现了一些奇奇怪怪的话。

"Soft 大军到！"

"星空 TV 著名喷子主播 Soft 竟偷偷开小号，仅关注 Road 一人！为 Road 豪掷六位数礼物！并转了 Road 每一条直播动态！"

"他甚至在开播前还蹲守在 Road 的直播间，竟忘了他自己也是一个主播。"

"他平时连自己的动态都不转,我被感动了。"

"他那台垃圾电脑开播以来就没换过,砸给 Road 的礼物钱都能开个破黑网吧了。"

"我哭了。喷子也有情!喷子也有爱!求求 Road 看看他吧!"

第四章 和偶像一起双排

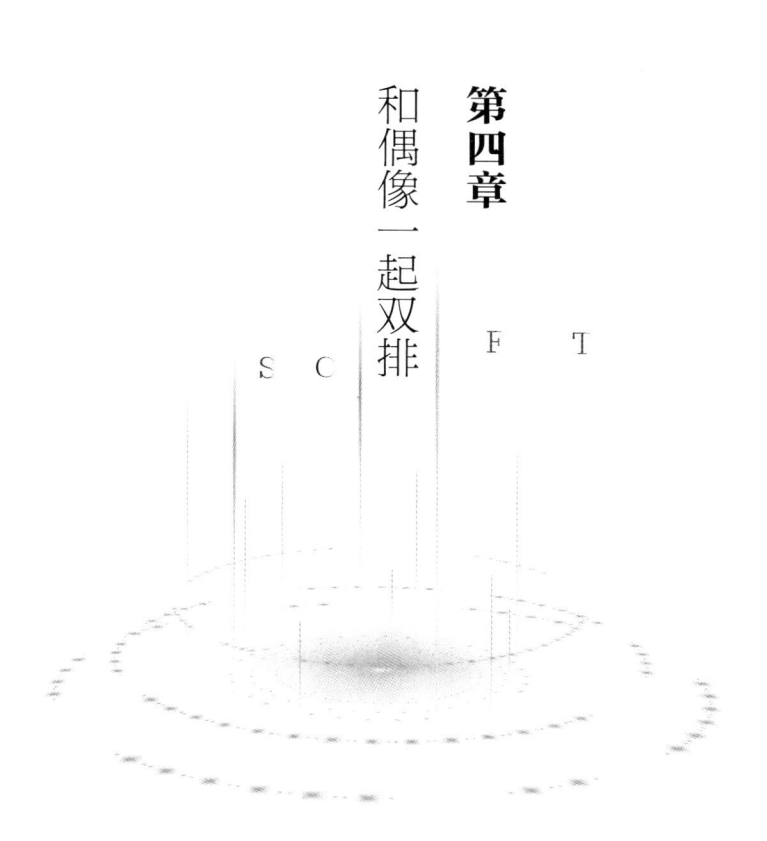

这些话很快就淹没在弹幕里，来告状的人再多，也抵不过 Road 粉丝们的热情。

粉丝见有人在弹幕里刷其他主播的名字，刚想怒斥这群人别来蹭流量——

"什么小号？"路柏沉捏着空杯子坐了回去。

"盯着你的小号。"

"你们给他留点面子吧，这直播间这么多人呢！他的小号主页是 http……"

路柏沉刚想点进网页，对方就因为发链接被房管连封带踢送走了。

房管们手速太快，路柏沉翻了一下，没找到网址，于是转过头问身边的工作人员："如果跳到其他主播的直播间，我的视频会断吗？"

当路柏沉点进 Soft 直播间时，对方正在研究怎么关闭小号的访问权限。

男生穿着白色短 T 恤，手肘撑在电脑桌上，抓着自己的头发，正因找不到关闭权限的按钮而一脸绝望："这平台怎么回事啊……我那小号充了那么多钱，顾客不是上帝吗？上帝的资料怎么可以随便给其他人看？"

"你但凡有一天把我当上帝，我们的关系也不会差成这样。"

"你不是说要解释吗？解释啊。"

"怪不得你每天都在黑别人，原来是 Road 的粉丝，那我能理解了，他的粉丝都是疯狗。"

"行，我解释。"简茸把网页最大化，覆盖住直播间的界面，以至于弹幕炸了他都不知道。

"我就是他的普通粉丝，偶尔看一看他的直播，看得高兴了就送个礼物……"简茸说到一半，莫名其妙地皱起眉。

对啊，他只是一个普通粉丝，有什么好解释的？

"就跟你们来看我的直播一样，我去看别人的直播，有什么问题？"简茸把自己说服了，神情也跟着放松许多，"女朋友都没你们管得多，闲的。"

简茸终于找到隐私设置，边关权限边说："还有，虽然我是 Road 的粉丝，但我说什么话、做什么事都跟 Road 没关系。你们天天挂着我的粉丝牌去别的直播间骂人，难不成要把账都算我头上？别相互捆绑，各自安好，明白吗？"

设置成功后，简茸做好跟粉丝大骂三百回合的准备，关掉了网页。

弹幕数量比他预料的要多，内容却跟他想的不太一样。

"我帮你把 Road 叫来了！"

"你自己有多抠门心里没数吗？别人送礼物没问题，你送礼物就是太阳西边升，老母猪上树，天上下红雨！"

"Road 大军到！"

"恭喜 Soft 宝宝追星成功！"

"谁是你粉丝？你没有粉丝，认清你自己。"

曾几何时，简茸的女粉也是很活跃、很可爱的。

由于她们看久了简茸的直播，并天天在弹幕里跟一群大老爷们对骂，现在个个是"祖安一姐"。

简茸平时看到女粉骂人都会说两句，让她们少说脏话别学坏，现在却顾不上了。

他直播间砸钱榜上的某个 ID 亮了。

简茸的嘴巴微微张着，怼水友的话卡在嘴边，好不容易找回来的从容正飞速流逝。

他刚把自己的头发抓成鸡窝，现在整个人看上去有些呆。

弹幕吵吵闹闹，有骂他的，有说他蹭热度成功的，还有让他赶快欢迎老板的。

简茸又抓了一下头发，过了半晌才迟疑地开口："欢迎 Road。"

TTC·Road："双排？"

这话一出，弹幕内容终于统一，问号占满了整个屏幕。

简茸一愣，嘴巴比大脑的反应还快："排。"

"哪个区？我马上上号。"简茸说完，觉得自己的语气有些急，他克制了一下，见 Road 迟迟没说话，又道，"我每个区都有号，国服 H 服欧服都可以玩。"

TTC·Road："一区，还是之前那个号？我加你。"

简茸说："好。"

Road 很快离开了简茸的直播间。

半分钟后，简茸游戏右下角弹出一个邀请消息。

他连忙点下同意。

路柏沅开着游戏语音，他的声音有点不清晰，像在和旁边的人说话。

"哥，我上号了，你快拉我。我练了一手乌鸦辅助，特别强！线上绝对击退对面……"小白话一顿，疑惑地回头问，"哥,你的房间怎么满人了？"

"临时来了一个人。"路柏沅说，"你先去和谦哥玩一会儿。"

小白瞪圆了眼睛："谁来了？他有我厉害？哥，你想清楚，你现在钻四，再输两局要回铂金了，世界四强是铂金段位，像话吗？"

Pine 插话："我跟你排，别说铂金，那是奔着黄金去的。"

"你瞎说！"小白问，"哥，到底谁来了啊？"

"一个小粉丝。"路柏沅说，"他送了我很多礼物，就带他玩两局。"

简茸："……"

简茸绷着脸，选好自己的位置，对弹幕上的嘲笑视若无睹。

小白也愣住了，能被他哥放在眼里的礼物，那得是多大数目啊。

几秒后，他小心翼翼地问："那粉丝给你刷了多少钱？"

"不知道。"路柏沉想到什么，笑了一下，"据说加在一块，能买家黑网吧？"

小白："啊？"

简茸："……"

简茸用头发想想都知道是他粉丝造的谣。

他闭掉游戏里的麦，冷冷吐出一句："你们下次能不能说几个高档一点的词？出息。"

小白终于闭了嘴，语音陷入短暂的沉默。

"昨天你走得太急，我没来得及问。"路柏沉忽然开口，"有没有受伤？"

简茸过了两秒才反应过来对方是在跟自己说话。

"没有。"简茸说，"我没受伤。"

路柏沉"嗯"了一声。

简茸又想起路柏沉的毛衣，他舔了一下嘴唇："我那时候没站稳，撞到你了。"

"没事。"路柏沉打断他的话，"你补位？"

简茸："嗯。"

简茸第二个位置选的补位，就是这局游戏缺什么位置他就打什么位置。对他而言，如果不是中单位，那其他位置对他来说都没区别。

段位低，他们很快就排进了游戏。

简茸看了一眼位置分配，Road 拿到了打野，自己补位去了辅助。

简茸是最后一楼，队友刚选好 ADC（物理伤害）英雄，就在聊天频道里打起了字。

唯爱小千："辅助会不会玩猫咪？"

简茸皱了一下眉。

猫咪是职业比赛中比较受欢迎的英雄，非常考验队友的配合，平时排位、匹配就很少人玩。

　　毕竟猫咪大部分时间都要附身在队友身上，遇上不会玩的，那就等于牵着一个没用的挂件。而且它还是一个脆皮，不跟着队友就容易死。简茸觉得这英雄玩起来就像在挂机。

　　没等简茸回复，队友又发来一句。

　　唯爱小千："你选猫咪，速度。"

　　简茸冷笑一声，打字：我来玩游戏的还是来伺候你的？滚。

　　就在简茸把话发出去的前一秒，耳机里传来一道放下杯子的声音。

　　简茸及时刹车，手指从发送键移到了删除键，把打出来的字全部删了。

　　看我操作就行了："好的。"

　　简茸选定了猫咪。

　　"这种傻子你都不骂？我是真看不起你。"

　　简茸无视掉弹幕，一进游戏就跳到了操控ADC（物理伤害）英雄的队友身上，开始了漫长的挂机之旅。

　　谁承想这队友不仅管得宽，还特别菜。

　　当他漏掉第三个大炮车的时候，简茸终于忍不住了。

　　他打字：这些炮车是你族谱上的亲戚？不忍心击杀？

　　发出去却是"加油，别再漏兵了，好吗？"。

　　操控ADC（物理伤害）英雄的队友被对面连续抓到两次，然后打字责怪简茸没有保护好自己。

　　简茸打字：我把大草原的牛全牵过来都救不活你。

　　发出去的是"抱歉，你也不要再被抓了，好吗？"。

　　操控ADC（物理伤害）英雄的队友被对面单杀，再次打字质问简茸为什么不在自己身边。

　　简茸打字：我买十双鞋子都跟不上你送死的速度。

　　发出去的是"怪我，下次等我来了再跟他们打架，好吗？"。

简茸忍气吞声二十分钟，终于在上单提莫开口后爆发了。

唯爱小千："辅助，你是女的吗？"

看我操作就行了："？"

唯爱小千："你干吗对我老公说话这么嗲啊？不会看我和他的ID？"

简茸没想到自己这辈子会跟"嗲"字扯在一起。

他还没从震惊中抽身，上单又发了一句。

唯爱小千："你从我老公身上下来。"

我去，要不是这英雄非得附在队友身上，我早把你老公弃尸荒野了。

简茸被迫辅助一个菜鸟已经很憋屈了，这会儿直接原地爆炸。

简茸站在自家基地里，敲字的速度比刚才都要快上几倍。

"不是吧，不是吧，你老公菜成这样，你还会担心游戏里有妹子想勾搭他吗？就这货色，丢在青铜段位妹子都要捏着鼻子让他走远一点吧。还有你，这20胜率的提莫怎么好意思出来玩儿啊？你俩就应该一块在下路举行夫妻双人厨神赛啊！"

"嗖"的一声，他们队的打野青钢影出现在了基地里。

"小猫咪。"一直安静玩游戏的男人忽然在语音里叫了一声。

简茸下意识应："到！"

路柏沉很轻微地笑了一下，说："你到我这里来。"

简茸："……"

简茸的喉结滚了滚，他面无表情地删除自己对话框里打出的一大串辱骂之词，迅速按技能飞到了Road身上，"喔。"

小猫咪悠然自得地挂在青钢影身上，光是游戏画面都仿佛比刚才顺眼许多。

离开了那个废物队友后，简茸终于有闲心跟弹幕互动了。

"你喔什么呢？算我求你，回泉水开骂，好吗？"

"干吗？你在玩金山打字小游戏？"

"这局游戏代入感太强了，我已经在挖这对电竞情侣的坟了。"

"你的键盘上为什么会有删除键？一名合格的喷子从来不给自己留退路，懂？"

"不是说好了分可以再上，傻子不能错过吗？说话不算话？"

简茸关掉自己游戏里的麦克风，并打开直播间确认Road不在，才慢悠悠地开口。

"啧，这几年游戏环境之所以这么浮躁，就是有你们这些玩家。"简茸说，"队友只是犯了一点错误而已，怎么能骂人家的爸爸妈妈呢？兄弟姐妹们带上素质冲浪，好吗？要包容友爱，要给队友成长的机会。"

"你闭嘴吧，再说一句，我就把你直播间炸了。"

"怎么，房管提着刀在身后看你直播？"

"他这德行我怎么觉得似曾相识？好像上次Road来直播间的时候他也一副胆小样。"

"装乖呗，怕偶像下局不带他双排了。"

"我装什么了？"简茸挑眉，"我不是一直都这样？"

话还没说完，耳机里突然响起一声："人呢？"

简茸忙开麦："我在。"

路柏沆打死一只野怪，看了眼自己身上的挂件："你怎么不敲键盘了？"

简茸："……"

弹幕里全是"哈哈哈"。简茸再次抓了抓头发："刚刚我在和朋友聊天。"

几秒后，他又说："现在聊完了。"

"哦。"路柏沆看了眼自己直播间的弹幕，"你的水友又来我这儿了。"

简茸："啊？"

路柏沆说："他们说你刚在对话框里写完了一本书。"

简茸："……"

简茸沉默地揉了一把脸，抬手把弹幕里笑得最欢的号封了。

自从离开下路之后，简茸就再也没附过其他人的身，团战也只跟着 Road，旁边残血的队友他看都不看一眼。

最后一波团战，其他三个队友在野区开战，Road 赶到时，己方只剩一个残血的 ADC（物理伤害）英雄，ADC（物理伤害）英雄拼命往他们这边靠，想让简茸附身送他一点血。

简茸不为所动，在把 Road 加满血并放出大招的同时，给自家残血的 ADC（物理伤害）英雄发了一个图标。

虽然他没打字，但意思大概是"去死吧，傻子"。

游戏结束，路柏沉刚返回大厅，就感觉身边的人在盯着自己。

他别过头："干什么？"

小白哀怨地看着他："哥，你刚才说的那个给你砸了价值一家黑网吧的礼物的小粉丝，是不是染的蓝毛，瘦不拉几，还特喜欢摆臭脸？"

路柏沉没说话，算是默认。

"那小蓝毛怎么阴魂不散！"小白说，"是不是他缠着你？哥，不是我背地里说人坏话啊，实在是这个人太没素质了，你还是别跟他扯上关系，省得……"

"是我去找他一起排的。"路柏沉打断他。

小白一脸蒙。

过了两秒，路柏沉又像想起什么似的："还有，我没关游戏里的麦。"

小白："……"

小白坐回原位时还在安慰自己。

没事的，反正是不相干的人，以后都见不着面，顶多就被那小蓝毛在直播间里骂两句，更何况自己说的都是实话！

他这点好不容易找回的底气，在他跟谦哥进入新游戏的那一瞬间全部消失。

只见对面打野男枪的 ID 是"Road"。

对面中单男刀的 ID 则是"看我操作就行了"。

而他这一局,补位补到了中单。

小白眼前一黑,当即就想退出游戏。

袁谦说:"能打吗?要不要换路?"

"你这英雄打不了中路的。"小白皱着脸说,"没事,后期我比他有用,我猥琐塔下打发育,他还能强杀我不成?"

五分钟后。

"看我操作就行了击杀了 P 宝的小辅助。"

九分钟后。

"看我操作就行了击杀了 P 宝的小辅助。"

十二分钟后。

"看我操作就行了击杀了 P 宝的小辅助。"

十四分钟后。

被击杀七次之后,小白在拿自家蓝 BUFF 时被对面打野男枪抓住,Soft 从墙的另一边翻过来,轻取小白狗头。

小白崩溃了:"哥,我都这么惨了,你还帮他来抓我!"

"没办法。"路柏沅语气随意,"我现在是他的打野。"

话音刚落,正在偷敌方蓝 BUFF 的简茸忽然在原地交了一个闪现。

好在路柏沅已经离开了野区,游戏里暂时没人发现他白丢了一个召唤师技能。

"你到底能不能行啊,Road 说了一句话你就手抖,出息。"

"我要去小白直播间告诉他,你没闪现。"

"你等着,我这就去路神直播间帮你搭桥牵线。"

"对面中单太菜,让他一个闪现。"

简茸板着脸说完,抽空打开直播间页面,给那个说要去路柏沅直播间的水友发出一份禁言九十九天大礼包。

周末,路柏沅刚睡醒就被丁哥叫去了会议室。

"你发的东西我看了,给教练团也发了一份。"丁哥沉默两秒,"这么多直播回放,都是你自己翻出来的?"

路柏沅还困着,"嗯"了一声:"我只翻了今年的,往前找找应该还有。"

"Soft是打得不错,反应很快,操作比我们今年新找的青训生都好。"丁哥没吝啬夸奖,说完后又道,"但他性子太急了,玩发条这种发育型英雄,都敢跑到敌人脸上去输出,根本不顾队友在不在……你也清楚,打比赛不能光靠个人能力,队伍配合和全局意识更重要。"

"配合和意识可以提升。"路柏沅说,"天赋不行。"

"是。但他从来没参加过专业训练,我没法让一个没任何经验的选手来担任队伍的首发中单。"

"我当时也是新人。"路柏沅打断他。

丁哥哑声半晌:"世界上没有那么多像你一样的天才。"

"所以需要去找。"路柏沅说,"不提别的,你现在从LPL里随便挑出一个中单跟他solo,都不一定能打赢他。"

丁哥没想到他对Soft评价这么高,意外地挑了挑眉。

路柏沅说得没错,Soft的个人能力非常强,他回去问过团队的人,得知Soft一年多前在H服名气不小,而且据说年纪非常小,未来发展空间巨大,这才被纳入团队考虑名单中。

"我知道。所以我目前的建议是,先把他招揽进队,先练一段时间再看。"丁哥拿出一张纸,"不过人家也不一定愿意来。我打听过,以前有三个战队想招揽他,其中还有PUD,他全拒绝了。"

说到这儿,丁哥顿了一下,然后接着说:"据说其中有支战队问了他三遍,他嫌对方太烦,把人拉黑了。"

路柏沅无声地扯了一下唇。

丁哥笑道:"算了,我先试着联系他吧,如果他愿意,我们再往下商量。"

丁哥走后,路柏沅去厨房热阿姨留下的粥。

他倚在灶台旁,拿出手机转发赞助商的微博广告。

关手机前,路柏沅想到什么,打开搜索栏搜了一下"Soft"。

Soft 的微博数量很少,最新一条是半小时前发的。

Soft 发了一张猫的照片。

照片里是一只脏兮兮的土猫,男生的手瘦长白净,正在挠它的下巴。

Soft 虽然发博少,但跟粉丝的互动很多,最近一条回复甚至就在几秒之前。

"今天我玩排位遇到一个傻子,说话跟你特别像。"

Soft:"我跟你爹像不像?"

"猫猫好可爱喔!"

Soft:"嗯。"

Soft 唯一后援团:"我去帮你追星了,不知道你偶像看不看私信,盼回复。"

Soft:"拉黑了,滚。"

简茸躺在床上,正和微博评论里的粉丝厮杀。

他懒洋洋地回复完一条评论,又刷出十来条评论,他打了一个哈欠,随意地抬眼一瞥——

TTC·Road 回复 Soft 唯一后援团:"没看到你的私信。"

简茸脑子一抽,差点原地注销微博账号。

简茸翻了个身,点开那串字母。

TTC·Road,关注人数"71",粉丝数"581万",微博认证:TTC 电子竞技俱乐部选手。

他再关上，再点开。

反复五次后，这个页面终于有了一丝变化——Road 的关注人数变成了"72"。

界面右下角的"已关注"也变成了"互相关注"。

简苣："……"

评论下面已经有五十多条粉丝回复。

"对不起，路神，我刚刚只是开个玩笑，我现在马上去直播看回放截图。"

"啊？我竟然在一个主播的评论区看到 Road？"

"之前我一直没发现，这主播所有的赞都是点的 Road 的微博。"

"他微博第一个关注的人也是 Road。"

简苣火速从床上弹起来，打开电脑，删除直播回放，一系列操作干脆利落。

他坐到电竞椅上，盘着腿咬手指头，对着 Road 的留言抓耳挠腮。

他犹豫了十来分钟，才终于回了一个"哭泣"的表情。

路柏沅看到这个表情时已经是三日后。

他的微博消息太多，那天他也只是随手回复，没记在心上。

他刚想看看那个粉丝有没有给自己发私信，身边的小白就忽然探过头来："哥，丁哥为什么把我们叫到会议室啊？"

路柏沅将手机锁屏，随手放在桌上："不知道。"

战队内部开会是常事，比赛期间他们一周能开好几次会，但这次显然不是复盘会议。

几分钟后，丁哥单独走进会议室，进来就把门关上了。

他开门见山地说："这次我过来，是要跟你们说一下 Kan 的事。"

这话一出，在座几人的表情登时严肃许多。

就连平时脸上总挂着笑的小白也安静下来，靠在椅子上没说话。

Kan这两个赛季虽然发挥不好，但他依旧是TTC的老成员。TTC刚成立，他就待在这个俱乐部，跟着战队打过次级联赛，也拿过世界冠军。

可以说，在座四人都是Kan看着走出来的。

丁哥沉默几秒，沉声说："联盟那边查到了点东西。"

小白登时鼻子一酸，用力眨了几下眼睛。

就连队里最寡言的Pine，也别过头看向了窗外。

路柏沉眼皮轻垂，脸上没什么表情："确定了吗？"

"八九不离十吧。"丁哥说，"本来没那么好查，但前两天有人联系联盟，说是手里有证据。"

小白皱眉："谁？"

"他女朋友。"丁哥停顿了一下，"或者说是前女友。"

几人："……"

"这事应该再过几天就有结果了，我们先等着吧。"

会议室里气氛沉闷，丁哥微不可察地叹了一口气，转移话题道："还有件事。上面已经在跟新中单接洽了，管理层看中两位，负责人在谈，我事先跟你们透个底。"

听见"新中单"三字，大家脸上都没多少意外表情。

电子竞技就是这样，有旧人走，也会有新人进来。每个战队都要经历更新换代，才能保持最好的成绩。

替补实力一般，Kan状态下滑，再加上这次的事，TTC招募新中单势在必行。

袁谦做了一个深呼吸："看中了谁？"

丁哥说："一个是H国赛区的Savior，他的合约刚到期，这个赛季有意加入LPL。"

袁谦震惊："Savior？他要来我们赛区？那得多贵啊？"

Savior是H国赛区的新人中单，刚上职业赛场两年。虽然他所在的战队成绩一般，勉强能打进淘汰赛，但他个人能力是出了名的强劲，最擅长打发育，经常能在劣势中站出来 carry 队伍。

Savior 粉丝最常说的话就是"给 Savior 换几个阳间队友，他现在已经二连冠了"。

"这你别操心，战队连 Road 都养得起，还怕买不起一个新人中单？"丁哥说。

路柏沉不置可否，挑了一下眉。

小白喃喃："我们战队要引进其他国家的队友？那交流起来多麻烦啊，我可不会说外国的语言。"

Pine 说："你成天看那些无聊的海外剧，一句没学会？"

"要是听着就能学会，那我现在都在清华北大了，还搁这儿跟你一起打职业赛？"小白撑着下巴，又看向丁哥，"那另一个呢？"

丁哥说："另一位是平台主播，没什么赛场经验，白纸一张，但个人实力很强，是一个好苗子。"

会议室陷入一阵沉默。

半晌后，Pine 才皱眉重复："主播？"

电竞行业刚兴起时，许多选手都是战队从直播平台、排位积分榜里挖掘出来的，袁谦和 Kan 就是如此。

但电竞行业一点点崛起之后，每个战队都拥有了一套成熟的培养体系，青训生已经成为战队们寻找新成员的主要渠道。

而主播这一块，变成了退役选手们的最佳选择。

小白倒是无所谓，能被管理层挑中的人当然不会差。他问："哪个直播平台的？我们认识吗？我怎么不记得最近有什么特别厉害的新人主播？"

"算是认识吧。"丁哥说，"Savior 那边正在谈，PUD 也想签他，现在就双方拼价格。另一位刚敲定下来，上面已经派人去联系了。"

"另一位叫什么？我抽空看看他的直播。"小白叹气，"我真说不来外国的语言。"

丁哥安静片刻，然后说："一个染着蓝头发的主播。"

小白说："但我努力一下也不是不行，我一会儿就去买海外语言学习书。"

"扑哧。"

低沉的气氛一扫而光，丁哥和袁谦都笑出了声，就连一向冷漠的Pine都扯了扯嘴唇。

只有小白一人崩溃了："不是……为什么要招一个喷子进队啊？哪个瞎了眼的管理看中他的？他除了在黄金铂金虐菜还会什么？"

"我看中的。"路柏沅的声音响起。

"你……哥？"小白生生止住脏话，诧异地转头，半晌后才呆呆地问，"你看中他哪儿了？"

路柏沅停顿两秒，像是思考了一下，然后说："哪都挺好。"

小白彻底蒙了。

他觉得他哥口中的蓝毛，跟他认识的蓝毛不是一个人。

"行了。"丁哥收回笑容，"我只是跟你们说一声，目前挑的是这两人，最终是谁还不知道，先别想太多。八点了，先下去吃饭。"

直到其他人走光，路柏沅才从位子上起来。

他经过丁哥身边时停顿了一下，然后稍稍别过头："Kan的事，管理层什么打算？"

"还能有什么打算，"丁哥说，"要告他违约。"

路柏沅垂着眸子，轻轻地"嗯"了一声，转身离开了会议室。

深夜十一点，TTC训练室。

小白在星空TV直播间外晃悠来晃悠去，最后还是没忍住，重新登录了一个小号，摸进了 Soft 的直播间。

此时简茸正吃着酸辣粉，在玩《英雄联盟》自走棋。

"你抢的是什么破牌，到底会不会玩？"

"你别吃了，快打游戏，你都多久没安排水友赛了？"

Soft 唯一后援团："你的微博为什么拉黑我？"

看到最后这个弹幕，简茸又想起自己那个没得到回复的微博表情。

他心里不爽，抬手就把自己的唯一后援会禁言了。

简茸吃完酸辣粉，刚打算开局游戏，QQ 忽然弹出了一个好友申请。

附言："有兴趣打职业赛吗？"

简茸一怔，然后干脆把申请关了。

"我去，终于有人发现他的实力了？"

"你为什么拒绝啊？"

"诈骗吧，就这样的还有战队要？"

电脑前的小白刚想附和，转念一想，自己的战队还真要去招揽他，只好生生忍住了发弹幕讽刺的冲动。

"没为什么，我不想打。"简茸懒懒地说，"我也觉得像诈骗。"

"当职业选手不比当主播好？还赚钱。"

"得了吧，也就金字塔顶端的赚钱，那些小破战队的替补月薪连一万块都没有。而且他就一虐菜主播，放到高手面前算个屁。"

"上周主播不是还吊打了坦克战队的 Bye 吗？"

小白瞬间炸毛！

你才被吊打！有本事你去跟他对线啊！术业有专攻不知道吗？

"我赚你们的钱就够了。"

简茸说完，看到弹幕上一阵骂骂咧咧，忍不住笑出了声："Bye？他是玩辅助的，中路打不过我很正常。"

小白从鼻子里发出一声"哼"。

算你这小蓝毛识趣。

接着，简茸又道："不过如果用辅助英雄 solo，他也打不过我。"

狂妄！你多当半分钟的人会死吗？

小白抱着键盘开始勇闯天涯："solo 算个屁！这是五个人的游戏，Bye 的团战作用比你大一万倍！"

这句话从万条弹幕中飘过，简茸压根没看见。

他继续回答其他人的问题："找我的战队多了去了……为什么不去？说了不爱打。我喜欢一个人玩游戏。单杀就很爽，团队运营不适合我。"

"如果有大战队找你呢？"

"大战队？比如？"简茸漫不经心地说，"PUD？没兴趣。他们专门打大后期，典型的运营战队。"

"OYG？我也没兴趣。他们喜欢围绕着下路打，我不想去给人当爹妈。"

"TTC……"简茸停顿片刻，抬头往电脑右上角瞄，像在确认砸钱榜上有没有某个人。

小白下意识坐直了听。

"他们辅助 Bye 看上去就记仇，我击杀他那么多次，他心里指不定多恨我。"

简茸故意没提 Road，但他扫了眼弹幕，又有几个傻子在趁机黑人。

所以简茸还是没忍住："不过我喜欢他们的打野，他很——"很强，操作灵活，战术厉害。

这些话简茸都没能说出来。

小白刚要砸桌子骂人，就见直播间窗口忽然暗掉，屏幕上出现一个哭泣的小人，旁边写着一行大字——

"新规调整：该主播被多人举报，平台将暂时封停该直播间！"

小白激动地从椅子上跳起来，转头就看到他身后站着的路柏沅。

"哥，"小白惊道，"这蓝毛喷子竟然被平台封了直播间！"

路柏沅握着杯子，垂眼看着电脑屏幕："嗯。"

小白没连耳机，直播间里的对话他都听见了，没想到平时嚣张、毒舌的主播也会被人举报封号。

小白还要说什么，路柏沅又开了口："既然他也受到了惩罚，以前说了你什么，就别跟他计较了。"

第五章 失业主播

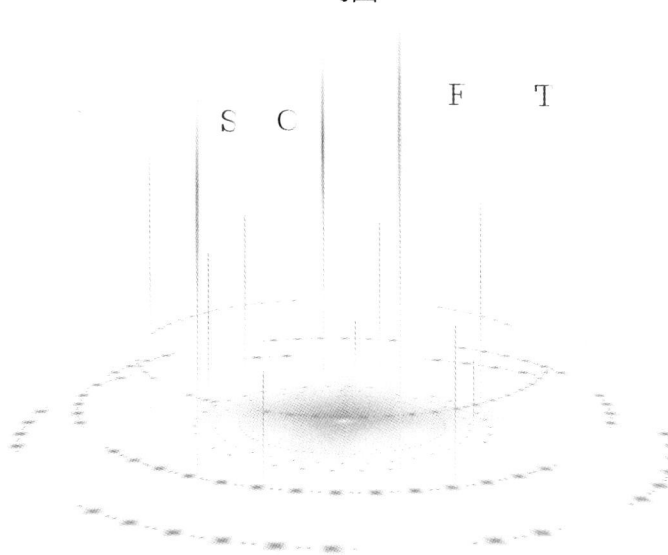

深夜，街边的烧烤摊。

几个光着膀子的男人大口喝酒，嗓音粗犷，空荡的酒瓶子散落一地，随便一碰就哐啷响。

大老爷们喝得身上全泛了红，其他客人见状，全部避而远之，他们周围只剩一个男生。

男生面前放了几十串烧烤，他跷着二郎腿，大腿上随意放了一顶帽子，一头蓝发瞩目。他正边吃烧烤边打电话。

"我之前就说了平台要整改，但没想到是这方面。"石榴停顿片刻，轻咳道，"而且我都忘了，你敌人太多。"

简茸咽下羊肉，语气硬邦邦道："无所谓。"

石榴忍住笑意，他知道简茸心情不好，不再戳简茸的痛处："那你现在什么打算？"

简茸说："不知道，我没打算。"

失业来得太突然，二十串羊肉串下肚，简茸都还没真正回过神。

"不过也好，你休息一阵再回来重新播，你的观众群体比较固定，跑不了多少的。"石榴说，"正好这几个月你可以放松一下，去旅游一趟。要不我带你去迪士尼玩玩？"

听出对方的兄长语气，简茸冷冷道："你怎么不说带我去儿童天地？"

他喝了一口汽水饮料清口，又说："我没担心直播的事。"

只是他忽然停了直播，竟然想不到自己能做什么了。

"不然你去找点事干？"石榴猜出他的想法，想了想说，"趁年轻，你可以去做点兼职，体验体验生活，不然等以后开播，你又没时间干别的了。或者你有没有什么特别想做的事情？"

简茸盯着汽水饮料瓶中咕噜咕噜冒泡的液体，停顿片刻："赚钱。"

石榴本想说他这小兄弟怎么还这么现实，又怕挨骂，硬生生忍了下来。

他抬眼看着聊得热闹的主播群，忽然想到什么："这样，你去谈场恋爱吧，几个月嗖地一下就过去了，真的。"

简茸："啊？"

"哥给你介绍几个。"石榴说，"你要比你大的还是比你小的？比你小的不太好找啊。或者你喜欢什么样的类型？其实我这儿有很多女主播挺想认识你的。"

"嘟——"

简茸果断挂了电话，低头专心撸串。

简茸把烤串风卷残云后，才重新拿起手机，点开了微博。

他刚刚心情不太好，随手发了一条停播微博就出门了。

Soft："特殊原因，停播，以后回。"

简茸看到下面四千多条评论，眼皮一跳，只觉得没好事。

果然，平台有几个跟他一样违法公序良俗被停播的主播，别人的停播微博下面都是"别难过""摸摸头""等你回来"，而简茸的评论区——

"震惊，小蓝毛竟然被封号了！"

"封得好，谁让他那么没礼貌，天天跟粉丝们顶嘴！"

"呼，我耳边终于能清净一段时间了。"

简茸气笑了，边喝汽水饮料边挑着评论回复。

"我家宝贝以后打算去干吗？"

Soft："别恶心。开烧烤摊。"

"你不开直播会饿死吗？来杭州给我跪三跪，我投资你。"

Soft："别担心，我比你有钱。"

Soft 唯一应援会 i："呜呜呜，你别伤心。喜欢 Soft 的水友们记得去 Road 微博下面点赞顶一顶哦，帮他追星人人有责！啾咪！"

他不是早把这破烂后援会拉黑了？

简茸眉头轻皱，下意识点开评论里的图片。

是 Road 最新一条微博下面的评论。

Soft 唯一应援会 i："Soft 被封号前直言'我最崇拜 TTC 的打野，他很棒'，音频在私信，请路神查收！"

下面还有一堆回复——

"不是说的'他很帅'？"

"说的是'他很迷人'，谢谢！"

"原话难道不是'他好棒，求求水友们帮我追星'？"

点赞数 6000，比他微博下的评论还多，稳稳占据热评第一。

简茸看到最后这条评论，猛地一呛，捂着嘴巴把汽水饮料咽下，低头咳到脸蛋通红，连旁边几位老大哥都忍不住望了过来。

简茸拿纸随便抹了抹嘴，咬牙打字。

Soft 回复 Soft 唯一应援会 i："滚，我退博了，88。"

翌日，星空 TV 的负责人找上了门，说是最近上面抓得严，凡是直播被人举报违法公序良俗的，下令必须整改，通知下得又急又晚，所以才突然封掉了这么多直播间。

简茸是被电话吵醒的，他闭着眼："直接说解决方案。"

"是这样的。我们平台和你的合约原本是两年，下个月就到期了，我们这边是有意向和你继续合作的。"

简茸"哦"了一声，几秒后又说："我要提价。"

两年前他急缺钱，又没有观众基础，平台给他的底薪很低很低，礼物分成也不高。这就导致就算他现在热度在英雄联盟分区名列前茅，收入还是比同阶层的主播低许多。

对方也不意外:"好的,这个我们之后拟合同再谈,我会把你的意向报给上面的。"

简茸说:"嗯,挂了。"

"等等。"负责人连忙叫住他,"还有件事。"

"我们平台近期准备组建一支英雄联盟战队,正在招募优秀的游戏玩家,不知道你有没有兴趣?"负责人说,"试训时间是下个月七号,为期两周——"

"不考虑。"简茸打断他。

"我们推出的战队会直接购买LPL的名额,不需要从小联赛打起,签约费可以谈。"负责人继续努力,"平台的直播合同我们也能给你一定的让步。"

"不考虑,挂了。"

简茸刷牙的时候,石榴打电话来问他为什么拒绝加入战队。

"你的消息挺灵通。"简茸把泡沫吐掉,"我对他们战队没兴趣。"

"你对打职业赛也没兴趣?"石榴道,"我不信,每个高玩或多或少都想过打职业赛这条路的,你一定也想过。"

简茸把手机开了免提,低头洗脸,没回答他。

"你难道是有什么阴影?"石榴猜测。

简茸说:"没有。"

确实没有。当初他也不是没想过打职业赛,只是月薪太寒碜,青训生每月八百块钱还不包吃住,那点钱付他爷爷一个月的药费都不够。

"那你为什么不试试?现在的合约基本是两年,短的一年都有,我相信你一定能打出成绩,到时就算你原地退役,直播热度都比你现在高一倍不止。"

石榴停顿一下,然后继续说:"其实我这儿有个战队也想联系你,你可以先去试训,可以就打,不行再回来呗。反正你这几个月也闲着,就当是赚外快了。"

"不了,"水声太大,简茸没听清他后面说的什么。简茸抓起毛巾擦脸,声音模糊:"我不想去那些战队。"

石榴又说了两句,挂电话之前,他问:"你就没有想去的战队?"

几乎是一瞬间,简茸记忆深处的角落微微松动。简茸脑子里闪过一个男人的脸,还有那张朝自己递来的入场券。

简茸挂了电话,把脸重新埋进毛巾里,许久后才走出卧室。

他出门吃了顿早餐。

阳光正好,简茸低头喝汤,桌子忽然被路过的人撞了一下,某些液体溅在了他的帽檐上。

对方连声道歉,简茸摘下帽子,垂眼看着被几滴汤水浸湿的"Road",沉默半晌才说:"没事。"

傍晚,丁哥回到基地,径直走到在沙发上打电玩的男人身边,问:"两个坏消息,你想先听哪个?"

路柏沅操控摇杆,头也没抬:"最坏的。"

"Savior 选了 PUD。"丁哥说,"PUD 老板疯了,下了大血本,我们评估 Savior 不值这个价,决定放弃了。"

路柏沅"嗯"了一声,干脆漂亮地把小白打了五次都没过关的终极 Boss 摁倒在地:"另一个呢?"

"我让人去问了,Soft 没打算打职业赛。"丁哥说。

路柏沅垂着眼没吭声。

电玩游戏里的人物短暂地停顿了一下,很快继续往下一关走。

"不过我本来没抱什么希望,他要是想打职业赛,两年前就跟你当同行了。"

丁哥坐到路柏沅身边:"我还打听了一下,他当初好像特别急着用钱,跟星空平台签了很差的合同,这次续约估计签约费能水涨船高,比转行打职业赛好多了。毕竟他玩得再好,刚进队也只能拿新人合约。"

手机响了一声,路柏沉玩了一会儿才暂停去看。

是一封QQ邮件。

丁哥:"算了,其实定下他也是抱着赌的心态,他也不一定适合赛场。"

路柏沉本来想关掉邮箱提示,却不小心点了进去。他目光一扫,新邮件的主题只有两个字——"求职"。

邮箱里有很多垃圾邮件,路柏沉一键勾选,刚要删除,余光瞥到了下面一行邮件预览。

丁哥叹了一口气:"我听小白说,他是你的粉丝,我还以为他起码会考虑一下,没想到人家直接否了,连一个洽谈的机会都没有。算了,我重新筛一遍人。"

"不用了。"路柏沉打断他。

丁哥疑惑地望去,看见路柏沉正低头翻着邮件。

路柏沉滑到底部,微不可察地笑了笑,把手机丢给他,继续拿起手柄打电玩。

丁哥赶紧接住手机,下意识低头去看——

求职。

姓名:简茸

性别:男

年龄:17

身高:175 cm

体重:54 kg

……

游戏ID:Soft

游戏水平:曾上过H服王者第四,前国服王者

应聘职位：TTC 电子竞技俱乐部英雄联盟分部中单

简茸是在烧烤店发的邮件。

他以前就经常点这家店的外卖，现在没别的事做了，干脆出门吃。

老板见他连续来了两天，爽快地多送了他一瓶饮料。

他没客气，说了声"谢谢"，继续低头看手机。

半瓶饮料下肚，石榴那句"你就没有想去的战队"又开始在他脑子里瞎转。

简茸跟其他高玩一样，当然想过打职业赛这条路，他也曾经敲过一家俱乐部的门。

当时那家俱乐部的一队刚夺冠，风光无限，不知多少新人不要工资，挤破头都想加入。就在几十上百人中，简茸成功入选。

后来因为试训当天他放了俱乐部的鸽子，他在电话里跟对方说了很多句"对不起"。

简茸打住念头，心不在焉地继续刷微博。

他回复完粉丝之后，连夜创了一个微博小号，没有乱七八糟的评论，也没有一堆无聊的艾特，整个微博清静许多。

他小号的关注人数比大号要多，昨天微博给他推荐了很多人，他直接点了一键关注。

所以这会儿他一刷新主页，就有很多条新博文跳了出来——

电竞那些事儿："确切消息。H 国选手 Savior 旧合约结束，新赛季会来中国赛区打。目前有五家俱乐部在抢，包括 TTC 和 PUD。"

简茸盯着"TTC"看了几秒，才往下看评论。

"PUD 中单打得没有问题啊，招 Savior 进来干吗？"

"一看 TTC 就知道是假消息，TTC 都打了多少年的全华班了。"

"什么年代了，谁还在乎战队华不华？能拿成绩才是王道。TTC 都拿了多少年四强了？真就死在四强呗。"

"能拿几年四强就说明人家有夺冠的能力，黑粉能不能带脑子再黑？"

"TTC吧，TTC现在急缺中单啊。而且Savior这么强，长得也很可爱，和路神绝配！"

绝配？简茸嗤笑一声，把屏幕锁了。

几秒后，简茸重新打开手机，杠精似的回复最后那条评论："Savior前期能力一般，跟打野联动不起来，我不觉得他们绝配。"

对方秒回："能力一般？嗯嗯嗯，全联盟最看好的新人中单和路神不配，那谁配？您吗？"

简茸把这行话看了三遍后，像被按下了什么开关，抿着唇去翻TTC的招募信息，不过一无所获。

他抓了抓头发，正打算再找一找，脑子忽然一抽，想起躺在自己备忘录几年的一串数字。

直到简茸回到家，洗了澡，晾好衣服躺到床上，他那点拇指大的微醺感全然消散。

他无比清醒地看着天花板，表情像游戏连跪一百场那么凝重，满脑子都是——我到底干了什么？

当石榴的电话打进来的时候，他已经盯着那封邮件懊悔半小时了。

石榴："周末我——"

"我问你一件事。"简茸把脸埋在枕头里说。

石榴听他语气认真，还以为是什么大事，皱眉道："你说。"

"如果——我是说如果。"简茸说，"你曾经在直播时不小心露出了自己的QQ号码，被某个粉丝记下来了。大概两年后吧，这个粉丝给你发了一封QQ邮件……"

"你遇到变态了？"石榴问。

简茸一蒙，猛地从枕头中抬头："怎么就变态了？"

"都两年了，对方还往你邮箱里发东西，不是变态是什么？"

简茸："那万一有什么急事呢？"

"你们又不熟，能有什么急事啊？而且谁会保存一个陌生人的 QQ 号两年？"石榴严肃地说，"这事你得重视起来，这种人很恐怖的，放现实里就是那种会尾随你回家的大变态。"

简茸："……"

"你下次小心点，暴露 QQ 号很容易被坏人盯上。"石榴叮嘱完，才继续之前的话题，"周末我要回上海，一块去吃顿饭？"

"再说。"简茸毫无感情地说，"再见。"

简茸挂了电话，木着脸打开百度，刚输入"邮件怎么撤回"——

"叮。"

"你收到一封新邮件。"

简茸差点把手机丢窗外去了。

他盯着手机上的提示看了很久，然后下床用凉水冲了冲脸，才重新坐到床上，点开邮件。

"回复：求职。"

"加微信：DhdRRR。"

简茸盯着发件人处的"R"字母，他吞咽了好几次口水，才动动手指去微信添加好友。

几秒后。

D："我通过了你的好友验证请求，现在我们可以开始聊天了。"

简茸打开键盘，来来回回地敲字，"你好"改成"您好"，"我是 Soft"改成"我是简茸"。

就在他要把消息发出去的那一刻——

D："你好，我是 TTC 战队经理丁哥。"

简茸停顿片刻。

艹耳："哦。"

D："……"

D："我看了你的简历，各方面都还不错。不过我们需要进行两周的试训再商量后面的事情，你什么时候方便过来一趟？"

艹耳："随便。"

艹耳："你微信号后面的 RRR 什么意思？"

D："就啊啊啊的意思？"

艹耳："哦。"

丁哥一边跟他商量着时间，一边嘀咕："现在的小男生都喜欢走装酷路线吗？"

路柏沅想到男生那头和长相不符的蓝毛，扯了一下嘴唇，意味不明地"嗯"一声："叛逆期。"

周三，简茸起了个大早。

今天是他和 TTC 经理约好试训的日子。试训为期两周，吃住都在 TTC 基地。

简茸没什么行李要收拾，一个背包就装满了。约到车后，他出门下楼，在电梯里看到自己帽子上的 ID，刚想摘掉，半途又好好地戴了回去。

是他想多了，Road 怎么可能会跟试训人员谈话，可能连邮箱都是工作人员在管理。

他应该不会这么快就见到 TTC 的一队队员。

他跟石榴打听过，被战队相中的青训生或者自由人进队之前都要试训一段时间，教练团和管理层看到数据和评估，才会做最终决定。

虽然每个战队内部的制度不一样，但应该相差不远。

D："你出发了吗？"

艹耳："快到了。"

D："好，最近基地放假，没什么人，我跟保安打过招呼了，你报门牌号就可以把车开进别墅区，进来直接按大门门铃就行。"

　　车子驶进别墅区，简茸看着外面一排排气派的花园别墅，默默拿出手机百度"TTC基地"。

　　简介上的夸张面积，和LPL这支豪门战队十分匹配。

　　简茸下了车，背着行李包走进铁门，穿过花园，按响了大门门铃。

　　他只按了一下就停了，也不管里面的人听没听见。

　　被雨淋过，花园里有股潮湿的气味。简茸低下头，才发现大门旁边搁了一盆仙人掌。

　　仙人掌已经干枯发黄，奄奄一息。

　　能把这么顽强的植物养成这样也不容易。

　　大门被打开，简茸闻声抬头，看清门后的人后，那句"你好"生生卡在了喉咙里。

　　开门的男人一只手拉着门，身上穿着灰色常服，头发比平时要凌乱一些，却不显得邋遢。

　　他眼皮垂着，神态慵懒，手里握着玻璃杯，拇指和食指间有一颗黑痣。

　　简茸还愣着，男人稍稍抬眼，目光投向他戴着的帽子上。

　　路柏沉刚睡醒，嗓音低哑，问："外面在下雨？"

　　简茸："嗯？"

　　"帽子湿了。"

　　简茸紧紧绷着脸，动作僵硬地把帽子摘下，还放在自己衣服上搓了搓。

　　路柏沉无声地笑了一下，转身往屋里走去："进来吧。"

　　简茸一进屋子，就跟沙发上坐着的几个人对上了视线。

　　TTC上单袁谦、下路Pine、辅助小白此刻全部坐在一楼客厅，看起来像在商量什么事。大家见他进来，全部收了声，默默地看着他。

　　尤其是小白，沉默之中带着尴尬，尴尬里面还掺着恐惧。

他用眼神问袁谦：丁哥呢？

袁谦亦用眼神回复他：上厕所。

场面正僵着，一个中年妇女从厨房里走出来，是基地的做饭阿姨。她边解围裙边问："家里的调料用完了，我得去一趟超市。大家有没有想吃的呀？阿姨帮你们买回来。"

袁谦说："我们网上帮您订吧，省得跑。"

"不用不用。"阿姨忙摇头，"我正好看看有没有新鲜的鱼虾。"

小白立刻举手："我要吃薯片和威化饼！"

Pine说："买点坚果。"

阿姨记下他们要的东西，问在厨房里泡咖啡的路柏沅："小路要买什么吗？"

"不用。"路柏沅说完，忽然停顿了一下，"等等。"

他回过头，看了简茸一眼。

简茸站得笔直，被他看得抿了一下唇。

"买点牛奶回来。"路柏沅收回视线，说，"队里有人在长身体。"

直到丁哥回来，简茸才意识到"在长身体"的是他自己。

说是"长身体"，其实还是说他小。

他怎么就小了？他已经成年了。

简茸刚想辩解两句，但在看到路柏沅的背影后又把话咽了回去。

路柏沅虽然穿着随意，但能看出他肩膀宽厚，身材颀长。许多职业选手久坐在电脑前会形成的驼背圆肩，他通通没有。

从背影上看，他有着同龄男人中非常优越的身材，这也导致每次比赛现场，他都是职业选手里最显眼的那一位。

"Soft，来了。"丁哥擦着手说，"坐，大家简单认识一下。"

简茸犹豫几秒，在最右侧没人坐的单人沙发上坐下了。

丁哥察觉到气氛有点尴尬，不过无所谓，年轻人嘛，刚认识的时候都这样。

他道："这是我们战队的辅助 Bye。"

"我认识。"简茸停顿一下，"都认识。"

小白心想：你天天在直播间嘲讽我们，能不认识吗？

他想讥讽几句，话到嘴边又咽了下去，只好大大咧咧地换一个姿势，以示不满。

一旁的 Pine 皱眉："你屁股下面有刺？动来动去的。"

小白："你管我。"

丁哥说："你们也认识一下，Soft，简茸。他打中单位的，要来我们基地试训两周，吃住都跟你们一起。"

说完，丁哥看向简茸，期盼他能够自己说两句。

简茸抱着自己的背包，跟他对视两秒，然后吐出一个字："嗯。"

丁哥："……"

"是哪个茸字？"袁谦笑着问。

简茸说："艹耳的茸。"

简茸不会自我介绍，就连最开始直播时，他也只有一句简简单单的"玩中单的，名字就是直播 ID"。

好在他现在只是一个试训生，不需要说太多。

丁哥起身道："走吧，房间我给你准备好了，先带你去楼上放行李。"

两人走后，客厅的氛围稍稍缓和。

"艹耳茸，毛茸茸的茸啊？"小白嫌弃地皱脸，"这种大喷子，名字怎么又软又茸的？"

Pine 眼也不抬："那你的名字取得好，白白胖胖。"

"P宝，你一天不欺负你的小辅助会死？"

"你不要给自己加'小'字，也别叫我 P 宝。"

袁谦笑眯眯地听他俩拌嘴，待路柏沅落座后，他才道："之前我不知道 Soft 的年纪还没注意，现在看了才觉得 Soft 是真小啊。"

年纪其实还好，包括 Pine 在内，多的是很小就开始打职业赛的青训生。如果不是联盟有参赛限制，只有满足条件才能参加比赛，恐怕会有更多新人涌上来。

路柏沅说："他太瘦了。"

上次 Soft 撞上来时他就觉得很轻，根本感觉不到重量。

袁谦说："确实。按理说他当主播应该赚了不少，怎么还这么瘦？"

路柏沅笑了笑，说："养养就好了。"

这么豪华的别墅，房间自然也差不到哪里去，光是床都比简茸自家的要大得多。

"原本这是安排给替补睡的，但他在二队的宿舍住惯了，就没搬过来。所以这间房到现在还一直空着。哦，二队就住我们后面那栋小别墅。"丁哥说，"我让阿姨打扫了一下，你看看还有没有什么缺的。"

简茸说："没有。"

丁哥点头："那行，你先收拾一下房间，收拾好了我带你去训练室。"

"砰"，很轻的一声。

简茸把自己的背包放在地上，说："我收拾好了，走吧。"

丁哥："……"

TTC 二楼一整层都是训练室，分好几间，用途各不相同。其中一队队员的训练室最宽敞，两个机位之间都有一定的距离，玩游戏或直播都不会影响到身边的人。

丁哥把他带到一个空着的机位前说："电脑和设备都是新的，你随便用，鼠标、键盘用得不顺手可以换。最近队里放假，二队都回家了，怕你一个人住后面会害怕，就暂时先坐这儿吧。"

简茸先是"嗯"了一声，低头看到自己的键盘后却一怔："这是？"

他的键盘是 TTC 战队的定制款，左上角"Esc"键帽上有个"R"字母。

丁哥"哦"了一声："这是 Road 的定制键盘，还没发售呢。你不是他的粉丝吗？我就让人给你换了这款。"

简茸："……"

丁哥的语气寻常。毕竟 Road 的粉丝太常见了，别说青训生，就是在各大战队都有不少选手是他的粉丝。

丁哥见简茸垂着眼睛，问："你不喜欢？这个随时可以换。"

"不用。"简茸把目光从键盘上移开，"换来换去太麻烦了，就这个吧。"

试训在下午正式开始。

第一天是简茸的个人试训。

放假期间训练赛不好约，教练团的人给他安排了四个队友和一队对手。这九个人都是 TTC 俱乐部的青训生，其中还有两名回了家的二队成员。

为防简茸被认出来，教练给了他一个全新的英雄账号。

丁哥和其他几名教练聚集在观战室，每人手里都拿着本子，面前还摆了两台电脑，游戏中所有数据都会直观地显示在上面。

后排则坐着闲着没事干来观战的一队队员们。

人员到齐，丁哥进入观战位，并把界面投影到幕布上。

简茸独自坐在训练室里，他调试好键位，点下准备按钮后，游戏马上开始。

简茸不知道队里的人是谁，但队伍里的人明显互相认识。他们在队伍里讨论起了阵容，最后有个人说："那我们缺个肉一点的开团，中单会玩加里奥吗？"

简茸没吭声。

"中单？"那人又叫了一声，"你玩加里奥，这局看我，一定带你赢。"

虽然青训生们不知道这次的比赛是要干什么，但谁都想在教练面前好好表现，所以都选了脆皮但能秀的英雄。

几秒后，简茸选出了妖姬。

"兄弟，你干吗啊？"那人不满了，"都是脆皮，我们怎么打？你选个开团大肉躺赢不好吗？"

"要不然我选一个治疗英雄，专门给你加血？"简茸问。

对方："……"

"还是玩风女，顺着风把你护送回老家？"

对方："……"

上单心脏怦怦乱跳，他连忙打开微信群，往里面发了一句：不是吧！我怎么觉得这人这么熟悉呢？

简茸这局玩的英雄叫诡术妖姬，拥有超高的瞬间伤害和灵活性，操作难度大，对玩家水平要求很高。

游戏开始，简茸刚走到中路，对面的卡牌大师就在中路给他发了一个图标。

小白忍不住"咝"了一声。

袁谦说："干吗？"

"我以前看过他的直播，在他面前发过图标的中单……"小白表情复杂，"都没什么好下场。"

小白一语成谶。

卡牌大师还没到六级，就被妖姬击杀了两次。

第二次简茸是越塔强杀的，因为防御塔伤害太高，简茸在击杀掉对方后也在敌方防御塔下阵亡了。

"亏。"袁谦说，"他身上还有赏金，就这样跟别人互换？"

六级，卡牌大师有了全图传送的大招，开始上下游走来帮助自己的队友。

而简茸却迟了一步，在队友阵亡之后才赶到现场，换掉了对面的辅助。

Pine："他去晚了，换掉一个还是亏。"

越往后看，小白眉毛就皱得越紧："这人怎么宁愿野区抓人也不跟着队友打团？他这英雄到后期可就没用了。"

路柏沉沉默地看着屏幕，没发表任何意见。

简茸的打法很明显。

他根本不在乎亏不亏，也不在意队友需不需要帮助。

他只想让自己的装备和等级变得更强，他已经习惯了靠自己赢下一局游戏。

袁谦看了眼时间："三十五分钟了。"

小白靠在椅子上，有些幸灾乐祸："他这妖姬马上废了，后期谁装备都起来了，他能秒谁——不是吧！"

小白话都还没说完，就见简茸对着某块盲区丢了一个位移伤害技能，逮到了刚好路过的ADC（物理伤害）英雄，并用一套技能直接击杀掉了对方。

ADC（物理伤害）英雄直到死都还在往前奔跑，明显没有反应过来。

"他这是怎么看见的？"小白瞪大了眼睛，"他开透视？"

"预测的。"路柏沉终于开口，解释道，"ADC（物理伤害）英雄十几秒前路过了一个Soft刚插的眼。"

"十几秒前，"小白的眼睛瞪得更圆了，"这都能预测到？他是不是——啊？"

几句话的时间，简茸又蹲到了对方的野区，蹲守几秒后成功击杀来打野怪的敌方上单。

小白："他能秒掉……这上单？"

"秒不掉。"袁谦看乐了，"这不打了两套伤害吗？他这位移都要把对面玩死了。"

他这两次击杀，成功引起了对方的仇恨。

五分钟后，敌方三人追击简茸，简茸把他们从下路二塔一路带到了上路龙坑。

他还边走边发图标，对方好几次想放弃，看到他的图标又气不过，拔腿狂追。

小白："……"

这次就连Pine都僵硬地抬了一下嘴角："漂亮。"

最后一次团战，简茸吸足了对方的火力，秒掉对面双C位并骗了无数个大招，光荣地阵亡在了敌方基地。

他的队友成功推掉敌方水晶。

游戏结束，Soft首战告捷。

他回到房间的那一刻，聊天频道立刻爆炸——

"你是Soft吧？"

"你是不是Soft？"

"这妖姬我绝对见过！"

"你再说一句话，这次我一定能认出你！"

教练团的几人都忍不住低下头，笑了笑。

这种能把个人风格发挥到极致的选手，LPL还真没几个。

打完比赛，简茸活动了一下手指，长长地呼出一口气。

然后他开始打字——

Asdsdfz："还要打吗？"

丁哥："暂时不用，你先退了吧。"

"Soft给个微信呗。"

"我经常看你直播的！"

简茸看到丁哥的回复，头也不回地退了平台。

他起身去了趟厕所，再回来时，训练室里多了两个人。

小白坐在自己的位置，眼神忍不住往旁边那台新电脑瞟。

Pine问："你看什么？"

"我看他有没有偷偷开脚本。"小白一脸认真。

Pine 不置可否，挑了挑眉。

"啧，他居然真来我们战队了。"小白往后一靠，摆出咸鱼瘫的姿势，"不过我真看不出他这么矮小，完全就是一个小屁孩。他往我哥身边一站，那简直就是小鸡和老鹰。"

小白想到了什么，冷哼一声："如果他真通过试训进队，我就孤立他，除非他开口叫我哥，再给我道个歉，否则……"

哐啷。

小白听见动静，慢吞吞挪动椅子转身，跟身后刚洗完脸的简茸对上了视线。

小白："……"

简茸面无表情地看了他两秒，忽然扯唇笑了一下。

小白的头皮发麻了。

简茸说："道歉可以。"

小白："不用不用，你别这么客气。"

"为哪一次道歉？"简茸想了想，"你常规赛的反向大招，我说你憨憨操作那一次？"

小白："……"

简茸："还是春季赛你整局游戏一次钩子都没中，我说你盲人打职业赛精神可嘉那一次？"

小白："……"

简茸皱眉："或者是八进四淘汰赛，你在野区被抓三次，我说你爱丽丝梦游仙境那一次？"

小白："……"

简茸："还有——"

小白心想：你再骂我一句，我就哭给你看。

"我还会长高的。"

小白："啊？"

简茸想到他刚刚的形容，脸黑了几分，说："你才是鸡。"

小白被他这两句说蒙了，还没想好要怎么反击，就见他哥从门外进来。

小白立马就要告状，余光却瞥见路柏沅手上那瓶牛奶。

简茸转身想坐回自己的机位，迎面却撞上了披着队服大衣的路柏沅。

路柏沅垂眼盯着他键盘上的"R"字母："丁哥给你换的？"

简茸怔了怔，瞬间哑火："嗯。"

"后面有我的名字，"路柏沅说，"你不喜欢就让他换。"

简茸刚洗完脸，下巴还在滴水。他伸手抹了几下下巴，才说："没关系，我用什么都可以。"

路柏沅"嗯"了一声，把牛奶放到他桌上。

"厨房还有牛奶。"路柏沅说，"你喝多点，长快点。"

小白心想：完了，哥也踩着雷区了。

他正想舍身救人，却见刚刚把他喷成鸡的男生此时脸色涨红——跟他上次在总决赛现场看到的差不多。

小白还没反应过来，就听见 Soft 很轻地"哦"了一声，然后他僵硬地坐下，僵硬地插吸管，僵硬地开始喝队长送来的牛奶。

小白："……"

他坐直身子。

他决定下次也要给 Soft 送牛奶。

当简茸喝光牛奶时，丁哥正好推开训练室的门。

"我在餐厅订了位置，大家都收拾一下，司机在外面等着了。"丁哥看到简茸刚进入一局新游戏，皱眉道，"糟了，我忘了提前跟你说了。"

简茸买装备出门，闻言摇头："没事，我随便应付就行，不用管我。"

"那怎么行？我让司机等等吧，你快点打。"丁哥说。

"真不用。"简茸顿了一下，说，"我想把晋级赛打完。"

丁哥闻言，只好作罢："好吧。那我把基地地址发到你手机上，你自己点外卖，外卖费我报销。或者冰箱里有吃的，你想吃什么就拿。"

简茸说："好。"

"我也不去了。"路柏沆起身，"没睡够，上去补一会儿眠。你们吃吧。"

丁哥："要不要给你打包？"

路柏沆径直上楼，只留下一句："不用。"

丁哥又叮嘱几句才走。

所有人都离开训练室后，简茸松了一口气。

他已经习惯了独处，还不太适应跟其他人一起在训练室里打游戏。

这局排位赛没到二十分钟就结束了，屏幕上刚出现"Victory"，简茸搁在键盘前的手机就响了两声。

他的微信跳出了一个新的讨论组。

讨论组的名字是"TTC猛男健身俱乐部"，群里只有六个人。

丁哥："基地地址是……"

丁哥："这几天你有事就打电话给我，或者在群里说话，我能看见。"

简茸微微一怔。

这是TTC的内部群？试训生也能加内部群吗？

丁哥："这只是一个生活群，你不要有压力，有什么事只管说话。"

艹耳："好。"

第二局晋级赛，简茸玩得心不在焉。

他三十分钟结束战斗后，"晋级成功"几个字跳出来。他点下确定，直接把游戏关了。

简茸回到房间，盯着天花板，两分钟后，还是忍不住从口袋里掏出了手机。

他点开讨论组，点开成员列表。

微信名叫"R"的人静静躺在列表最末，头像是一只小香猪。

路柏沅的朋友圈只有好友可见，简茸点进去只能看到非常单调的个人信息。他看了两眼，冷不防想起石榴说的那句"尾随回家的大变态"。

简茸沉默半晌，抓起衣服进了浴室。

他在浴室里折腾了几分钟，里面出来的都是冰水。他脱了衣服，刚打算就着凉水洗，就听见外面传来一道敲门声。

简茸想起基地里现在只有两个人在，一愣，抓起旁边的衣服就随便往自己身上套。

"丁哥说你没回消息，"听见开门声，路柏沅抬头，停顿片刻后才把话说完，"让我过来看看。"

因为衣服穿得太急，简茸的头发乱得不成样。他拽着门把，眨眨眼，"哦"了一声："我马上看。"

"嗯。"路柏沅感觉眼前的人哪里不对劲，垂下眼打量几秒，忽然挑了挑眉，"你的衣服穿反了。"

简茸低头，目光跟衣领上的标签对上。

"我在洗澡，"说完，他又觉得洗澡途中穿衣服出来给人开门太奇怪了，硬着头皮补充一句，"但是好像没有热水。"

路柏沅说："我看看。"

简茸刚想拒绝，路柏沅已经进来了。

浴室的地面有些湿，路柏沅看了一眼，说："你过来。"

淋浴间空间很小，简茸往前靠了一点点。

路柏沅回头看见他依旧站得远远的，笑着偏了偏身子，好让他看到自己按着的地方："底下这两个按钮，按左边是凉水，右边是热水，扭动可以调节温度。"

简茸看着自己刚刚拽了半天没拽出来的按钮："我知道了。"

路柏沅点头："你洗吧。"

路柏沅刚要走出浴室，简茸放在盥洗台上的手机忽然响了起来，上面备注是"丁哥"。

路柏沅顺手拿起手机想递给他，却不小心按到了锁屏键，把电话挂了。

来电提示按掉，手机回到主人原先开着的页面。

是一个微信资料卡，路柏沅扫了一眼，看到了自家养的小香猪。

简茸保持着想接过手机的动作，也蒙了。

简茸："……"

路柏沅说："我不小心点错了，把电话挂了。"

简茸说："没事。"

"你给他回了电话再洗澡吧，"路柏沅把手机放到他摊开的手心里，"他可能是想给你带吃的。"

简茸立刻锁屏，恨不得把手机丢进马桶里冲了："好。"

他硬着头皮把路柏沅送出了门。

简茸给丁哥回了电话后，重新回浴室冲澡。

简茸脑子里全是刚才路柏沅看他手机时的表情，带着点笑，却没说穿他。

他把脑袋送到水柱下冲了一会儿，最后身体往前一倾，脑门在墙上傻了吧唧地撞了一下，忍不住在心里骂了自己一句傻子。

简茸擦着头发出来，瞥见手机上有一条微信提示。

此刻他对这破软件有些抗拒，磨磨蹭蹭半天才点开看。

"R 申请添加你为好友，附加消息：无。"

简茸擦头发的动作停住了。

他盯着那只小香猪看了半天，直到敲门声再次响起，他才慌里慌张地点通过。

简茸把手机丢进口袋里，从床上跳起来去开门，开门之前还不忘把乱成一团的湿发抓平。

门一开,小白脸上就挂上了和蔼的微笑:"丁哥打包了一些小吃,让我送上来给你。"

男生头发湿着,见到他,表情明显变了一点,眼皮都没什么精神地垂了下去。

简茸沉默两秒,冷淡拒绝:"我不吃,谢谢。"

"别啊。"小白现学现卖,"吃多点!长快点!"

简茸一脸疑惑。

小白见他没反应,从口袋里掏出他的撒手锏。

"我还给你带了一瓶牛奶上来。"小白一脸温和地说,"你明早起来喝,一定长高高。"

简茸盯着他手上的牛奶看了很久,然后抬起头很真诚地问他:"你想打架吗?"

翌日,小白逮着 Pine 诉了大半天苦。

"不都是送牛奶吗?我送的还是特仑苏,比蒙牛贵多了!"

Pine 听他唠叨了一整局游戏,忍无可忍,提醒小白:"他是路哥的粉丝。"

"我知道啊。"小白说,"可那也差太多了吧?偶像送的就一口气喝完,我送的他就要跟我打架?"

Pine 想了一会儿,说:"可能他是你的黑粉吧。"

小白:"……"

小白见简茸上完厕所回来,立刻闭嘴不吭声了。

在等待游戏更新的时间里,简茸偷偷看了一眼路柏沅的位置。

路柏沅今天要开直播,他抱臂坐着,在等工作人员帮他调试设备。

他像是刚睡醒,一直没怎么说话,工作人员问什么他也只是点头和摇头。

训练室的门被推开,简茸仓皇地缩回脑袋。

丁哥步伐匆匆，一进门就严肃道："你们最近别打 H 服了，全部回国服上分。"

虽然 LPL 已经成为目前的第一赛区，但国内的游戏环境依旧很差，高分段有很多代练和混子玩家，"游戏演员"更是数不胜数，已经形成了一种不良风气。所以大多职业选手还是会选择去 H 服训练。

甚至有些俱乐部挑选青训生的要求之一，就是 H 服段位必须在大师以上。

小白疑惑道："怎么了？"

丁哥说："春季赛规则出来了。"

袁谦问："不让选手打 H 服排位了？"

"不是，但差不多。"丁哥长叹一口气，"联盟要求每位职业选手的峡谷之巅排位段位必须保持在单双排钻一，或者以上。"

TTC 众人："……"

其实这个要求对职业选手来说并不高，很多水平中上的玩家努力一把都能冲到钻一。

可是，众所周知，TTC 的队员们大都跟排位赛没什么缘分。

队里最让人省心的是袁谦，他上分勤恳，从不乱玩自己不擅长的英雄，段位一直在大师和王者之间徘徊。

Pine 喜欢玩冷门物理伤害高的英雄，更喜欢阴阳怪气嘲讽人，曾在钻一局掏出露露，成功气死四队友，目前段位钻三。

小白单排基本不玩辅助，带不动妹却又喜欢跟妹双排，段位飘忽不定，在钻石和铂金之间反复横跳。

路柏沉的段位被冻结，持续掉分，马上要铂金了。

小白表情沉重："我们要被取消比赛资格了。"

"没那么严重。"丁哥拍了拍他的脑袋，安慰道，"这段时间你们尽量双排吧，别作死，还是挺轻松的。"

丁哥说完，又问简茸："你的段位应该有钻一吧？选手注册的要求也提升到钻一了。"

简茸说："钻四，零胜点。"

丁哥："……"

简茸倒冷静："没事，打上去很容易。"

TTC下路二人组忍不住羡慕地看了他一眼。

简茸的语气虽然狂，但他说的是实话。在这个版本最容易上分的就是中单和打野，尤其是简茸这种控制型中单。

丁哥满意地点头，然后走到路柏沅身边。

丁哥压低声音："你的手不舒服就别打，我跟赛方沟通一下，以后补也一样。"

"不至于，"路柏沅失笑道，"我能打。"

丁哥还是犹豫："反正你别勉强。"

简茸的游戏终于更新完毕，他打开游戏客户端，刚登录上大号。

"简茸。"

简茸被叫得一怔，几秒后才迟钝地回过头："啊？"

路柏沅打开直播网站，问他："排一会儿？"

简茸先是下意识点头，然后才想起什么："你不是要直播吗？"

他和丁哥商量过，在试训结束之前，不会跟其他人透露他在TTC的事。

"不影响。"路柏沅说，"你不说话，别让他们知道你在我这儿就行了。来吗？"

简茸和路柏沅以前就双排过，所以他开大号来玩也没事，只要不暴露自己在TTC基地就行。

路柏沅把他拉进房间，问："你要跟你粉丝说一声吗？之前你的直播突然断了，挺多人来我微博底下问。"

简茸一下就想起自己之前看到的那条热评。

他当时切了两个号去举报，直到今天都没能成功把那条破评论举报。

但是，Road 也会看微博评论？

不是说这些职业选手基本不去自己评论区和贴吧找虐的吗？

"不用，我这么久没直播，他们应该都去看别人直播了。"简茸快速选好要玩的位置，想赶紧跳过这个话题，"我好了。"

路柏沅"嗯"了一声，先把直播开了才进入队列。

他们开着游戏语音，简茸关了自己的麦克风。

进入游戏后，简茸在四楼。

他刚 ban（禁用）完英雄，就听见路柏沅说："你的粉丝都在我直播间里挂机。"

他嗓音带笑，听起来并不介意。

简茸平时戴耳机总是歪歪扭扭，不爱戴正，嫌闷。

他把耳机往上拽了拽，把发烫的耳朵严实盖住。

看我操作就行了："我没什么粉丝，有也是黑粉。"

简茸发完这句，还是忍不住打开星空 TV 网页，用半分钟创了一个新的小号，刚进推荐页就看到了路柏沅的直播间。

路柏沅平时都懒得起直播间名字，都是系统默认的"TTC·Road 的直播间"。

而今天——

TTC·Road："双排，跟 Soft。"

简茸："……"

他呆滞几秒才点进去。

俱乐部的设备比他家的老旧电脑好多了，弹幕千军万马似的飞过，他的界面依旧流畅清晰，毫无卡顿。

"这两个人为什么又一起双排了？"

"太过分了,我为了帮他守住偶像,天天蹲在路神直播间里,专门怼那群女友粉,他说我是黑粉?"

"Soft是谁啊?这些叫"Soft亲爹""Soft祖宗"的都哪里来的?贴吧吗?说话怎么这么难听?房管能不能做事?"

"小燕子,穿花衣,年年春天来这里,你问燕子为啥来,燕子说,管好你自己。"

"燕子说,少管你顾客哪里来。"

"小傻子肯定开了一个新的小号在Road直播间里偷窥我们,让我把他揪出来。"

谁偷窥你们!

简茸的小号本来叫"间耳",看到这条弹幕后,他默默打开个人资料,随便改成了一行乱码。

他再切回游戏,看到Road选定了雷恩加尔。

雷恩加尔,又名"狩猎狗",能依靠草丛打出爆炸伤害,同样依赖优势,用玩家们的话来说就是"顺风狩猎逆风狗"。这英雄拿一次人头,敌方双C位的心脏都要抖一抖。

这英雄因为没有开团能力和逃生技能,在赛场上几乎不会出现。

"你竟然玩狩猎狗!"

"不夸张地说,这是我今年第一次看到职业选手玩狩猎狗,我以为这英雄马上要被移除了。"

"Road竟然也会玩这种无脑英雄?"

路柏沅调整符文,懒声说:"是很久没玩了。"

路柏沅平时话就不多,开直播也一样。他心情好时会回答一些碰巧看见的弹幕,心情不好一局游戏都未必说一句话。

不过这并不影响他直播间的人气,刚开播几分钟就轻松蹿上了人气榜第一。

到简茸选英雄了，因为他还在试训期间，他下意识把这次排位当成了试训中的一项。

看我操作就行了："我玩什么？"

弹幕飘过一片问号。

"Soft不是本人开号吧？"

"还要我教你玩游戏吗？"

"还要我教你玩游戏吗？"

"随便。"路柏沅扫了眼弹幕，看到他们在刷屏，"'还要我教你玩游戏吗'是什么意思？"

简茸："……"

几个月前，曾有个不长眼的陪玩平台上门找简茸打广告。

为了宣传，平台安排了一个妹子跟简茸双排。妹子声音甜美，擅长撒娇，能把老板哄得服服帖帖。她在选英雄时犹豫了几十秒，然后问："哥哥，我玩什么英雄呀？"

简茸当时在吃面，闻言疑惑地皱起眉，脱口道："还要我教你玩游戏吗？"

简茸锁下妖姬，刚想说"不知道"，就看见那群顶着他直播间牌子的"Soft祖宗"唰唰几秒把来龙去脉全打在了弹幕上。

路柏沅意味不明地笑了一下："这样啊。"

他听见身后的人键盘敲得噼里啪啦响。

简茸不停歇地敲了半分钟后——

看我操作就行了："中路前期不用抓。"

路柏沅说："我六级来。"

"路神后面是谁在打字？手速这么快。"

"对面中单的ID有点眼熟。"

"我去，路神和空空撞车了！"

路柏沅读条时没注意看对手的ID，他刚打完一只野怪，对面的人就在全屏说话了。

[所有人]空空："哥，在单排？这局结束了组队？我们一起上分？"

空空，MFG战队的中单，今年还不到二十岁，是这两年LPL里比较火的新人中单。他最近比赛有好多次亮眼表现，成功吸引不少人的目光。

[所有人]Road："双排。"

空空看了眼对面的ID，确认没有TTC队员在后，疑惑地问："你和谁啊？"

[所有人]Road："我们中单。"

简茸没想到Road会用"我们中单"来介绍自己。

他肯定只是随手一打，没什么别的意思。

他一边这么想，一边垂下眼把这句话又看了一遍。

[所有人]空空："这中单的ID有点眼熟啊。"

半分钟后，空空终于想起对方是谁了。

[所有人]空空："哥，被绑架了你就眨眨眼。"

空空刚发出这条消息，对面的中单妖姬忽然释放技能，上来打了他一套伤害。他赶紧后撤，吃血瓶补状态，还想说什么，那人就说话了。

[所有人]看我操作就行了："？"

空空正迷茫着，Soft的黑粉大军就空降过来了。

"我翻译一下，这个问号的意思是'傻子闭嘴'。"

"再明确一点：你说啥呢？"

"呃，我好好打，先不互动了。"空空轻咳一声，"这局一定要赢路神的分。"

空空无端被对方粉丝攻击，有些郁闷，暗戳戳地想在对面中单身上找回场子。

他听说过这个主播的传闻，他们战队的打野曾经夸过这个人。但再强也就是主播水平，要真有那么厉害，肯定早被职业俱乐部挖走了。

而且这局他玩的是冰女，有控制和自保能力，非常克制妖姬这种刺客英雄。他这把排到的队友胜率都还可以，阵容也不错，认真打应该挺容易赢的。

可他这想法不到十五分钟就破灭了。

自家打野第三次被妖姬和狩猎狗联手阴死，打野终于忍不住开麦骂人。

"他们中单不是刚回城吗？"空空皱眉，"什么时候入侵我们野区的？"

几次之后，空空不再坐以待毙，他跟着自家辅助一起钻进敌方 F6 旁的草丛，想阴妖姬一波。

没多久，Soft 就慢悠悠进了野区。空空立刻用 E 技能位移到 Soft 身边，并丢出大招想控制他。

谁知就在冰块刚冻上 Soft 的那一刻，Soft 立刻点下秒表（英雄联盟装备，免疫 2.5 秒内所有伤害并无法移动、使用技能），金身时间结束后，反手一套秒掉了跟在自己身边的脆皮辅助，速度快得他根本没反应过来。

最后路柏沅及时赶到，配合 Soft 收下了空空的人头。

[所有人] 看我操作就行了："？"

"我翻译一下，这个问号的意思是：在谁面前玩儿阴人呢？"

"再明确一点：就你也配进我家野区？"

空空："……"

你们这群 Soft 粉能不能赶紧走？

游戏结束时，空空的战绩是 3/7/9，是队里的 SVP（败方 MVP）。

他们 ADC（物理伤害）英雄更惨，被路神和 Soft 打出了 1/13/2 的战绩，已经原地自闭。

路柏沅返回房间，刚想重新进入匹配队伍，就见空空不知何时进了他的直播间，还在给他刷礼物。

路柏沅基本不感谢礼物——他收到的礼物太多了，根本谢不过来。

路柏沅看到眼熟的 ID，道："谢谢礼物。别刷了，破费。"

MFG-空空："哥，我掉了十六分。"

路柏沅没应，他垂着眼，看底下飘着的几个弹幕——

"空空送了两个星海，你就念感谢词啦？那 Soft 以前送的那十几个星海呢？"

"他好卑微，电脑用了几年都不舍得换，克勤克俭攒出来的礼物钱，砸出去都听不见一道响。"

"心疼他了。"

"Soft，下辈子别追星了，好吗？"

房间迟迟没开，简茸看到这些弹幕，低头把脑袋搭在胳膊上，脸烧得厉害。

他以后一定要召开一个粉丝见面会，提着刀去，宰一个是一个。

"谢谢 Soft 送的十一个星海。"

男人低沉的嗓音响起，打断简茸脑中的谩骂。

"之前我没仔细看，"路柏沅笑了笑，"不是故意不念，别计较。"

哐啷，观众们听到重物坠地的声音，紧跟着，一个水杯慢悠悠地一路滚到了路柏沅身后。

十几秒后，一截细瘦的胳膊出现在镜头里。

简茸生怕入镜，艰难地捂着脸，使劲儿扑腾着胳膊，终于把自己的水杯抓了回去。

路柏沅从视频窗口里看到自己身后那只瞎晃的手臂，对方怕被认出来，还临时往脑袋上扣了帽子。

他做得还算周到，只是……

"啊啊啊，路神，你基地里怎么会有女人？"

"女的吗？我怎么看穿着像男的？"

"哪个男的手臂能瘦成这样？"

"Soft 的手臂跟他一样瘦。"

"你这么一说，好像是哈。"

"这露出一角的帽檐是 TTC 的帽子周边？Soft 好像也有一顶，在比赛现场戴过。"

"啊？你的意思是 Road 后面的是 Soft？"

"他跑得太快了，看不清上面有没有 Road 的签名。"

"你们这群直男想法还挺多，怎么可能是 Soft？他一进 TTC 基地就会被小白和 Pine 灭口……不，准确来说，他不论出现在哪个俱乐部基地，能活着走出来的概率都不大。"

"Nsdd（你说得对）。"

"很难不赞同。"

"Kan 给你的弹幕点了亿个赞。"

路柏沉任他们猜测再否定，他关掉了弹幕助手，没有再和观众互动。

MFG 俱乐部。

空空坐在电竞椅上看直播，脑袋忽然被人用笔敲了一下，是他们队伍的教练："你不好好上分，还在看直播？你自己的直播间呢？清醒一点，你是队里唯一没到钻一的，连 TTC 战队的人都在努力，你有什么资格懈怠？"

空空动也不动："我就看两局，偷学一下技术。"

"别人是打野，你一中单想偷学什么？再说了，他的操作如果这么好学，其他战队那些打野队员都可以回老家了。"

教练说完，随意扫了眼屏幕，正好看到一场团战。

Road 的打野青钢影依旧凶猛，配合队里的中单卡特琳娜，正在进行一场精彩又刺激的二打五。

教练眼睁睁看着对面五个人把他们包围，Road 却根本没有要逃的意思，他起手E拉到敌方ADC（物理伤害）英雄面前，快速打出一套连招将其击杀。

卡特琳娜毫不犹豫地入场，他的走位异常灵活，再加上卡特琳娜特有的位移技能，竟然在人群中躲开无数个技能并打出惊人的AOE（范围伤害）。最后，他找了一个最完美的位置释放大招——Quadra Kill（四杀）！

教练看到弹幕在刷"这双排组合无敌了"，皱着眉问："他是谁？"

空空："路神啊。"

"我说中单。"教练问，"TTC的新中单？"

空空愣了一下："TTC在招新中单？"

"废话，Kan状态这么差，以后最多是替补位了，他们现在的替补也不太行，肯定得找人。"教练看了眼中单的ID，眼生。他道："好像是一个新人，应该还在试训吧？"

空空似懂非懂地"哦"了一声，然后说："不是，他们就是双排的，这肯定不是他们新中单。"

教练见他语气笃定，疑惑道："为什么？"

"中单换了一个大号玩，你可能认不出来。"空空说，"他是Soft。"

教练："……"

空空微笑："就是染蓝头发，之前说我们队打团战像在演《葫芦兄弟》的那个Soft。"

教练沉默片刻，点头："那应该不是。"

其他的不说，这小子得罪了那么多人，如果真被招进队，以后TTC的每场比赛不都成复仇战了？

简茸单独试训了一周。

教练团给他换了很多对手，5V5打了很多场，solo也打过，忙碌到他梦里都在打自定义模式。

周末下午，简茸再一次赢下solo赛，丁哥给了他一份合同。

"只是初版,你先看看,有什么要求可以提。"丁哥说。

简茸点头,问:"我通过了?"

"后面一周还是试训期。"丁哥不置可否,说,"继续保持。"

简茸拿着合同出来时,撞见了正要进会议室的路柏沅。

路柏沅看了眼他手上的东西,并不意外:"恭喜。"

"谢谢。"简茸顿了一下,"只是初版,还不是正式合同。"

路柏沅"嗯"了一声:"合同要仔细看,别被坑了。"仿佛递出这份合同的不是自己的俱乐部。

简茸:"应该不至于。"

路柏沅刚要说什么,会议室的门开了,丁哥一边打着电话一边朝路柏沅招手,示意他赶紧进去。

简茸听见路柏沅说:"你去训练吧。"

于是简茸这一练,从下午练到了晚上十点,中途只花十分钟吃了一碗面。

小白吃完夜宵回来时,正好看到他结束一场游戏,游戏界面暗了几秒,弹出了晋级到钻石二的窗口提示。

当简茸进入下一局对局时,小白终于忍不住小声感慨:"他怎么这么猛啊?从早上试训到下午,又从下午排到晚上,一天天都这么勤奋,显得我很懒似的。"

Pine 低头喝饮料:"你就是很懒。"

"嘘!你小点声!"小白反驳,"我哪里懒了?我今天也打了两小时排位好吗!"

"嗯,我看到了,钻四晋级赛又失败了。"Pine 说,"还不如偷懒。"

小白:"……"

小白气得头发都快竖上天了,刚想动手抢 Pine 手上的饮料,就听见一阵急匆匆的脚步声,随即看到袁谦一脸慌张地走进训练室。

简茸耳机的音量极小,他听见动静也下意识往门口瞥了一眼。

"他回来了。"袁谦没头没尾地丢出一句。

小白问:"谁?"

袁谦说:"Kan。"

小白一怔,Pine从手机中抬头,训练室里安静得只剩下简茸的鼠标声。

"我看着他下车的。"袁谦看着地面,"他瘦了挺多,刚进门就被丁哥叫去会议室了。"

这下谁也没心情训练了。

小白本来已经开了游戏客户端,闻言直接关了电脑,拽着Pine去离会议室最近的客厅里坐着,想随时掌握会议室里的一举一动。袁谦也关掉晚上的直播,跟着他们去了客厅。

训练室里只剩简茸一个人。

又一局游戏结束,石榴在语音里问:"你要下了是吗?"

简茸重新进入房间,开麦道:"不下了,继续。"

"你不是说累了?"石榴一愣,"你最近怎么了,冲分冲这么猛?"

"没什么。"简茸说,"这分段随便赢,打起来没意思。"

石榴:"……"

您以前在黄金分段虐菜鸟时不是过得很快乐吗?

简茸一直打到深夜两点。

训练室门没关,他听见了会议室的开门声,听见丁哥赶他们去睡觉,听见其他人上楼回房的动静。

直到客厅灯光熄灭,他才跟石榴道别,关机回房。

基地暖气很足,简茸打了一天游戏,又洗了一个热水澡,出来时只觉得脑袋昏沉,连空气都是闷热的。

他在床上躺了一会儿,决定去外面的阳台透透气。

阳台的窗帘虚掩着,落地窗没关紧,窗帘被风带出一层浪。

一股淡淡的烟味蹿进简茸的鼻腔。

"对不起，队长。"男人的声音里掺着微弱的哽咽，"对不起。"

简茸刚想拉开窗帘，就被阳台传来的声音叫停了动作。

这声音他在赛后采访中听过，是Kan。

Kan低着头，抬手重重地抹了一把脸，很久以后才继续说："我真的只做过一次。"

"只有半决赛那次，我跟他们说好了，只做两局，其中一局是人头大小盘，绝对不影响胜负，决胜局我本来想好好打，但是你把我换下来了。我……我不是怪你的意思。对不起。"

"他们找了我很多次，我才答应干这一回，我以为不会有太大的影响。"

"对不起，队长。"

"我没有真想让战队输，我想赢的。"

"你是世界冠军。"Kan碎碎念了大半天，另一个人才终于开口。

路柏沅嗓音低沉，听不出什么情绪，平静得像一个局外人。他问："值吗？"

TTC身为LPL的豪门战队，光是年薪和代言费都是一大笔钱。

对方给Kan开的价格加在一起，不过是他两年的收入。

"你知道的，我已经没有下一次S赛了，队长。"Kan眼中含泪，有些语无伦次，"这两年我打得不行，全网都在骂我，丁哥也已经在找新中单，不打算跟我续约了。我平时直播效果又不好，离队以后直播平台给的底薪也不会有多高……队长，我有三个妹妹，我爸妈都是失业人员，我爸今年还得了肾病，全家靠我撑着。"

"对不起，是我意志不坚定，是我窝囊……我只想让他们过得好一点。"

"但是我真的只做了这一次，我当时鬼迷心窍，对不起。"

夜风在窗缝间横冲直撞，呜呜作响。

阳台里陷入沉默，只能听见Kan沉重的呼吸声。

"我知道我没脸说这些，"Kan 声音沙哑，"队长，对不……"

"你不用跟我说对不起。"路柏沅打断他。

他把烟放进烟灰缸拧灭，声音平静得几近冷漠："我没拿冠军，是我自己的问题，我明年还能继续拿，但你已经不能重来了。这句道歉，留给自己吧。"

简茸听得入了神，直到阳台门被人推开，他才猛地惊醒，下意识躲到窗帘右侧。

Kan 揉着眼睛出来，摇摇晃晃地走了。

虽然他不是故意偷听，但还是不自觉地松了一口气。他正想跟着离开，阳台又传来一阵脚步声，他连忙往后一靠，躲回了原位。

他看着路柏沅走进屋子，关上阳台的窗，然后朝他走了过来。

路柏沅穿了一件很薄的长袖，身上的烟味被夜风吹淡了许多。他手里拿着烟灰缸，里面放了不少烟头。

他在简茸面前站定，简茸抿了一下唇，认命地抬头："队长。"

一叫完，简茸自己也愣了一下。

完了，刚才 Kan 在那头"队长""队长"叫个不停，他被带偏了。

简茸正要改口，就听见路柏沅低低地"嗯"了一声。

"你讨厌烟味吗？"路柏沅问。

他刚抽了不少烟，现在嗓音有些沙哑。

没想到会是这个问题，简茸怔了一下，说："不讨厌。"

路柏沅点头，又问："抽烟吗？"

"不抽。"

路柏沅说："乖。"

也许是太久没人对简茸说过类似的话，这句"乖"直接把他定住了。

"你不睡觉？"路柏沅问他。

"房间里有点闷，我想出来透气。"简茸顿了一下，又补充一句，"我不是故意偷听的。"

"嗯，去吧。"

简茸点点头，转身想往阳台走，又听见路柏沅让他"等等"。

路柏沅很轻地笑了一下："丁哥最近不让我抽烟，这事要保密。"

简茸像木头似的点头："哦。"

路柏沅满意了："明天下午有训练赛，早点睡。"

路柏沅离开后，简茸走到阳台，在冷风里吹了十分钟。

几度的气温，他一点都不觉得冷，甚至感觉自己热到快出汗了。

简茸又站了一会儿，忽然抓起自己的衣领，低头闻了闻，好像有烟味，那就再吹一会儿。

简茸也不知道这烟味是真实存在的还是他的心理作用，他隔一会儿就闻一次，直到觉得味道散了才转身进屋。

然后他一回头，就和拿着湿漉漉的衣服想晾在阳台的小白打了个照面。

衣服下的地面已经滴满了水，能看出对方已经停留一小段时间了。

小白看着面前这个在冷风里站了大半天、还时不时闻自己衣服、摸自己头发的年轻人，眼底带着三分疑惑、三分茫然和四分无所适从，良久后才语气僵硬地开口："那什么，晚上好？"

"然后你猜他应我什么？"早晨的训练室，小白把椅子挪到 Pine 旁边，讲了半天故事。

Pine 只戴了一边耳机，也不理他，正专心致志地打团战。

小白无视 Pine 的冷漠，咽下嘴里的油条，说："他竟然也应了我一句'晚上好'！"

"我绝对没听错，虽然他的语气还是拽的，但绝对是'晚上好'！"

Pine 点了回城，在他说出第三句"晚上好"之前打断小白："你不是跟他不共戴天吗？"

"啊？"小白一顿，然后点头，"是啊。"

Pine 说："你现在像想跟他穿一条裤子。"

小白："……"

Pine 依旧看着电脑屏幕，面无表情："你不觉得自己和某个群体很像？"

小白："什么群体？"

Pine："他直播间那群憨憨粉丝。"

小白："绝不可能。"

"你半夜两点半去晾什么衣服？"Pine 问。

"我睡不着，就顺便洗了呗。"小白往椅子上一靠，"你还说我呢，我晾完衣服回房间的时候，你和谦哥的房间还亮着灯，我都从门缝看见了。"

"我是没怎么睡。"一局游戏结束，谦哥揉着眼睛说，"昨晚基地里应该谁都没睡好吧。"

"不，Soft 肯定睡得很香。"小白说，"他一直就不待见 Kan。"

话音刚落，当事人就出现在了门外。

简茸手里拿着牛奶，头发有些杂乱，衣领也不大整齐，眼皮没什么精神地垂着，眼下一片乌青，看上去给个枕头他就能原地睡着。

他从推门进屋到开机上游戏，打了七个哈欠。

小白一脸疑惑。

袁谦问："Soft，你昨晚也没睡好？"

简茸进入排位界面，哑着声应道："嗯。"

袁谦理解地点点头："下次你就别在阳台吹这么久的风了，容易头疼。"

简茸冷箭般的视线射过来，小白后背一凉，慢吞吞地用屁股推动椅子回到了自己的位置。

"跟吹风没关系。"简茸随便扯了一个借口，"我突然有点认床。"

训练室众人："……"

那是挺突然的。

简茸开了一把自定义模式，练了半小时的补兵，最后还是忍不住拿起杯子往茶水间走。

TTC基地里东西齐全，茶水间桌上摆满了茶包、可可粉等，旁边还有一台咖啡机。

简茸不会用这个东西，也没研究的兴趣，随便冲了一包速溶咖啡应付。

冬日的暖阳斜射进来，正好打在简茸脸上，舒服惬意。

黑咖啡没加糖也没加奶球，苦得简茸皱起了眉。

不过他总算精神了一点。下午还有训练赛要打，再犯困没法发挥。

"是谁？"身后传来一道粗重、沙哑的声音。

简茸拿起杯子回头，跟眼睛肿成核桃的Kan打了个照面。

Kan身材比较壮，个子高，往那儿一站就能堵住茶水间的门。他显然心情不好，也没睡够，表情不是很好看。

他在看到简茸之后，脸色就更差了，眉头皱得都能夹死蚊子。

谁都知道，Soft最常看的是TTC的比赛，讥讽最多次的选手就是Kan。

要说职业选手中谁对Soft憎恨最深，那非Kan莫属了。

Kan的粉丝最初还会进直播间里骂人，最后因为骂不过Soft的粉丝，加上Soft根本不介意他们的攻击，后来也就没再闹腾过。

Soft开直播不加滤镜美颜，Kan一眼就认出了人。

"Soft？"Kan一愣。他本来就烦，看到简茸手上的咖啡，心中无名火更盛，甚至飙出了脏话："你怎么会在这儿？谁带你进来的？"

看来他一时半会儿还走不了。

简茸后退一步，重新站到窗边晒太阳，问："这里归你管？"

他跟直播时一样漫不经心的语气，听得Kan更火大了。Kan不耐烦道："这儿虽然不归我管，但你这种垃圾主播不配进我们基地。不管谁带你来的，赶紧滚。"

简茸嗤笑道:"我这种垃圾主播不配,你这种假赛选手就配了?"

Kan犹如被人戳中心脏,血液直冲脑袋。

虽然木已成舟,但联盟还在做最后的工作,TTC俱乐部也还没有发相关公告,这事知道的人应该不多。

他重新打量简茸,TTC的周边水杯,舒适宽大的衣裤,凌乱的头发,还有一双黑色拖鞋,一副刚睡醒的懒散模样,而基地有规定,不留外来人士过夜。

Kan猛地想起,自己昨晚偷偷问过袁谦,队里有没有找到新中单。

袁谦沉默了很久,才告诉他人已经在基地里试训了。

他觉得荒唐,愣了好久才缓过神来,震惊地问:"你是来试训的?"

简茸低头抿了一口咖啡,懒得应他。

Kan笑了,气笑的。他说:"丁哥是找不到中单了吗?怎么什么下三烂的人都要?"

这话别人听了可能会生气,简茸却不。

Kan跟他直播间那群粉丝比起来,就跟小鸡撒疯似的。

他想了想,说:"可能他遇到你之后,降低了一点要求。"

Kan不由自主地往前走了两步,脸蛋涨红:"我怎么了?我打了八年多职业赛,没犯过几件错事,而你,你就是一个靠辱骂别人出名的垃圾,一天天除了损选手,不会干别的事……你个子这么小也就算了,你父母教没教过你怎么尊重别人,教没教过你做人?"

Kan越说越气:"我告诉你,我现在没什么顾忌了,我一定要找律师起诉你,不可能再让你这种垃圾在网络上横行霸道。我还会告诉丁哥你在网上的所作所为,让他把你踢出去。"

简茸点头,片刻后问:"意思是你打得菜,但不允许别人说是吗?"

Kan心里一窒,刚要反驳,简茸又开了口。

"不过有一点你是说对了的,我没家教,看到拿着千万签约费还打得稀烂的选手就管不住嘴，这是我的问题，没顾及你的心情。"简茸轻描淡写地说，"你告我也行，我一定会当庭道歉，跟你的粉丝道歉也行。'我错了，错在把Kan的傻子操作复述了一遍'，这样说你看可以吗？"

Kan的脖子都气红了，他被情绪控制，肩膀随着呼吸大力起伏，下意识拿起了身边的罐装阿华田。

"你在干什么？"路柏沅温和而低沉的嗓音响起，打破两人的僵局。

他穿着灰色常服，跟简茸的长袖颜色一样，拿着水杯站在Kan身后。

虽然是问句，但他神情平静，似乎并不需要答案。

简茸见到他，垂眼站直身子，悄悄松开了为了随时准备反击而紧握着的玻璃杯。

Kan被叫回了理智，看了一眼自己手中的东西，过了半晌才出声解释："我……我想冲点喝的。"

路柏沅不咸不淡地"嗯"了一声："你喝完去找丁哥，他还有几件事要跟你谈。"

"知道了。"Kan的呼吸还没平复，他狠狠看了简茸一眼，把阿华田放回原位，"我现在去找他吧，突然又不想喝了。"

路柏沅冲洗水杯："去吧。"

茶水间里只剩下两个人。

简茸低头，在想自己刚刚嗓门是不是太大了，正准备端着咖啡走人。

"他心情不好，说了什么你别放心上。"路柏沅把咖啡粉倒进咖啡机里说。

简茸一顿，说："好。"

路柏沅按下按钮，转过头看他："那你吵赢了还是吵输了？"

简茸跟他对视几秒，然后说："我没吵输过。"

路柏沅笑了，他笑起来眼睛很亮，比简茸脸上的阳光还让人感到舒服。

路柏沅看了眼垃圾桶里的速溶咖啡包装袋，说："嗯，我给你泡杯咖啡当奖励？"

简茸安静地看着他。

路柏沅："你不想喝？"

简茸把速溶咖啡全倒了，用行动回答了他的话。

路柏沅正在摆弄咖啡机，忽然听见旁边的人问。

"我会被赶出去吗？"

路柏沅头也没回："为什么这么问？"

简茸抓了抓前额的头发，半晌后才说："Kan是你们曾经的队友，其他人也和我合不来。"

"合不合得来，要打过训练赛才知道。"路柏沅说，"还是你没信心打好？"

"有信心。"简茸应得很快，几秒后，他又说了一遍，"我能打好。"

路柏沅把咖啡递给他："那下午你好好发挥，别让我丢脸。"

简茸愣愣地接过杯子："让你丢脸？为什么？"

路柏沅说："因为你是我推荐进来的人。"

简茸目光呆滞地看着他，过了很久，又问了一次："为什么？"

路柏沅忍笑道："为什么？我也想知道为什么你的简历会投到我这里。"

简茸："……"

他为什么要问这么多个为什么？

如果他说自己是在直播里不小心看见QQ号码，并不小心记了两年，那他是不是马上就要被当作变态赶出俱乐部？

简茸现在就想把自己的脑袋塞进咖啡杯里。

好在丁哥及时赶到，解救了简茸的脑袋。

"你在这儿啊。"丁哥说，"我找你半天了。"

路柏沅放下咖啡杯："事情都跟Kan说了？"

丁哥沉重地点点头："嗯，他没意见，不过……"

丁哥话说到一半，看了简茸一眼。

简茸立刻道："我去训练了。"

简茸步伐极快，杯里的咖啡都差点晃到地面上。

待人走后，路柏沅问："最近基地的暖气是不是开太高了？"

丁哥一愣："二十度，怎么了？"

"没，"路柏沅一顿，"队里的小朋友经常热红脸。"

"那我等会儿去调低一点吧。"丁哥想了想，"可能年轻人体内火气比较旺。"

第六章 试训

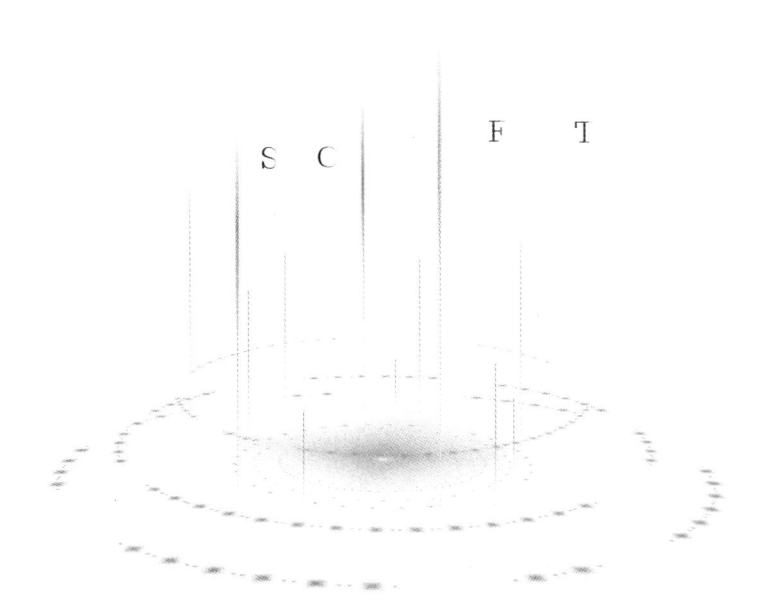

丁哥一路看着简茸走回训练室，给自己泡了一杯阿华田，然后顺手把茶水间的门关上了。

"还有件事。"丁哥摸了摸额头，"法务的人来过了，算出的违约金挺高的。联盟那边态度强硬，以后Kan估计连直播都开不起，等公告一发，他就等于完了。"

打假赛性质非常恶劣，大家刚知道的时候都怒气冲天，小白和袁谦恨不得把Kan从联盟带回来揍一顿。但时间久了，大家难免回想起以前一起奋斗，一起吃泡面，跑小型商业比赛的时期。

Kan入队前几年是一个很热心厚道的人，他很小就为了家里出来打工，从电竞的低迷时期一直坚持到现在。

因为他在队时间长，队里的人或多或少都受过他的帮助。

后来电竞圈日益浮躁，新旧更替越来越快，动辄上百万的代言和签约费迷花了很多人的眼睛。

Kan定力不足，遗憾地走错了路。

丁哥揉揉眼睛，恨铁不成钢地说："我本来打算让他转幕后，教练工资虽然没选手那么高，好歹也是一个好工作。算了，他行李都收拾好了，车子马上到基地，我给他订了一张回老家的机票。"

路柏沅垂着眼睛，没什么情绪地"嗯"了一声。

"行了，我就是跟你透个底。过几天你有个采访，到时候被问到这方面要怎么说，你自己斟酌吧。"丁哥看了眼时间，"车子差不多到了，我出去安排一下。"

路柏沅点头，放下杯子又想到什么："下午的训练赛约了谁？"

"MFG。"丁哥说，"他们教练跟我约很多回了，这次正好。"

TTC作为LPL的豪门强队，每周都能收到很多训练赛邀请。找上门的大多是实力中上的战队，成绩差的战队一是没约赛的途径，二是清楚自己没那实力，打不赢不说，最后没准还把自己队友的心态搞炸。

MFG今年S赛虽然止步十六强，但整体实力已经提升了许多，拿来练新人正合适。

路柏沅颔首："我知道了。"

简茸刚回训练室不久，训练室的门就被人推开了。

Kan拿着行李箱，站在门外没进来。他反复舔了几次唇，才说："我走了，对不起。"

他来之前，小白正在跟Pine玩双排冲分，小白的叫嚷声和Pine嫌弃的"啧啧"声响遍整个训练室。

他一开口，两个人就安静下来了。

他们没回头，也没停下操作的手，仿佛根本没看见门口的人。

简茸不习惯这样的场合，默默地调大了自己的游戏音量。

Kan尴尬地站了两分钟，咬咬牙刚要走人。

"一路顺风。"袁谦终是不忍心，低声嘱咐了一句。

Kan的眼泪瞬间便下来了，他恍惚地点了几下头："好。"

因为Kan的事，几个队员直到打训练赛之前都还情绪不振。

"干什么？不知道的人以为队伍打完这场就解散了。"丁哥皱着眉说。

"没。"袁谦说，"我就是午觉没睡好。"

小白无精打采地说："我也是。"

丁哥："……"

电竞少年的世界里怎么可能有午觉？

"认真打。"路柏沅戴上耳机，"这是Soft的试训。"

简茸愣了一下，刚想说无所谓，他自己打好就行。

身边的小白却突然伸直了腰，问："丁哥，这局我们怎么打？"

丁哥挑眉："试训，我不发表意见，你们看着来。"

"那Soft，你习惯什么样的打法？"袁谦问，"你喜欢玩刺客是吗？我一会儿拿个开团的肉。"

"不用。"简茸抿了抿唇，"你们按照自己的节奏玩，不用管我。"

刚进入自定义房间，游戏还没正式开始，MFG的队员率先开启了互动。

MFG-空空："哥哥们下午好。"

TTC·Bye："你一会儿别来下路四包二，就是我的好弟弟。"

MFG-空空："好呢。白哥，你们中单是谁啊？"

简茸开的是试训期间用的小号。

TTC·Bye："你猜？"

"别互动了。"MFG的教练说，"人家战队都没官宣呢，可能告诉你吗？"

空空说："我就是好奇嘛。你看白哥让我猜，说明这中单肯定是我也认识的人。"

"这圈子就这么大，你认识的人还少了？"教练一顿，说，"你要真好奇，一会儿上手试一试就知道了。"

训练赛很快开始。

Ban&Pick环节，袁谦问："Soft，你有没有什么特别怕的英雄？"

简茸想也不想，说："没有。"

袁谦："好。"

MFG一上来就禁掉了路柏沅常玩的盲僧和青钢影。

"青钢影都禁。"小白挑眉，"哥，哪天你玩个提莫打野，提莫是不是也要被送进Ban位？"

提莫算是英雄联盟里的特色英雄，长相可爱，技能鸡肋，深受广大女性玩家喜爱。

这英雄在铂金段位以上的游戏里掏出来就要做好被队友辱骂的准备，因为各项能力不足，提莫从来没踏上过英雄联盟的职业赛场。

路柏沅笑了："不会。"

空空那边率先抢掉了妖姬，简茸简单地扫了眼阵容，想也不想就选了发条。

小白震惊道："你还会玩发条？"

发条，典型的发育团战型英雄，人称后期之王。这英雄在前期就是不停补兵，小白在直播间从来没见简茸玩过。

"我还会玩提莫。"简茸问，"你要看吗？"

小白闭嘴了。

袁谦说："队长，你这局多帮我，MFG 上单缺口很大，来了稳赢。"

简茸闻言，下意识在对话框打出自己排位时最常说的话。

Asdsdfz："中路不用帮。"

队内语音频道安静了几秒。

TTC·Bye："我们不是连着语音吗？"

简茸："抱歉，我习惯了。"

TTC·Road："好的。"

简茸："……"

进入游戏，双方各自上线。

大家都以为简茸选发条是要拖到后期打团战，谁知比赛刚进行到第六分钟——

"Frist Blood！"简茸击杀掉了妖姬，拿到本场比赛的第一滴血。

众人看到击杀提示时都是一怔，忍不住打开数据面板反复确认。

是发条单杀了妖姬没错。

"你玩个妖姬，五级就被发条单杀了？"MFG 的上单震惊道。

空空自己也没想到。

妖姬的特色就是灵活，二段位移技能甚至没有冷却时间，谁想发条的技能丢得更快，放的方位也很玄乎，好几次他都怀疑是自己往对方技能上踩的。

最绝的是，对方竟然能在打伤害的同时走位躲开自己的控制锁链。

空空后知后觉——TTC的新中单选发条根本不是为了打团战，而是认为他用发条也可以应付自己的妖姬。

"厉害。"袁谦毫不吝啬地夸奖，然后道，"不过接下来你小心一点，MFG今天上的这名替补打野有个坏毛病。"

简茸买了装备，不甚在意地"嗯"了一声，没有细问。

不过他很快就知道了。

游戏进行到第七分钟，敌方打野挖掘机从侧面跳出来，简茸毫不犹豫地交闪现逃跑。

第九分钟，打野挖掘机再次钻出地面，简茸利用秒表躲开空空的伤害，残血逃生。

第十二分钟，简茸刚上线就被敌方中路、打野、辅助联手越塔击杀。临死之前，他打出一套完美伤害，成功击杀了对方的打野。

......

不到十分钟，简茸被抓了六次。

他回到重生点，深吸了一口气，闷头买装备。

[所有人]TTC·Bye："你们战队怎么这么早就开始训练了？"

最近大多战队都还在休息，包括TTC。今天他们只是过来试训一场，还不算真正开始训练。

小白刚发完这句话，就听见耳机里有人问："训练赛可以发全屏消息？"

"原则上是可以。"小白回答之后，才突然意识到问这句话的人是谁。

他瞪大眼，连忙补充："不过你——"

[所有人]asdsdfz："中路是本人在玩？"

[所有人]TTC·Bye："……"

[所有人]MFG-空空："啊？"

[所有人]MFG-空空："我是本人，怎么了？"

[所有人]asdsdfz："没。"

[所有人]asdsdfz："抓中这么殷勤，我以为是你们俱乐部老板上号了。"

MFG众人："……"

MFG打野抓中本来就有种"抓不到我就一直来，我就不信杀不了你一次"的赌气成分。

闻言，他受不住刺激，又抓了一次中路。这次简茸有闪现，打野碰都没碰到他一下，还被他打掉了半管血。

[所有人]asdsdfz："你别灰心，下次一定可以！"

MFG众人："……"

[所有人]asdsdfz："不然把你们上路和ADC（物理伤害）英雄也叫上，我在中路给你们摆一桌大餐？就当是团建了。"

MFG众人："……"

阴阳怪气，最为致命。

正往中路赶的MFG上单小心翼翼地问："那我还来吗？"

空空皱眉沉吟片刻，才开口应道："来，反正你上路也炸了，不如先把中路一塔推了。"

于是MFG除了ADC（物理伤害）英雄以外，四人全部到达中路，直接越塔杀人。

就在他们丢出技能的那一瞬间，简茸点出能免疫2.5秒伤害的装备金身，让MFG三个大招有去无回。

MFG的打野气死了："等着，金身效果过了他还是得死。"

话音未落，他们四人忽然失去了游戏视野——路柏沉操控着男枪及时赶到，并在他们四人脚下放出了烟幕弹。

但简茸的位置依旧很差，怎么看都要死。

简茸挺直背，正打算在死之前把伤害打满，忽然听见一道闪现的声音，锤石的灯笼稳稳当当地落在他脚下。

锤石是小白玩的辅助英雄，有一个灯笼技能，队友只要点到灯笼，就能立刻飞到锤石身边，是绝佳的逃命和追击技能。

简茸下意识点下灯笼，安全落地时听见耳机里的喃喃声——

"这也太嚣张了点，"小白嘀咕，"就他们辅助会gank？当我死的啊！"

简茸成功逃生，低声说："谢谢。"

小白："不用——你说啥？"

简茸抿起嘴巴，不吭声了。

他正想重新加入战局，就听见耳机里传来一声——"Triple Kill（三杀）！"。

当MFG打野疯狂抓中的时候，MFG的野区已经完全被路柏沅掌控。

他吃了两份野区资源，又杀了MFG上路三次，不知不觉中已经成了这场游戏中伤害最高的人。

路柏沅甚至只是轻松点了几枪，最后甩出一个大招，直接打出三杀。

与此同时，Pine在下路单杀敌方ADC（物理伤害）英雄。

训练赛第一场，MFG败局已定。

空空把视角移到正在补刀的发条身上："教练，你不觉得这发条的画风有那么一点熟悉吗？"

"不会是他。"教练沉吟道，"我以前研究过他的，他基本不玩发条。"

"这也不是普通的发条啊！"空空说，"你见过哪个发条会走到妖姬脸上输出的？"

第二局训练赛，简茸成功拿到了妖姬。

升到六级之后，简茸头也不回地往MFG的野区里走。

他正犹豫要去哪个野怪那儿蹲人，就看到自家打野从自己身边路过。

"过来。"路柏沅说。

简茸几乎没有犹豫，立刻跟在他身后。

两人在野区抓死了 MFG 打野六次，并且杀完就跑，MFG 其他人赶到时只能看见自己队友的"尸体"。

打游戏非常记仇的简茸看了眼战绩，在心里默默减一。

这打野上局抓了他七次，还差一次就扯平了。

MFG 今天上的打野是队内替补，他的一举一动仿佛都在路柏沅的眼皮底下，最后他欲哭无泪地在公屏打字："路哥，六次了，我现在都没野怪值钱，不至于吧？"

简茸回城时余光一瞥，发现身边的路柏沅忽然点开对话框，慢悠悠地打字。

[所有人]TTC·Road："嗯。"

MFG 打野刚松下一口气——

[所有人]TTC·Road："可上局你抓了我们中单七次。"

训练赛约定的是三局两胜，TTC 连续拿下两局，最后一局便不用打了。

游戏结束的时候，MFG 的打野死了八次，基地被推的时候他还把身上的装备全卖了，消极得不行。

几人刚退出自定义房间，小白就下意识转过头去，越过 Pine 跟简茸解释："MFG 今天上的打野是他们原先的首发打野，这人心态太差了，不用一赛季就去了替补席。他有个老毛病，就是哪条路劣势就抓哪条路，平时打排位或者娱乐性质的训练赛还行，打比赛就总是被那些运营战队捶。"

简茸摘下耳机，闻声转过头去，安静地听他说。

"有次常规赛，他也是十分钟不到就抓了我们下路四次，有什么用。"小白滔滔不绝地说完，才意识到他和这位的关系似乎还没到可以互相吐槽其他战队选手的地步。

小白还以为简茸会跟往常一样冷漠地"哦"一声或是直接走人，忙闭上嘴，准备先对方一步结束这次聊天。

"嗯，"简茸拔掉耳机，"他是挺菜。"

小白："……"

丁哥倚在门口回消息，看到小白和新中单相处甚欢，心想这场训练赛也不是完全没用。

他低头回 MFG 教练发来的微信。

MFG 教练："下次再约？"

D："不约了，打训练赛你给我上个饮水机队员就没意思了。"

饮水机队员，是指那些在休息室看饮水机，很少有机会上场打比赛的替补选手。

这位打野就更惨了，上一届 S 赛他一局都没打过，连 MFG 的粉丝都戏称如果首发打野手没断，战队就不会选择让他上场。

这个赛季结束，这位或许就连替补都不是了。

MFG 教练："不是，我也不想啊。我们首发打野回老家处理家事去了，一时半会儿回不来。下次……下次我一定上全首发。"

D："那就下次再说。"

MFG 教练："行。话说你们新中单挺强的，哪里找来的？"

丁哥知道对方在套话，乐呵呵地回复。

D："不知道，Road 推荐的人，你想知道问他去。"

丁哥关上手机，敲了敲门："Road 跟我去一趟会议室，剩下的人可以散了。"

TTC 有专门打训练赛的房间，队员坐的位置跟比赛时的固定座位一样，简茸身为中单，是最中间的位置，旁边挨着打野和 ADC（物理伤害）英雄。

简茸抱起自己的外设，起身准备走人，衣摆突然被人很轻地拽了一下。

路柏沅看着他怀里的键盘，询问："能多抱一份吗？"

两分钟后，简茸像小学生抱书包似的抱着两人份的外设走出了训练室。

试训的最后一天，丁哥又约了一场训练赛。

这一次约的队伍比 MFG 还要弱，不过是全首发阵容，有战术有配合，还算是有打头。

虽然 TTC 依旧以二比零的战绩取胜，但好歹有了点游戏体验，不像 MFG 那样打野带崩三路。

简茸从厕所出来，正好看见丁哥和路柏沆并肩走下楼。

路柏沆穿着黑色羽绒服，拉链没拉上，露出里面的毛衣。他戴着帽子和口罩，像要出门。

丁哥正和路柏沆说着话，他压低声音，简茸听得不清楚。

"你一会儿看看医生怎么说……如果……你就别……"丁哥说着，余光瞥到楼梯扶手旁的蓝色脑袋，"简茸？"

简茸还没吭声，丁哥又开口："正好你在，事先跟你说一下。你试训过了，签约合同马上下来。之前那版合同你没什么意见，但我后来又修改了一下……你是有直播观众基础的，和星空 TV 的底薪和分成应该能谈得更高。等完全处理好我再找你，应该就这两天的事了。"

简茸说："嗯。"

"这么平静？"丁哥挑眉，"不开心？"

简茸很敷衍地扯了扯嘴角："开心。"

丁哥："……"

路柏沆无声地笑了一下。

"你这是要回训练室吧？"丁哥无奈道，"正好，我有事要交代他们，一块去。"

简茸还以为对方要说中午那场训练赛的事，没想到丁哥一推开门便道："今天谁都别看微博。"

训练室众人："……"

他没开这个口，大家也不是特别想看的，但他这么一说，他们现在就想立刻去微博冲浪。

"算了,我也叫不动你们,打比赛的时候让你们卸载也没人听。"丁哥说,"那就一点,都不准开麦,点赞、评论、转发都不行,要看只能用小号,明白吗?"

丁哥前脚刚走,原本在打游戏的几个人立刻放下鼠标,专心致志刷起了手机,动作一致得可怕。

简茸:"……"

于是他往后一靠,也点开了微博。

简茸的小号关注了很多微博推荐的电竞博主,今日下午,一条英雄联盟赛方官博的微博霸占了整个首页。

官博的文章标题是:"对TTC战队选手TTC·Kan的处罚决定。"

"近日,TTC战队发现战队选手涉嫌存在严重的违规行为,俱乐部主动申请自查并向英雄联盟职业赛事纪律管理团队举报。

经过调查与核实,纪律管理团队查明:

TTC战队选手李侃(ID:TTC·Kan)于S10半决赛期间,存在影响公平竞技的不当行为,以及使用违规手段影响游戏或者比赛结果的行为。

对此,联盟纪律团队做出以下决定:对TTC战队选手李侃(ID:TTC·Kan)予以十八个比赛月的禁赛处罚。

本处罚自公布之日起生效。

我们希望所有职业选手都能够遵守相关规定及召唤师守则,永远坚守自己的竞技精神。"

打假赛这种现象其实并不少见,不过大多发生在次级联赛,一些初出茅庐的新人最容易出现这种情况。联盟的处罚也基本是禁赛。

禁赛十八个比赛月,看似轻飘飘,其实就等于封死了Kan打职业赛这条路。禁赛期结束后,TTC不会再接纳他,其他战队也不可能收留他。

袁谦赢了训练赛的那点喜悦立刻消散,不断在叹气,其他两人也不说话。

简茸被氛围影响，沉默着往下翻热评——

"半决赛都敢演，我是在看 S 赛还是世界杯？那 TTC 新中单是谁？该不会让那个替补上吧？那位说实话也不太行啊！"

"路神好惨，被这种人影响，着实心疼了。"

"确定只演了一场？我觉得他这次整个赛季都在接单啊！"

热评前三还算正常。

"@TTC·Kan 的那群粉丝还不快点跟 @Soft 跪地道歉？"

简茸一脸茫然。

别的回复虽然点赞数多，但楼中楼少，最多也就四五十条。

而这一层却有四百多条楼中楼。

"那主播直播间都封了，你们这群人怎么还在吵？"

"Soft 是毒舌被封，但他游戏一没违规，二没打假赛，三没押你家 Kan 神开的赌局，你在这儿叨叨啥呢？"

"厉害，@Soft，你成预言家了。"

"当时 Soft 都被 TTC 粉喷成啥样了，现在公告一出，这些粉都不见了？出来跟我 solo。"

"打假赛的是 Kan 个人，跟 TTC 其他队员有什么关系？"

"嗯嗯嗯，反正当时因为这事来抨击 Soft 的 TTC 粉都是坏人就完事了。"

"TTC 粉就跳吧，我隔着屏幕都能想到你们现在气到跳脚的样子。最近也没什么强势的中单选手在找队伍，贵俱乐部以后比赛怎么打啊？不会连淘汰赛都进不去吧？"

"用不着菜鸟主播的粉丝关心哈，TTC 队伍配置在那儿，我们不担心找不到好中单呢。"

"不说了，Soft 不在了，我去帮他放个九百九十九响鞭炮，提前庆祝 TTC 俱乐部 S11 喜提十六强！"

"呵呵，他现在是被禁播了，不然他这会儿立刻在直播间开说唱大赛，你们@TTC电子竞技俱乐部、@TTC·Road、@TTC·Bye、@TTC·Pine、@TTC·Qian、@TTC·Kan一个都别想跑！"

简茸感觉到身旁的人灼热的目光，缓缓转过头，然后跟隔壁的小白撞上视线。

对方手机里的界面跟他的一样，都停留在这个楼中楼。

小白："……"

简茸："……"

简茸没想到自己的ID会出现在热评里，楼中楼里战况激烈，TTC的粉丝人数多，他直播间的水友能一个顶俩，谁也不输谁。

简茸以前就被骂得多了，没觉得有什么，所以当他看见小白红着眼眶幽怨地盯着自己时，一下不知道该做出什么反应。

"他们就是这样的，见谁都骂，不是针对你。"简茸皱眉，想安慰他两句。

可惜，"安慰"这项技能他还没点亮。

所以他憋了大半天，放弃了："不过你一大男人，被骂几句就哭？"

小白揉了一下眼睛："谁被骂哭了？我这是为那些键盘侠哭的吗？他们也配！"

几秒后，他又弱弱地补了一句："当然，我没有骂你粉丝的意思。"

简茸一脸疑惑："那你哭什么？"

小白不好意思说自己在为打了假赛被开除的队友难过，觉得说出口就特没出息，还矫情。

于是他说："我打了这么多天排位，一直上不去钻一，我心里苦，想哭一哭不行吗？"

简茸："……"

"你这种刺客型中单不懂！你丢一丢技能，杀穿中路，分数噌噌就上去了，想过我们这些卑微的辅助位上分有多困难吗？现在钻石段位的ADC

（物理输出）英雄个个像'脑残'！"小白越说越带劲儿，"你还拐走了我的打野！"

你的打野？

简茸挑了一下眉，心中对小白的那点悲悯之情烟消云散："我没拐。辅助上分为什么难？PUD的辅助不就是自己单排上的王者？"

小白："你的意思是我不如他咯？"

简茸收回视线，往椅子上一靠，说："你要非这样理解，我也没办法。"

训练室的氛围原本还挺悲伤的，两人你一言我一语，袁谦直接在背后笑出了声。

Pine把手机丢在桌上，面无表情地继续练补兵。

小白气得眼泪都没了。其实他平时没这么多愁善感，今天是有Kan的老粉在私信里给他发了很多他和Kan以前的合照，他看得多了，难免有情绪。

他打开英雄联盟，刚想送分宣泄一下心情。

"你现在什么段位？"简茸问。

小白："钻四。"

"除了躺分还会干吗。"

小白："啊？"

小白："你怎么还连环攻击呢？"

"你加这个号。"简茸重复，"ID就叫'除了躺分还会干吗'。"

小白一怔，过了好半天才反应过来："你要带我上分？"

简茸问："上不上？"

小白飞快地把人加上："我拉你了，快进来……你怎么那么多小号啊？为什么不直接用大号跟我打？你不也在爬钻一吗？"

简茸选好位置："你再问，我退房间了。"

小白火速开启游戏。

医院。

路柏沆坐在长椅上，一边活动手腕，一边用另一只手玩手机。

"我都让你别看微博了，糟心。"丁哥瞥见他的表情，声音一顿，"你笑什么？"

路柏沆垂眼看着自己微博收到的各种消息，说："没什么。"

丁哥刚想说什么，很快又有一个电话打进来。

他接通电话，应付几句就挂了，碎碎念道："这是我今天接到的第十二个电话了。真的，我现在听到同行的关心就心里发怵。他们问我 Kan 的事就算了，还变着法打听我们的中单。"

TTC 身为豪门俱乐部，一举一动都在电竞粉丝的关注之下。平时他们随随便便一场比赛都能上热搜，更别说换中单这种大事。

路柏沆头也没抬，说："早点官宣，就没人问了。"

"哪有这么快，合同都还没签。"丁哥一顿，坦白道，"本来我们还想再试他一段时间，Soft 优点明显，缺点也很明显。他的个人实力很强，我觉得在空空之上，可打了这两场训练赛，你见过他主动和谁打过配合吗？"

路柏沆问："那为什么定了？"

丁哥清了清嗓子："一是没时间，得早点开始让他熟悉你们的节奏；二是他生日其实只剩两三个月了。"

路柏沆挑眉。

丁哥说："我怕他转念一想，还是直播赚钱，又拍拍屁股走人了。"

路柏沆笑起来，觉得这种可能也不是没有。

路柏沆的手机忽然振了一下，他低头点开。

PUD，XIU："兄弟，有空吗？"

XIU 是 PUD 战队的打野，跟路柏沆是同一时期的老选手，两人还没开始打职业赛时就认识了。

身为 LPL 如今的两大豪门战队，TTC 和 PUD 之间的关系不算差，队员们在后台见面都会点头打招呼。

不过仅限于此，毕竟两个队伍要争的东西太多了，冠军、代言、赞助商……就连粉丝也天天在各大软件里撕得不可开交。

上次 S10 总决赛，导播给了 TTC 选手们一个长镜头，就被 PUD 的粉丝骂得狗血淋头。

所以 PUD 的现役成员里，也就只有 XIU 算得上是路柏沅的好友。

R："？"

PUD，XIU："排两把？"

R："现在没空。"

PUD，XIU："OK."

PUD，XIU："话说你们还没开始找新中单吗？再过不久春季赛都要开始了。"

R："你也来套话？"

PUD，XIU："哈哈哈，我是真的好奇。"

R："已经找到了。"

PUD，XIU："谁？给点提示，我保证不说出去。"

R："保证也没用，丁哥在我身边。"

那头敲敲打打半天，最后还是不肯妥协。

PUD，XIU："那你给我一个小提示，我自己慢慢猜，这总可以吧？"

提示吗？路柏沅垂着眼睛想了一会儿。

R："挺乖一小孩。"

PUD，XIU："我知道了！肯定是欧洲赛区那个小黄毛！"

PUD，XIU："或者 H 国赛区的那个小矮子？"

PUD，XIU："我记得你们青训生都挺乖的，该不会就地取材了吧？"

他的手机振得嗡嗡响，丁哥听得直皱眉："什么动静？"

"没。"路柏沅关上手机，言简意赅，"玩猜谜。"

路柏沅做完检查，丁哥急切地问医生："怎么样？他有好转吗？"

医生看着片子，不置可否："最近你没怎么训练吧？"

路柏沅"嗯"了一声："我都快不会玩了。"

丁哥不好意思说他们中午刚打完一场训练赛，问："他现在这个状态，能继续训练吗？"

"可以是可以，但还是要注意休息，不能像以前那样一练就是十几个小时，太夸张了，减半都多，也别提重物。"医生说，"还有，定期来复查，最好一个月来一次。"

丁哥立刻把下个月的复诊时间定了。

回基地的路上，丁哥又是一通碎碎念。他不是啰唆的人，可一想到路柏沅的手腕就忍不住唠叨。

路柏沅听得昏昏欲睡，干脆靠在车垫上假寐。

"我回去就重新给你制订训练计划，时长能缩减咱就尽量缩。"红绿灯，丁哥瞥了一眼路边，顺口道，"这儿有家奶茶店，我停车买点回去哄哄他们好了，不都说这玩意儿喝了心情好吗？"

停好车，丁哥说："我问问他们喝什么。你喝吗？"

"不……等等，"路柏沅掀起眼皮，从口袋里掏出手机，"我问吧。"

丁哥愣了一下："行。"

简茸的头像是他之前发在微博上的那张撸野猫的照片。

路柏沅随手拍下奶茶店的招牌发过去。

R："喝什么？"

这是他们加上好友后的第一次聊天。

过了两分钟没收到回复，路柏沅正要打语音电话。

艹耳："刚刚大家在打排位，我马上问。"

艹耳："小白要全糖奶茶，Pine和谦哥要绿茶。"

R："简茸要什么？"

艹耳："……"

艹耳："橙汁，谢谢。"

车子驶回基地，停好车，路柏沅刚拿起两杯饮料就被丁哥叫住了。

"你别提重物，"丁哥说，"让我来！"

路柏沅失笑："不至于。你收敛一点，在基地别搞出这种阵仗，他们会以为我手断了。"

"也差不多了，你上次手抖得我看一眼都心慌。"

两人往训练室走，丁哥走到半途又想起什么："对了，你觉不觉得Soft有点孤僻？我看他本人跟直播里好像差挺多的，也不怎么爱说话，以后会不会不合群？"

"谁给你勇气玩上单瑞文的？"

熟悉的声音，冷冷的语调。

小白说："我打得很小心了，主要是这打野针对我！"

简茸："是，你小心到连瑞文的连招都打不出来，好好一把断剑被你玩成匕首。"

"你这小号隐藏分太高了，对面可是职业上单，我打不过很正常！"小白狡辩，"而且我这不是在成长嘛，我想玩瑞文很久了。"

"凡事别说想不想，先问自己配不配。"屏幕上又跳出瑞文被击杀的字幕，简茸磨牙，"打完这局，回去玩你的爱丽丝，不然下车。"

"知道了知道了。"躺赢了一下午，小白心情舒畅，"再赢两把我就能和P宝双排啦……哎，等等。"

小白意识到什么："你不用大号跟我排，该不会是怕分上去了，以后没法跟我哥排吧？"

路柏沅的号刚打到钻石四段晋级赛，由于排位限制，他最高只能和钻石二的玩家双排。

简茸如果升到钻一，就不能再和路柏沅一起双排了。

简茸被戳中心思，默默杀人不搭腔。

"啧。"小白由衷地摇头赞叹,"细节,你才是细节大师。请问您的著作《粉丝的自我修养》什么时候出?我白某人马上支持一百本。"

简茸:"你能不能安静打游戏——"

一杯橙汁被放到简茸手边,简茸的话生生止住。

路柏沉刚回来,身上还带着冬天的气息,跟他以前闻到的味道有点像。

简茸在心里把小白揍了十顿。才说道:"谢谢。多少钱?我转你微信。"

"不用。"路柏沉嗓音带笑,"这就当是你带我躺分的谢礼……上钻一的事就拜托了。"

过了半周,签约合同终于下来了。

是短期合同,签约时间只有一个赛季。

简茸看了一眼,直播的分成和底薪抬高了不少,能看出丁哥已经尽力在给他争取了。

"谢谢。"

丁哥片刻后才意识到他在谢什么,笑道:"不用,你是靠自己的身价谈来的条件。"

简茸看得很潦草,当他翻职业选手相关规定时,丁哥忍不住提醒他:"这一页你仔细看看。"

于是简茸停下动作,一眼就找到了丁哥要他看的几条内容。

每条规则都写得很长、很烦琐,大概总结一下就是——职业选手不论赛内赛外,都不允许挂机、送人头和辱骂他人,否则将会被联盟罚款,程度严重甚至可能被禁赛。

简茸沉默几秒,问:"普通排位里也不能挂机?"

丁哥:"不能。"

简茸不死心:"我发挥失常,死的次数太多也不行?"

丁哥扶额:"你别把联盟的人当傻子。"

"那什么话算是骂人？"简茸问，"傻子算吗？"

丁哥："……"

简茸退而求其次："弱智？脑残？菜鸟总可以吧？"

"谁知道呢。"丁哥面无表情，"不然你一个个试一遍？罚款一次也就一两万。"

简茸没话了，低头签上了自己的名字。

"好了，你找个时间，我让人帮你把其他行李搬进基地。"丁哥合上文件，"剩下的就等上面安排官宣吧。过几天你要去拍一下宣传照，队服我已经安排在做了，估计明天就可以送来，还有微博……我们原则上是不干涉队员在微博分享日常的，但你还是克制一点，少和那些粉丝……"

"嗯，我知道了。"简茸说，"你放心，我是不会为了他们去交罚款的。"

有他这句话，丁哥终于不再纠结这一块了。

他又交代几件事，推开门时，TTC其他队员全在客厅的沙发上坐着。

路柏沅见他们出来，抬眼："签好合同了？"

丁哥说："嗯。"

"我们以后就是队友了？"小白跷着二郎腿，躺着问，"那今晚老规矩？"

丁哥看了眼时间，说："行，我去订位置。订晚一点的吧，客人少我比较安心。"

简茸问："什么老规矩？"

"还能是什么，"小白说，"当然是去庆祝啊！正好训练马上开始了，在那之前先去大吃一顿！"

丁哥打通订座电话才想起征询当事人的意见："一家我们常去的火锅店，东西挺新鲜的，有包厢，不脏。可以吗？"

电话都打了，简茸还能说什么，他点头："都可以。"

简茸上楼换了一套衣服。他已经记不清自己多久没穿外套了，自从进了 TTC 的大门，他就一直没出去过。

出门之前，简茸犹豫了一下，还是把帽子摘了，挂回去。

在本尊面前戴周边帽子好像很奇怪。

简茸走出房间时，正好碰见对门出来的路柏沅。

TTC 所有队员都担得起"电竞明星"这个称号。他们在年轻人群体里的知名度比一些明星还要高，所以每个人出门之前都会戴口罩和帽子。

路柏沅习惯性地把帽檐压得很低，听见声响，他稍稍抬头。

"外面七度。"路柏沅说。

简茸脚步一顿："什么？"

路柏沅看着他身上单薄的大衣，说："你这么穿出去会冷，去换一件。"

简茸摇头："不用。"

"马上要开始训练了。"路柏沅说，"感冒会影响状态。"

简茸抓了一下头发，片刻后才说："我没别的衣服了。"

他进基地时气温还没这么低，只带了一件大衣来。

路柏沅打量了一下他的身形，转身回房间："你等着。"

路柏沅没关门，简茸下意识往他的房间里瞄了一眼。

虽然他们住的对门，但两个房间的构造完全不一样，路柏沅的房间明显大一点，家具也比简茸房间里的要齐全。

很快路柏沅就出来了，他手里拿着一件灰色大衣和一顶白色棒球帽。

"这是几年前的衣服，我洗过，一直拿防尘袋包着。"路柏沅挑眉，"你不嫌弃吧？"

"不嫌弃。"简茸说，"但我穿身上这件……"

他的话还没说完，脑袋上就多了一顶棒球帽。

"这几天冷空气流动，晚上可能会下雪。"路柏沅说，"你戴着。"

简茸咽了咽口水，伸手捏着帽檐，想说"不用了，我自己有帽子"，但话到嘴边，又不是特别想开口。

"哥！"小白听见路柏沅的声音，在楼梯处喊，"你好了吗？丁哥已经在车上等了，顺便催一下简茸。"

"好了。"路柏沅应完，又回过头说，"你去把大衣换了，拉链要拉上。"

路柏沅的身材比简茸高大得多，就算是几年前的衣服，穿在简茸身上依旧很宽。

衣摆快遮住屁股，衣袖也能轻松包住简茸的手，连衣兜都是大的，手揣在里面非常舒服。

简茸低头想着以后要不要都买大一号的外套，然后快速上了停在门口等候的黑色商务车。

其他人都已经在车上等着了，为了方便，先上车的都坐到了后排，中间两个单独座椅一个空着，另一个坐着路柏沅。

路柏沅坐姿散漫，两条长腿随意岔着，正低着头玩手机。

他听见动静，抬头看了简茸一眼，像确认简茸有没有穿好衣服，很快又收回了视线。

简茸低着脑袋，默默坐到了空位上。

其他人都在玩手机，他也拿出手机随便翻了翻。之前的楼中楼已经吵到九百多楼，看到这个数字，简茸决定还是不点进去给自己添堵了。

火锅店离基地不远，今天是工作日，又是晚上，店里没多少客人。

停好车后，一行六人往店里走去。

途中，小白"咦"了一声："简茸，你今天没戴我哥那顶周边帽子？"

其他人闻言，都往他身上看去。

简茸："……"

他板着脸想，要知道不戴也会被提，他还不如戴着。

"还有，你的外套是不是有点大了？"袁谦笑着打趣，"你爸传给你的衣服？"

简茸："不是。"

路柏沅说："这衣服是我的。"

大家怔了一下，然后别过头去，笑得更欢了。

这种大排档类型的火锅店包厢比较简陋，类似于空荡荡的小房间，只放了饭桌和一张装碗筷的木桌。

简茸脱了外套，挂在椅后，就见路柏沅拉开了他身边的椅子，很自然地坐了下来。

男生点起菜来一向夸张，直到菜品把整个饭桌填满，袁谦才转头问："丁哥，能整点酒吗？"

"可以是可以，过几天训练后你们就别碰了。"丁哥说，"但别喝太多。"

袁谦一挥手："上两瓶白的！"

丁哥："……"

简茸已经很久没跟这么多人围在一张桌上吃饭了。

放假期间，TTC每位队员的作息都不一样，吃饭也大都是在电脑面前吃。基地要不是有阿姨在，饭桌上都能起一层灰。

白酒上桌，小白倒了一杯放到简茸面前。

路柏沅正在和丁哥说话，他的余光瞥了眼酒杯，对小白说："别给他递酒。"

袁谦摆摆手："就喝一点没事。"

Pine挑眉："不一定，上次不是有人刚喝两口就冲出店铺，非要去隔壁的游泳池打篮球？"

"P宝，我现在进步很多了！我不会醉了！"小白边说边拿回简茸面前的酒，"算了，你还小呢，不喝也好。"

小白无意的一句话，成功击中了未成年少男的自尊心。

"没关系。"简茸从他手里把酒杯拿回来，"我可以喝。"

小白说："哎呀，小孩子别逞强。"

简茸闻言，拿起酒杯一口闷了。

小白："……"

简茸说："再倒一杯，谢谢。"

简茸趁小白转身去倒酒，低下头，在帽檐底下狠狠地皱了一下脸。

酒好难喝，怎么比冰啤难喝这么多？还特别烈，他刚才差点没绷住。

上了酒，饭菜似乎就没那么重要了。

"来。"小白率先举杯，"庆祝简茸正式加入TTC，走一杯！"

几个人纷纷举杯，丁哥以水代酒，解释："我开车。"

路柏沅杯里的酒不多，他跟着喝了一杯，也摇头不喝了。

酒味太呛，袁谦皱着眉问："简茸，你几岁开始打英雄联盟的？"

简茸："我忘了，小学吧。"

"跟我差不多。"袁谦往后一靠，感慨道，"不过当时我的条件没你好，我那会儿都在黑网吧，冒着被爸妈爆头的风险玩……啧，说起来就跟两代人似的，我们能当成队友不容易啊。来，走一杯。"

小白问："后来你怎么做直播去了？"

简茸抹了一下嘴角："缺钱。"

小白琢磨了一下："那也不该是开直播啊，刚开始直播的时候又不赚钱，还不如打工来钱快吧？

"那时候抓得严，很多地方不招童工。"简茸说得随意，"家里正好有电脑，零成本，就播了。"

喝了酒，简茸的话明显变多了。

Pine看了眼他的头发："你的头发怎么染成这样了？"

简茸跟袁谦隔空碰了个杯，又喝了半杯。他闻言，下意识抓了一下头发："我跟其他主播PK输了，这是惩罚。"

众人："……"

路柏沅挑眉："PK？"

简茸"嗯"了一声："拼礼物，谁收到的多谁赢，输家要受惩罚，从平台给出的惩罚卡里抽，我抽到了染蓝发。"

"你真惨。"小白怜惜地问，"那赢家呢，能赢什么？"

简茸："也是随机奖励，应该是平台那些大礼物吧。"

Pine："应该？"

简茸木着脸，沉默半晌后才说："我没赢过，我直播间的水友都在给对家刷礼物。"

小白笑到服务员进门时让他小点声。

路柏沅也笑："惩罚多久？不染回去吗？"

"一星期。"简茸揉了揉脸，"一开始我是不想花钱染回去，后来那群……那群水友说我这发色在首页推荐比较显眼，加上我自己看习惯了，就算了。"

为了招揽顾客染这玩意儿……

小白顿时对他肃然起敬，举杯道："厉害。"

简茸挑眉，拿起酒杯跟他碰了一下。

路柏沅伸手想拦，被丁哥叫住了。

"让他们喝吧，难得一次，正好拉近拉近关系。"他低声说，"这点量也喝不出什么事。"

路柏沅"嗯"了一声，但当简茸转头跟小白说话时，还是偷偷倒了他酒杯里一半的酒。

喝完酒，桌上的菜也上得差不多了。

酒的后劲慢慢涌上来，几个醉鬼的形态各不一样。

袁谦大着嗓门开始说 Kan 的事，说 Kan 不是人，这么多年的好兄弟还要这样整他们。

小白靠在 Pine 的肩膀上闭眼休息，袁谦说到重点时，他还慢吞吞地点头表示赞同。

Pine 没把小白从自己肩上赶走，就说明他也醉得不轻。

包间里面除了丁哥和路柏沅，只有简茸最正常。

他手肘撑着桌子，一只手顶着脑袋，安静地看着袁谦发疯。

要不是他两颊红得厉害，都看不出刚喝过酒。

片刻后，简茸起身，慢吞吞地往外走："我去厕所。"

他没走两步，就听见"砰"的一声响，他撞到了门的扶手上。

丁哥："你没事吧？我扶你去吧。"

简茸吃痛，揉着撞到门的大腿："没事，别，我自己去。"

这家店的装潢虽然烂，但厕所还算干净。

简茸放完水，觉得世界都美妙了几分。他站着缓神，看面前的墙壁都仿佛有重影。

直到胃里舒坦一点，他才后退一步。

路柏沅进厕所找人的时候，就看到他垂着脑袋，眉毛还皱得死紧。

路柏沅问："你怎么了？"

"腿软，"简茸脑袋发晕，也分不清来人是谁，"站不直。"

路柏沅："……"

第七章 醉酒的 Soft

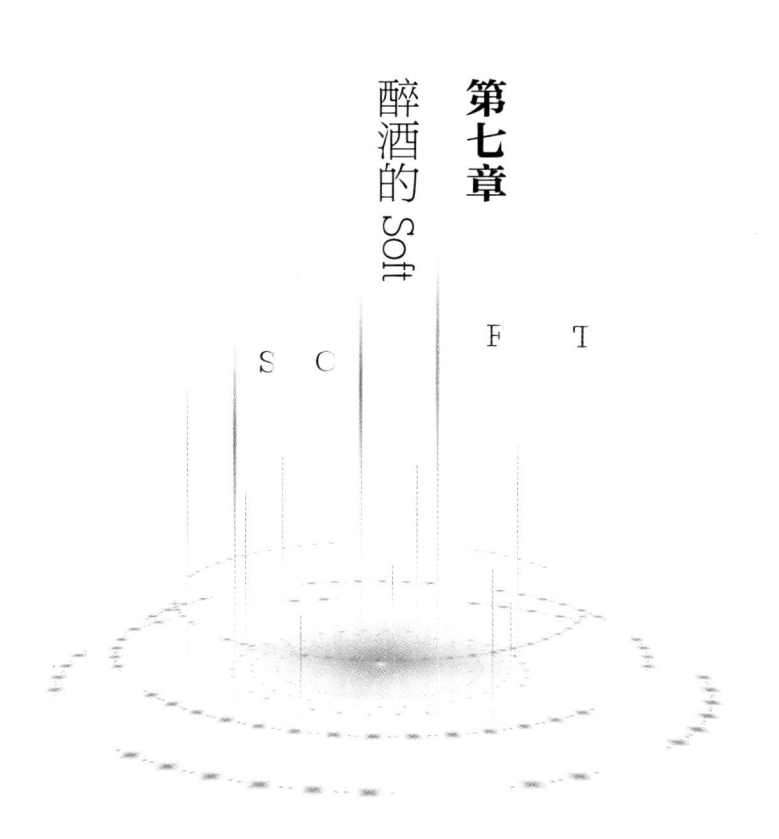

在简茸连着撞了几次墙壁后,路柏沉扶着他去洗了手、洗了脸,然后把他带出了厕所。

简茸已经有些看不清路了,他头疼得忍不住闷哼了两声。

"难受?"路柏沉问。

"没有。"简茸嘴硬。

说完,他想要站稳一些,结果身子一歪,跟路过的人撞了一下肩膀。

那人莫名其妙被撞了一下,又闻到酒味,皱着眉抬头就想骂:"你有毛……"

简茸醉了也不服输,先发制人:"你骂谁?"不服是不服,声音却是软的,一点底气都没有。

那人看到他的脸先是一怔,随即抬头去看他的头发,又是一怔。

路柏沉按着简茸的脸,把他的脑袋扳回自己这边。

丁哥已经去结账,让他接到简茸就走,所以他此时口罩和帽子都戴着。

路柏沉道:"他醉了,抱歉。"说完,他扶着人快速离开。

身后那人依旧停留在原地,他表情震惊,几秒后才突然回过神来,掏出手机对着前面的背影一阵猛拍!

深夜,"Soft 吧"的粉丝们正点着烟跷着腿,在贴吧里怀念过去跟 Soft 干架对骂又单纯美好的小日子。

一个帖子悄悄冒出首页——

标题:"我的天呐,我在火锅店看到真人了!"

内容："我没来得及拍正脸，但绝对绝对是他，看这背影、这头发、这身高体型，大家应该都能认出来吧？"

1楼："他矮人国来的？扶着他的是谁啊？他亲爹？"

楼主："不像，挺年轻的感觉。"

32楼："他挨揍了，被人这么扛着走？"

楼主："他醉了，看脸好像更瘦了，感觉整个人都没什么精神。"

158楼："年纪轻轻不学好，跑去买醉？"

266楼："他怎么过得这么惨？没我的礼物他就活不下去了吗？真没出息。谁知道他的支付宝账号？"

268楼："他还要多久才能上班？不会在那之前饿死了吧？"

399楼："石榴开播了，石榴跟他熟。走，兄弟们，一块去问一问。"

回到基地后，路柏沅把简茸扛回了房间。

简茸在车上就睡着了，路柏沅刚帮他脱掉外套，他口袋里的手机忽然响了。

电话连续响了几遍后，路柏沅担心有什么急事，点了接通。

"你怎么才接电话啊？"那头的人急哄哄道，"你现在哪儿？我听说……"

"他睡了。"路柏沅压低嗓音说。

他刚说完，衣服就被人拽了一下，然后被攥在手中一直不放。

简茸闭着眼，呢喃："我没醉。"

"好，你没醉。"路柏沅不跟醉鬼辩论，哄着他，然后又对电话那头的人说，"有什么事你明天再打来。"

电话挂断后，石榴呆呆地拿着开着扬声器的手机，看着自己直播间里正在疯狂刷问号的 Soft 水友们，良久后才找回声音。

"不是，我也不知道是谁，但声音莫名很耳熟，"

"不可能是他爹，他也没哥哥。"

……

翌日。

简茸睡醒时头痛欲裂。

他把脸埋在枕头里，放空了一下脑袋，才艰难地从桌上摸过自己的手机。

然后他看到了满屏的消息。

大部分是石榴发的，字密密麻麻堆在一起，他有点懒得看，先点进对方发过来的贴吧网址。

他一进去就看到一张照片。

照片拍得有些模糊，他得眯着眼才能看清楚。

简茸看清后，笑了一下。

照片里是两个人的背影，左边的人已经醉成一摊烂泥，完全是被人拎着走，脑袋都快垂到地上，两腿根本站不稳，从这个角度只能看到对方高耸的外套后领。

真傻。

他往下一翻，这张照片跟上一张有些像，唯一不同的是左边的人稍稍抬了一点脑袋，露出了蓝色头发。

简茸笑容僵了一下。

啊？哦，原来这人是我。

他维持着僵硬的笑容，去辨认右边的人是谁。

这根本不用辨认，简茸的笑容彻底消失，手机滑落到枕头上，他也没去捡。

他固执地盯着某一处，满脸恐惧地开始努力回忆昨天的事。

简茸脑子里忽然"嗖"的一声响，清脆的，快速的，还伴有一点厕所独有的回音。

简茸做了一个深呼吸，不信邪，又回想了一遍。

良久后，简茸满脸凝重地起床，忍着头疼从柜子里找出昨天刚签的那份合同，看了一眼违约金额。

个、十、百、千、万……八位数。

简茸绝望地闭了闭眼。

算了，他赔不起。

跑路未遂，简茸盘腿坐在床头，看着身边的外套抓耳挠腮。

"借"来的外套此时皱巴巴的，能看出昨晚被他折腾得不轻。他拿起衣服嗅了嗅，一股酒味。

他记下衣服的牌子，决定还是买一件新的。

简茸把衣服挂好，开始翻石榴给他发的消息。

他看两句就要直起腰缓一缓。

石榴："你那些水友为什么都跑来我直播间了？"

石榴："怎么回事？他们说你在买醉。"

"语音电话未接通。"

石榴："完了，我刚刚打电话开的扬声！"

石榴："接电话的是谁？你在哪儿？你没事吧？"

十几条消息一一看完后，简茸抓了把头发，回复。

艹耳："我没事。"

几秒后，他忍不住又发一句。

艹耳："昨天接电话的人说了什么啊？"

石榴："他说了什么不重要，主要是你。"

简茸头皮发麻，连忙打字："行了，你不用告诉我。"

简茸一点都笑不出来。

石榴："你真没事吧？要不我们双排，我俩队伍语音聊天，你开麦稳稳粉丝？钻这个空子平台不会管的。"

石榴是简茸这些年关系最好的朋友。

他们是打英雄联盟认识的，简茸带他玩了几天，那时他的人气已经很高了。他得知简茸是新人主播后，帮忙宣传了几嗓子，还经常约简茸双排。

可以说简茸的直播事业能有个好的起步，跟石榴有很大的关系。所以就算后来简茸人气越来越高，他也还是天天带石榴双排，石榴不来，他大多时候就单排。其他主播找他联动炒什么直播 CP，他基本拒绝了。

合同都签了，简茸没打算隐瞒，他按下语音键："我跟一个俱乐部签了下赛季的职业合同，官宣没出，上面还不让我说……总之我没什么事，你不用担心，过几天请你吃饭。"

然后石榴又是一轮消息轰炸。

简茸跟他聊完，决定去冲个澡。

简茸洗了一个漫长的澡，搁在桌上的手机又亮了，是那个名为"TTC 猛男健身俱乐部"的讨论组。

P 宝的小辅助："@ 全体成员 三点了，还没醒吗？丁哥带吃的回来了，都是粥，赶紧下来喝。"

Pine："把你的备注改了。"

P 宝的小辅助："不，我觉得这个备注很可爱。"

简茸刚想说自己不吃了。

大谦："@ ㅕ耳 @R 怎么还没下来？"

R："来了。"

丁哥："你下来时顺便叫一下简茸吧，粥凉了就不好吃了。"

ㅕ耳："不用，我马上下去。"

TTC 队员们今天终于用上了餐桌。

几人坐着喝粥，因为宿醉，每个人都无精打采的。

丁哥想起他们昨晚醉醺醺的模样就头疼："我让你们喝两口助兴，不是让你们酗酒！自己什么酒量心里没点数吗？我就出去打了十分钟电话，一回来全趴下了，像什么话？你们还给简茸灌酒，人家才十七岁，正长身体呢，碰个一两杯都顶天了。"

袁谦立马把过错揽下来："我的问题，以后不给他们喝白的了。"

简茸换了一件黑色卫衣，两只手插兜，低着头走下楼梯，试图在不引起其他人注意的情况下默默入座吃饭。

"简茸！"小白扯开大嗓门，"你舒服点没有？"

桌上的人噤了声，全看了过来。

简茸一抬头就对上了路柏沉的视线。

路柏沉的眼神和平时一样，看不出什么情绪。

简茸的心脏刚刚安定下来，就见对方忽然垂下眼皮，往他的裤子看了一眼。

简茸："……"

他后脑勺都麻了，紧绷着嘴角"嗯"了一声，算是回应。他避开路柏沉的视线，往离路柏沉最远的位子走去。

"你坐这儿吧，方便盛粥。"袁谦叫住他，并体贴地帮他拉开了椅子。

这位子左边是袁谦，右边是路柏沉。

简茸木然地盯着椅子看了两秒，然后动作僵硬地坐了下去。

"白鸽粥和皮蛋瘦肉粥，你想喝哪个自己盛。"袁谦说，"你没事吧？看你醉得挺厉害的。"

简茸摇头："没事。"

"你昨天吓死我了。"小白喝着粥，含糊不清道，"路都走不了，我哥得把你整个人抱着才拖得动。"

"没那么夸张。"路柏沉说。

简茸忍着把小白揍一顿的冲动，硬着头皮别过头说："谢谢。"

"你上楼也是我哥抱着走的，跟企鹅似的走走停停，嘴里不知道在念叨什么。"小白还在描述,说完问他,"你还记得吗?"

"不记得。"简茸抬头冷冷地问,"你不也醉了吗,为什么还这么有精神?"

不知怎么的,明明简茸语气平淡,问的话也没什么毛病,小白却觉得他言下之意是"昨晚怎么没喝死你"。

小白:"我当时没醉,就是头晕。"

简茸还想说什么,身边的人忽然起了身,椅子在地板上拉扯出一道很轻的声响。

简茸登时闭嘴了,头也不抬地继续喝粥,试图把自己和整个饭桌隔开。

他听见路柏沅走进厨房的声音,然后是冰箱的开合声,片刻后,路柏沅坐回来,落座的时候还碰了一下他的手臂。

"之前你说的采访是什么时候?"路柏沅的嗓音温和。

简茸的脑子里突然飘过昨晚在厕所的对话。

他的脑袋埋得更低了。

丁哥说:"后天下午,那边会安排人上门采访。"

路柏沅"嗯"了一声,把冰咖啡拧开喝了一口,另一杯常温的纯牛奶放到桌边,很自然地推给身边的人,说:"你吃完再喝。"

简茸差点被粥呛着:"好。"

丁哥跟路柏沅聊完采访的事,清了清嗓子,说:"还有,简茸,你知不知道自己昨晚被拍了?"

"知道。"简茸问,"违规了吗?"

"没,你别担心,也不是什么大事,只是你以后最好还是别喝酒,我昨天都忘了这茬儿了。"丁哥说,"不过我看那照片也没拍到脸,以后要是有人问起,你否认就行。"

这顿早餐结束,丁哥下了禁酒令,要求所有人在春季赛结束之前都不准碰酒。

简茸回到训练室，桌上放了几套队服。

TTC 的队服是黑白款式，黑底白 logo，上面印了很多赞助商的图标，胸口处写着"TTC"，后面是战队的皇冠队标。

在"TTC"下方还有一行小字，是"Soft"。

简茸盯着自己的 ID 看了很久才有动作。

队服面料很好，他把手伸进口袋里摸了几下，刚要抽出来。

"晚上你试一试，不合身再拿去改。"他身后忽然传来一道声音。

简茸收回手："好。"

路柏沅又说："昨晚有人给你打电话，我怕有急事就接了。"

"我知道。"简茸知道不能再装断片了，揉了一下鼻尖，"你的外套被我弄脏了，我重新买一件还你可以吗？"

"不用。那衣服买小了，我没穿过几次。"路柏沅想到什么，失笑道，"不过那是定制款，绣了我的名字，你如果嫌弃就扔了，不嫌就留着在基地穿，随你。"

他话音刚落，训练室的门被推开了。

小白伸着懒腰进来，见路柏沅还站着，疑惑地看了眼挂在墙上的钟："哥，你今天不是说好四点半开直播？"

路柏沅"嗯"了一声，回到自己机位前开了电脑。

简茸回过神，刚想把衣服收好，小白就先一步拿过去看了。

"哇，这——"小白看着手里的衣服，又转头看身边的简茸，"你衣服的尺寸这么小？"

简茸面无表情地把衣服抢回来，一股脑塞进袋子里："嗯，但我拳头很大，你要看吗？"

小白："不了吧。"

简茸刚登上游戏，小白就转过头来拍马屁："快快快，快上你的小号带我飞，我钻二晋级赛了！"

简茸现在巴不得他立刻坠机直奔铂金。

他正要开口拒绝，游戏里忽然弹出一个游戏邀请。

"TTC·Road 邀请你加入组队。"

简茸一怔，下意识转头去看路柏沅。

路柏沅已经开了直播。简茸看到他点开了某个好友的聊天框，然后打字。

紧跟着，简茸耳机里的游戏音效响了——

TTC·Road："带带我？"

消息发出去还没一秒，对方就已经进了队伍。

路柏沅笑了一下，懒懒地和直播间的粉丝打了个招呼，然后动动手把直播间名称改成了"Soft 带上分"。

"我开了？"他在游戏语音里问。

看我操作就行了："好。"

两人很快排进游戏。看清排到的位置后，简茸挑眉一怔。

他们这局都没拿到想要的位置，简茸是辅助，路柏沅是 ADC（物理伤害）英雄。

他正想着用什么打辅助，对话框里就噌噌噌噌跳出许多话来——

爱吃桃子酱呀："……"

爱吃桃子酱呀："路神，是你吗？"

爱吃桃子酱呀："路神，看看我！"

简茸抿了一下唇，忍不住低头看了一眼手机开着的直播画面。

路柏沅滑动着英雄列表，看起来没有要回复的意思。

爱吃桃子酱呀："4 楼在吗？"

爱吃桃子酱呀："呼叫 4 楼大哥！"

简茸过了几秒才反应过来自己是 4 楼。

看我操作就行了："？"

爱吃桃子酱呀："我们换位置可以吗？我是中单。"

爱吃桃子酱呀："拜托拜托。"

换作平时，简茸肯定二话不说就换了。

他一直没吭声，桃子酱就一直在对话框里说话。

简茸抓了抓头发，忍不住发私聊问："我要换吗？"

路柏沅扫了眼弹幕，简茸的粉丝们一如既往来到了现场，粗暴的画风混杂在弹幕中特别好认。

"你问的什么话？你不是说宁愿当峡谷里的一只河蟹，都不可能打辅助位的吗？"

"前几个被他辅助的ADC（物理伤害）英雄都没什么好下场，我这边是建议路神直接退游戏。"

"该不是喝酒喝坏了脑子吧？麻烦你清醒一点，这游戏没有任何人值得你为他打辅助位！"

路柏沅收回目光，说："随你。"

爱吃桃子酱呀："4楼大哥回个话呀！"

爱吃桃子酱呀："换不换？"

爱吃桃子酱呀："路神可不可以给一个好友位？"

看我操作就行了："不换。"

弹幕刷过一排问号。

爱吃桃子酱呀："为什么？"

爱吃桃子酱呀："路神，我给你刷了礼物，可不可以念一下感谢词（卑微jpg）？"

爱吃桃子酱呀："4楼大哥，我拿钱买辅助位行吗？你发我账号，我给你打钱？"

看我操作就行了："你发我账号，我给你打钱，你安静一点行吗？"

路柏沅选出英雄，忍不住垂下眼笑了。

简茸很少给别人打辅助，一是他觉得辅助玩得太憋屈，不能拿人头；二是他运气不好，单排遇到的ADC（物理伤害）英雄大多能把他气到围着房间走十圈，边走边打军体拳。

上一次被他辅助的就是那对奇葩情侣，从中期开始他就没补过ADC（物理伤害）英雄一次血。

上上次他玩的输出型辅助，ADC（物理伤害）英雄一个人头都没拿到。

上上上次……

总之他直播间的水友说得没错，当他ADC（物理伤害）英雄的人都没什么好下场。

水友们一边抱着"看戏"的心态，一边在"Soft吧"里发帖："这孩子想什么呢？这又不是我们的地盘，万一他把Road坑死了，我可骂不过那群粉丝。"

然后他们眼睁睁看着简茸掏出了露露——一个矮个子，萌萌的小女巫。

这名英雄的四个技能里，三个用来保护队友，一个用来减速，挂在嘴边的台词是"卖萌术""小淘气""跑快快"。

他们看简茸打了两年游戏，从来没见他用过这玩意儿。

路柏沅玩的卡莉丝塔，一个随时都在走位的英雄。

粉丝看他熟练地走位，丢长矛，杀人，弹幕里刷起了各种"彩虹屁"。

"我ADC（物理输出）英雄一般。"路柏沅道，"分段比较低，所以勉强能打。"

"勉强能打？你这不是虐杀吗？"

"还是路神低调，换作他旁边那个露露，现在已经在问'还有谁能拦我'了。"

"路神，你到底退不退役啊？能不能给一个明确的回答？我已经愁好多天了，真的很难过。"

"蓝毛出辅助装给队友加盾……我的青春结束了。"

"他喝酒喝坏脑子了，建议早日看病，希望人没事。"

路柏沅扫了眼弹幕，第一次正面回答粉丝："今年我不会退役。"

弹幕瞬间炸了，密密麻麻堆在一起，一句话都看不清楚。

那个桃子酱玩的是拉克丝。

她进游戏后也没有安静，依旧唧唧说个不停。知道自己排到Road后，她就不是在玩游戏了，而是在玩社交软件。

简茸看着她一句接着一句，一开始还叫"路神"，现在变成了"路"。

他吐出一口气，绷着嘴角买装备。

当桃子酱第七次来下路的时候，路柏沅终于回了她一句。

TTC·Road："你不用来下路。"

爱吃桃子酱呀："喔。"

把下路打通关后，两人一起去中路打团。

爱吃桃子酱呀："路，蓝BUFF你拿吧，我不用啦。"

TTC·Road："谢谢。"

简茸正面无表情地转身往下路野区跑，准备去插眼做视野。

"露露。"路柏沅忽然叫他，"过来。"

简茸一顿，扭头跟上他。

路柏沅把蓝BUFF点至残血，然后说："你拿。"

简茸的手比脑子快，一个技能收下了这个蓝BUFF。

桃子酱在地图上小心翼翼打了一个"？"。

弹幕里也都是"？"。

"给辅助露露拿蓝BUFF什么意思？"

"路神，你弄错了，桃子酱才是妹子，这露露是Soft。"

路柏沅说："走，去上路杀人。"

简茸回过神，乖乖地跟着他走。露露的小女巫模型走路一颠一颠的，简茸看着这英雄，总觉得比刚才顺眼多了。

这局游戏他们赢得没什么难度。路柏沅退出战绩界面，刚要重开一局，游戏里忽然弹出几条好友消息。

PUD，XIU："我知道你说的那个很乖的小孩是谁了。是不是前阵子那个毒舌主播？"

PUD，XIU："人已经搬到你那儿了吗？你们磨合得怎么样？"

这话知情人看着没什么毛病，围观群众看起来却每字每句都是槽点——

"什么情况？磨合什么？老公，你谈恋爱了？"

"原来你喜欢乖的。"

"不是，别的就算了，职业选手谈恋爱也正常，但是女朋友能搬进基地？这不会影响训练？不会影响到其他队员？哦，我忘了路神是英雄联盟第一人，其他选手估计也敢怒不敢言呢。"

"黑粉有事吗？TTC基地那么大，多住一个人会影响到谁？"

"虽然我也觉得让女朋友搬进基地不对，但Road现在确实是英雄联盟第一人呢。"

简茸也怔住了。

Road有女朋友？还要搬进基地？那不就住在自己对面房间吗？

但是，基地不是不允许外人留宿吗？

简茸还愣着，就听见耳机里忽然传来一句："我没谈恋爱。"

路柏沅怀疑XIU知道自己在直播，故意搞事。他把对话框关了，把游戏界面拖到一旁，看弹幕。

然后弹幕滚动得更快了。

路柏沅垂眼道："你们刷慢点，我看不清了。"

"不是第一人，职业赛场没有第一人。"

"基地不让外人留宿。"

"明年会不会退役？明年的事，明年再说。"

简茸撑起手肘，搁在他和小白中间挡住。

然后他低下头,在那条"很乖的小孩是谁?很乖的小孩是谁?"的弹幕后面,小心翼翼地点了一个"+1"。

"很乖的小孩是谁?"路柏沅很自然地应道,"我们队的新中单。"

观众们:"?"

训练室里其他三人:"?"

简茸:"?"

弹幕再次爆炸,简茸用手机看都觉得特别卡。

大家都知道TTC这赛季肯定会换中单,但到现在还一点消息都没有。

虽然路柏沅的话里也没透露出什么讯息,但足够让粉丝们激动了。

简茸的肩膀被人拍了一下,他下意识用手去捂自己的手机屏幕,忍着心跳转过头。

小白压低声音,一脸茫然地询问:"我刚刚没仔细听,我哥说的什么乖小孩是你吗?"

简茸沉默几秒,问道:"队里有招其他的新中单吗?我的替补之类的?"

小白:"没有。"

简茸"哦"了一声,点头肯定:"那就是我。"

小白:"……"

当晚,丁哥敲开简茸的房门,通知他明天TTC俱乐部官博会正式宣布他的消息。

"本来想过几天再官宣的。"丁哥说,"没想到今天Road直播时提了一嘴,直接就上热搜了。这热度不要白不要,趁热打铁吧。"

简茸"嗯"了一声,又问:"我需要做什么吗?"

"不用,到时你转一下俱乐部的微博就好了。我已经打好招呼,明天就给你挂上微博认证。你的微博名也要改一改……这些都是小事。"丁哥顿了一下,"不过有件事我得再跟你强调一下,以后你就是正式的职业选手了，说话做事之前一定要留点心，尽量不要在公共场合或是社交平台上出错，这也是为了你好。"

简茸点头："我知道，我心里有数。"

丁哥看他乖巧，心里非常满意，像长辈般拍拍他的肩膀："你别紧张，我相信你。"

简茸不紧张。

他在几十万人面前都能镇定地打游戏、聊天，发个入队声明有什么可紧张的。

只是丁哥这一提，倒让他想起那个被自己遗忘多年的大号。

想到今后会有工作人员上他的微博，他久违地登上大号，麻利取消掉对路柏沅的特别关注，然后才去看成千上万的评论和转发。

他操作时不小心瞥到了热搜第一的词条——TTC乖小孩中单。

简茸："……"

简茸红着耳朵移开视线，莫名有一点心虚。

他太久没上微博了，那条停播微博下评论数已经过万。

最新的评论里有说想他的，也有从Kan假赛公告那条微博摸过来骂他的，然后双方再次打起来，热热闹闹打了三百多层楼。

他算是知道这些评论量怎么来的了。

热评第一条，还是那个破烂后援会。

Soft唯一后援会e："我想你了。"

简茸敲字。

Soft："不熟，勿念。"

他刚回复没几秒，瞬间跳出十几条最新回复——

"你还好意思出现？被停播也不知道上来跟我说说话，你一天天干什么去了？饿死没？"

Soft："我过得比你好。"

"你没钱就找兼职当陪玩吧,我给你一千一小时,你给我打辅助也行。"

Soft:"你如果发毒誓不给差评,可以。"

"你这孩子脑子能不能灵活一点?停播了就蹭别人的直播间啊。"

Soft:"你在教我做事?"

简茸回得随意,垂眼看到下一条评论,笑容霎时间冻结。

这条评论是回复吵架那层楼中楼的,也不知道前面的人说了什么,这人上来就是一篇小作文:

通通1234:"我知道Soft是Road粉了,不稀奇,什么人有什么粉呗。Road也是天天就知道装,明面上啥也不争,私底下指挥他那群粉丝内涵别的选手,还攻击别的战队。我估计TTC不仅打假赛,还买了四强名额,不然怎么会年年四强?我就说呢,Road都菜成这样了还能进半决赛,他到底要赖到什么时候才肯退役,还电竞圈一个清净?"

简茸冷笑一声。

Soft:"我看你更稀奇,私底下是'傻子',明面上更甚。"

Soft:"像你这种人,到底什么时候才肯禁网,还互联网一片清净?你有臆想症就赶紧去治,别来我微博下发病。"

通通1234:"你说谁呢?"

Soft:"你怎么还不滚?还得我掏棍子?没看见我微博挂的牌子吗?通通1234与狗不得入内。"

……

翌日下午两点,一部分电竞粉丝因为没有比赛而闲得抠脚,正准备上微博找人对骂,猝不及防刷出两条微博——

TTC电子竞技俱乐部:"欢迎新成员@TTC·Soft加入TTC英雄联盟分部。Soft是一名实力强劲、潜力无限的新选手,将以队伍首发中单的身份与我们共同征战明年春季赛。"

相信Soft的加入会给队伍增添更多活力与可能性，请大家拭目以待！"

英雄联盟赛事："文章：关于TTC队员简茸（ID：TTC·Soft）在微博中发表不当言论的处罚公告。"

第八章 电竞圈地震

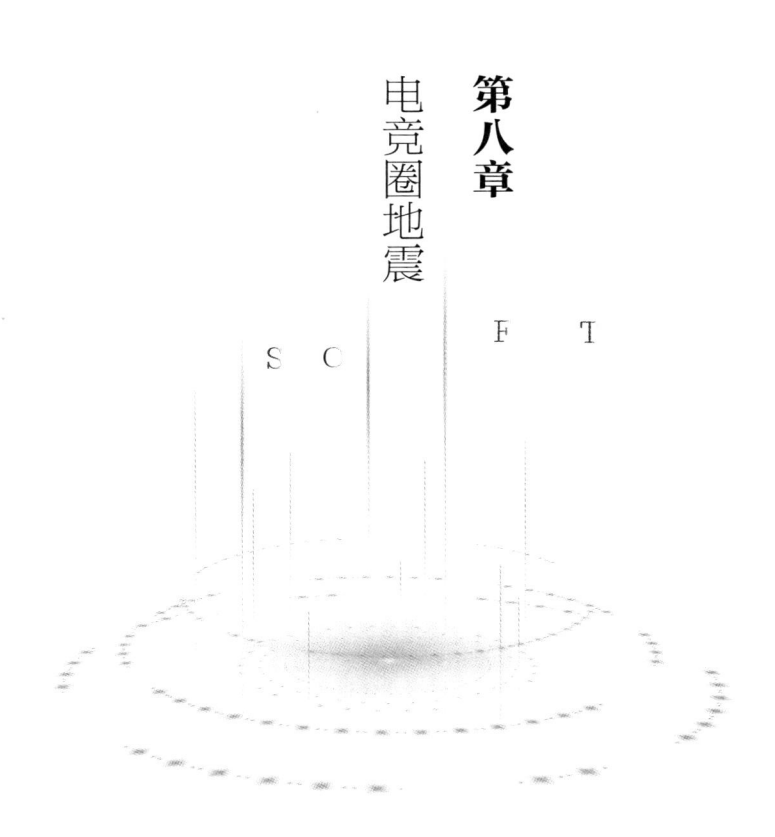

电竞圈地震了。

电竞粉丝全体蒙圈十秒。看到公告的每个人都要走一遍"截屏"——"点开TTC·Soft的微博，确认是那个蓝毛"——"点开TTC电子竞技俱乐部，确认是官博"——"还不死心地反复点击"——"接受现实"——"在该微博下回复问号"的流程。

TTC的官宣微博不到十分钟破了六千评论，前排五页热评都是问号，评论的还都是货真价实的微博活跃号，娱乐圈水军叹为观止，啧啧称奇。

而那条赛方处罚公告下面——

"傻儿子，不愧是你。"

"傻儿子，不愧是你。"

……

从来没有哪条微博能让大家的回复这么统一，爱豆粉丝控评也不行。

没多久，"TTC·Soft"转发了TTC的官宣微博。

TTC·Soft："我会努力证明自己，谢谢支持（三分钟后发）。//TTC电子竞技俱乐部：欢迎新成员……"

围观群众："……"

很快这条微博就被编辑了。

TTC·Soft："感谢大家的支持！入队后我一定会努力训练，不辜负粉丝和俱乐部的期望。"

因为官博被问号淹没，粉丝们缓过神来后就全到简茸的微博报到了。

"我刚在Kan的假赛微博下面跟TTC那群'脑残粉'撕了一天一夜，

结果你自愿当人质去了？"

"一句'傻子，滚'就一万块？你是去给纪律团队打工的吧？"

"提前恭喜联盟纪律团队发财。"

"你给坦克战队的高层下迷药了？就这也配打职业赛？"

"说 Soft 不配的，Soft 高分段排位赛单杀 Kan 的合集我已经发送到你的私信里了，请注意查收喔！谢谢！"

"我认为 Soft 是一名非常优秀的选手，非常期待他在 TTC 的表现（一条五毛）。"

"怜爱 TTC 粉了。"

"倒也不必，能进战队肯定有点本事。TTC 的老板眼光一向很好，Road 当年不也是被老板一眼看中，直接拉进首发的吗？本坦克老粉已经习惯了。"

"围观一下。TTC 是抢不到 Savior 宝宝，所以自暴自弃了吗？连这种中单都招，明年四强变十六强？"

这条评论一出，曾经在 Kan 禁赛公告微博下互撕了一天一夜的 TTC 大粉和 Soft 直播间的水友同时出现了。

"PUD 粉要点脸。Soft 两年前在 H 服排位连赢三场，轻取 Savior 四十八分这事你们不知道？两年过去了，你们家 Savior 宝宝应该没以前那么菜了吧？"

"PUD 粉真不要脸。TTC 为什么不要你家 Savior 宝宝，肯定是觉得你家宝宝开的价格太离谱，他不配啊。明年什么成绩要是你说了算，那你家 PUD 早夺冠啦，还需要你来这里阴阳怪气？"

几秒后，两人又——

"怎么又是你这 TTC 的'傻'粉丝？别学 Soft 说话！"

"我跟你评论的时间就差一秒，你说我学你？Soft 的'脑残粉'麻溜离我远点！"

……

不论是哪个战队的粉丝，此时都在快乐吃瓜刷评论，所以公告发出没多久，热搜上就多了几个词条。

"TTC 新队员 Soft、TTC 疯了、英雄联盟赛事处罚 Soft、Road 称 Soft 乖小孩……最后这个词条后面还有个震惊的表情，哈哈哈哈。"小白躺在沙发上快笑疯了，"你这是 S 赛总冠军的牌面啊！PUD 官宣 Savior 的时候，那热度都赶不上你这一半！"

PUD 战队前两天刚官宣了新中单 Savior，虽然微博底下一片欢声笑语，但由于是大家预料中的事，并没掀起多大的波澜。

简茸盘腿坐在旁边的单人沙发上，他刚挨完丁哥的训，目测丁哥接完这个电话之后还要继续训他。

他从手机中抬头，问："这牌面给你要不要？"

"别别别，我受不起。"小白开开心心地滑动手机屏幕，在看到"Road 和 Pine 都是大帅哥，现在又加一个 Soft，期待 TTC 以后的比赛"这条评论后笑容一僵，然后拍拍旁边的 Pine 质问，"P 宝，我不帅？"

Pine 很有深意地看了他一眼。

两人一起在下路配合这么多年，Pine 一张嘴小白就知道他要说什么，立刻说："闭嘴，我又不想知道了。"

丁哥挂了电话，从阳台回来，坐在沙发上喝了口茶清嗓子，眼神复杂地看着简茸。

"我昨晚叮嘱完你后，还在工作群让他们安排宣传，说你不可能出错。"丁哥揉了揉发疼的脸，"现在也不用宣传了，刚刚微博认识的朋友问我要不要花钱撤热搜。"

简茸："……"

他沉默良久，然后认真道："撤吧，事情是我捅出来的，钱我来出。"

"不用，不是什么大事。"路柏沆懒声开口。

他刚被丁哥叫醒，嗓音微哑。可能是因为没睡饱，他下楼后就一直低头玩手机，没怎么吭声。

丁哥本来还想训简茸几句，路柏沉说这一句，他反而不好再说什么了。

"是不用撤，都不是什么黑热搜，还省了大笔宣传的钱，我巴不得能挂在上面一天。"丁哥说，"但罚款你还是得交。"

简茸点头。

袁谦纳闷道："小茸是在官宣之前骂的人，这也要被罚款吗？"

"当然，只要注册了就是职业选手，官宣只是一个形式。"手机响了一声，丁哥低头去看。半晌后，他皱起眉头来，忍不住说了一句："这也行？"

小白："怎么了？"

"金主爸爸找我。"丁哥说。

小白瞬间惶恐，连嘴皮子都顺溜起来："怎么了？该不会因为队里换队员了，怕我们人气下跌，想解约去找其他战队吧？"

"不是。"丁哥一脸"现在的社会是怎么了"的茫然表情，"那边说他们马上要推出一款设计很酷炫的青轴键盘，觉得简茸非常适合这款产品，有找他代言的意愿。"

青轴键盘，按键触感极佳，在所有键盘种类中声音最大。

简茸直播时用的老键盘就是青轴，打字骂人时键盘声那叫一个带劲，直播间水友听了直呼内行。

所有人："……"

这也行？

丁哥低头回消息："简茸，你怎么说？如果你有意愿的话，我就跟他谈一谈。"

"没有。"简茸应得干脆。

小白一愣，脱口道："你想清楚,代言费够你骂多少次人了,你知道吗？"

路柏沉低头笑了一声。

简茸盯着桌上的橘子，心想这大小不知道够不够塞住小白的嘴："我一场比赛没打，没成绩没底气，接这些没意思。"

小白震惊了。

简茸在他心中那爱钱如命的人设就这么塌了。

丁哥也有些意外，赞赏地看了他一眼："也是，那我先这么说着。你放心，以后打出好成绩，大把代言等着你接，不急在这一时。还有，微博上那些评论你少看，那些'黑粉'说话一套一套的，我怕你看多了受影响。"

"受影响？"简茸皱眉，"我？"

丁哥实话实说："你少看，我怕你看了就忍不住回。"

"我知道了。"

有了前车之鉴，丁哥已经压根不信任他了，反手就给他点上了一个特别关注。

路柏沅正在回消息。

从起床到现在，他的手机一直没消停，尤其是XIU，他觉得这人打比赛时手速都没这么快过。

PUD，XIU："这就是你说的乖孩子？"

PUD，XIU："带着处罚公告出道的乖孩子？"

PUD，XIU："你故意的吧，存心不想让我猜中？"

R："没。"

PUD，XIU："你知道你们官宣之后，所有——注意是所有，所有战队最新微博下的热评第一都是一张表情包吗？"

R："？"

PUD，XIU发了一个快逃的表情包。

R："……"

路柏沅嫌手机太吵，开了静音后起身去倒水。

他路过简茸身后时，余光瞥见简茸正在刷微博评论，但刷的不是自己的评论，是他的。

简茸在翻路柏沅最新一条微博下的评论，每看到一句说自己坏话的，眉毛就拧紧一分。

路柏沅评论区里最多的字眼，就是"骗人"二字。

他正看得认真，脑袋忽然被人很轻地拍了两下。

"你别盘腿，对腰不好。"路柏沅道。

简茸立马捂住自己的手机屏幕，放下腿坐直了："好。"

路柏沅走后，简茸刚要松口气，手机忽然一振。

"R 向你转账 10000 元。"

简茸一愣，下意识问。

艹耳："你转错了吗？"

R："罚款。"

艹耳："？"

R："你帮我骂回去，罚款当然我来出。"

简茸把钱退还回去。

艹耳："不用，我就是想骂他，我自愿骂的，我自己负责。"

R："那一人一半？"

艹耳："不。"

R："战队的签约费可能要下周才能到你卡上。"

这话发出去半分钟后才收到回复。

路柏沅低头看了一眼，失笑一声。

简茸直接给路柏沅发了一张银行卡余额图来，他所有的财产简约成一个数字，清清楚楚摆在路柏沅眼前。

艹耳："我很有钱的。"

R："知道了。"

路柏沅没再说什么，只是打开通讯录，翻出另一个好友。

R：“你再帮我定制一款键盘。”

对方很快回复："OK，要什么样的？"

R："和我的款式一样，换成蓝白色，键帽的字母改成 S，后面刻 Soft。"

"好嘞，如果要做工跟你那套一样的话，还是老价格，6800。"

R："做两个。"

"两个都刻 Soft？"

R："嗯，另一个上场用。"

吃完晚饭，丁哥交代 TTC 其他队员转发一下官宣的微博，说是队员们出面更容易给简茸拉好感。

于是当晚，电竞粉们又刷出一串微博——

TTC·Qian："欢迎新成员，以后一起加油！第一个目标，拿下春季赛！//TTC 电子竞技俱乐部：欢迎新成员……"

TTC·Pine："欢迎 //TTC 电子竞技俱乐部：欢迎新成员……"

TTC·Bye："期待最好的你 // 英雄联盟赛事：文章：关于 TTC 队员简茸（ID：TTC·Soft）在微博中发表不当言论的处罚公告。"

"庄亦白！"丁哥气得七窍生烟，对着楼上咆哮，"你转错微博了！"

简茸笑着在这条微博下回了一句"OK"，然后才继续往下滑。

TTC·Road："没骗人。欢迎 @TTC·Soft。"

翌日，简茸起晚了。

他到训练室时，大家都已经坐在了电脑桌前。短暂的休假过去，现在所有战队都已经恢复训练。

"简茸，你马上给我一个解释！"小白正在和 Pine 双排，见他进来，头也不回地说，"为什么我们三人的微博你只是评论和点赞，我哥的微博你就转赞评三连？"

简茸还在犯困。他坐到自己的机位上，点下开机键，啃了一口充作早餐的面包："我忘了。"

小白脱口而出："你这也能忘？"

简茸学着他的语气："你不也转错了微博？"

小白理亏，声音渐弱："那我又不是故意的，我因为这事还被丁哥骂了一晚上。"

简茸点头："活该。"

说是这么说，简茸还是打开手机，把其他三人的微博也转了一下。

他确实不是故意区别对待，只是看到路柏沅'艾特'自己，手指自动就转发了。

"我去，队长。"袁谦忽然喊了一声，"你在打 H 服？还排到 M7 的打野了？"

简茸下意识回头去看。

路柏沅正在打团，闻言"嗯"了一声。

英雄联盟职业赛场上，目前有两位打野名气比较大。

一位是 LPL 的王牌 Road，另一位就是欧洲 LEC 赛区的老牌打野 Juggler，他效力于欧洲 M7 战队。

Juggler 在欧洲职业比赛兴起时就在打，可以说欧洲赛区初期是靠他打出名气的。可惜他还没有坐稳世界最强打野的宝座，Road 就横空出世，以 3：1 的成绩把他按回了欧洲最强打野的位置。

每次 TTC 和 M7 的对战，粉丝们都称作是"打野 solo"，谁的打野发挥好，这场比赛就归谁赢。

这些年打下来，当然还是路柏沅赢得比较多。可惜今年淘汰赛他们没有遇上，少了一场野王生死局。

袁谦立刻移椅子过去看。简茸咬了两口面包，终于忍不住起身，站到路柏沅身后半米的位置偷偷观战。

这局游戏已经进行到第四十分钟，路柏沅的战绩是 6/2/7，从装备等各方面来看都处于优势。

路柏沅在野区抓死梦游的敌方中单，按"B"回城，伸手把旁边的空椅子拉到了自己身边。

"站那么远能看见？"他说，"坐这儿。"

他怎么知道自己在偷看的？

简茸犹豫了一下，还是捧着自己的面包和牛奶坐到了空椅上。

Juggler 玩的是盲僧，战绩也不差，不过排到的队友不是很给力，路柏沅抓起人来非常容易，没多久就把节奏带起来了。

"很多英雄都能用来打盲僧。"游戏快结束时，路柏沅忽然说，"低段位单排可以用赵信。"

简茸还以为他是在跟自己说话，咽下面包，道："别，我看到队友拿赵信就烦。"

路柏沅挑眉一怔："为什么？"

"玩这英雄的，"简茸保守地报了一个数字，"70% 都不是什么好人。"

路柏沅忍着笑："这样啊。"

第四十五分钟，游戏结束，路柏沅成功拿下 Juggler 十八分。

或许是这局输得太憋屈，Juggler 什么也没说就退出了房间。

路柏沅转头看了他一眼："早餐就吃这个？"

简茸诚实道："我起太晚了，阿姨已经去公园散步了。没事，我随便吃点垫垫肚子。"

简茸咬下一大口面包，刚准备起身回去练自己的，抬头就看到电脑上方摄像头亮着灯。

他咀嚼的动作一顿，伸手指了指摄像头，含糊不清地问："这里怎么亮着？"

路柏沅说："我在直播。"

简茸一脸蒙。

路柏沅缩小游戏界面，露出了简茸熟悉的直播间界面。

路柏沅不仅开着直播，还开了摄像头。

因为起晚了，简茸没怎么整理头发，只简单抓了几下就下楼了。

他看到视频里自己一脸倦容，头发杂乱，衣服只撸起了一边袖子，嘴里含着一大口面包，嘴角还有点面包屑。

"Soft怎么丑成这样了？TTC虐待你了？"

"他哪里丑了，明明憨得可爱。"

"你说谁不是好人？"

"赵信玩家有被冒犯到，并决定把刚才你和Bye聊天时说的脏话录下来交给联盟纪律团队。"

"简茸刚刚用手指谁呢？我以前是不是教过你做人要有礼貌？"

"我去，破案了，那晚抱着简茸的是Road吧？"

"绝对是，身形对上了。"

"那晚？抱着？Soft水友在聊什么？加我一个。"

"以后Soft上台千万别和路神站在一起，你站他旁边，像一个矮人国王子。"

简茸脱口："我像你……"

"那照片不是他。"路柏沅出声打断，语气自然，"他不会喝酒。"

说完，他动动手指头，把说矮人国王子的人禁言了。

水友："？"

简茸也心虚。

"不是才怪。我看他直播两年了，他长什么样我比他女朋友都清楚。"

路柏沅挑了一下眉，转头问："你有女朋友？"

"没有。"简茸说。

"虚伪，那女的还发语音叫你老公，我听见了。"

这次不等路柏沅问，简茸就先解释："那是一个主播朋友发错消息了。"

发错人了？

路柏沅点点头，没说什么。

四点，路柏沅准时下直播。

他刚关上直播间，丁哥就推开了训练室的门。

"采访团队已经到了，你们都去把队服换上。"看到简茸的造型和状态，丁哥皱眉，"你是醒了还是在梦游？"

"昨晚我没睡好。"简茸问，"什么采访团队？"

"今天有春季赛之前的惯例采访，赛前用来宣传的，每个人都要录。我不是给你发微信了吗？"

简茸揉了一下眼睛："我没来得及看。"

简茸很快换好衣服下楼。

这还是他第一次正式穿上队服，黑白两色跟他的蓝头发放在一块并不违和。

"还挺帅。"丁哥笑笑，"要不要我帮你拍一张照片，你发给家里人看看？"

简茸想说不用，话到嘴边变成："好，谢谢。"

丁哥拿着手机，忍不住指挥："你的下巴抬高一点，背挺直。"

简茸刚挺直腰，肩膀就被人搭住了。

"拍照呢？"小白说，"一起啊！P宝来，站我这儿。"

Pine看了眼有些不自在又绷着嘴角没拒绝的简茸，默默地站到了小白身边。

袁谦经过时也忍不住凑了上来："拍的时候跟我说一声，我收腹……队长！"

路柏沅从手机中抬头。

"哥，过来拍照，要发给简茸的家人看！"小白朝他招手。

简茸身边已经站满了人。

路柏沅看了一眼乱七八糟的队形，最后站到了简茸身后。

丁哥："三、二、一……好了！"

照片拍得很丑，丑到连 Pine 都皱眉走人的地步。

"我去，只有我哥是帅的！我哥怎么这样拍都不丑？"小白气死了。

袁谦点头："小茸也还可以，果然长得白就是好处多。你把照片发群里吧，丑是丑了点，留着作纪念也行。"

等小白把照片传进群里，简茸才拿回自己的手机。

他盯着照片看了十来秒，谁也没发，默默点了一下备份，就把手机塞回口袋里。

采访团队在俱乐部外面拍了一阵才进来。

这次负责采访他们的是英雄联盟的知名女主持。女人留着成熟的大波浪，妆容精致，踩着一双恨天高，跟丁哥有说有笑地进来了。

她显然和 TTC 的队员们也相识，弯着眼笑道："好久不见。"

"也没挺久，八强赛你不是刚采访过我吗？"袁谦也笑了，"小茸，认识一下，英雄联盟的主持人唐沁，以后你们会经常见面的。"

简茸说："你好。"

"你好。"唐沁的声音和本人一样温柔，"其实我很早就看过你的直播了，你真的很厉害。"

简茸不自在地抿唇："谢谢。"

唐沁跟其他人打好招呼，才看向自己身边坐着的人："路神，往那边挪一挪，腾一块地给我？"此时她的声音和跟别人说话时截然不同，更低，也更柔和。

简茸坐在他们对面的沙发上，闻言下意识看了过去。

路柏沅"嗯"了一声，直接从沙发上起来："你坐吧。"

唐沁的笑容僵了一下："好。"

几分钟后，丁哥和采访负责人谈话归来，采访马上开始。

第一个被采访的自然是路柏沅，采访地点在二楼某间干净的训练室。

简茸跟其他人一起站在外面等待，他心不在焉地玩手机，时不时抬头看一眼紧闭的门。

反复几次后，身边的小白忍不住问："你看什么呢？"

"没什么。"简茸低头摆弄手机，没多久，他装作很自然地问，"那个女主持跟Road很熟吗？"

"熟啊。"小白说，"她和所有选手都挺熟的。"

简茸："哦。"

小白倚着栏杆，八卦道："她是不是挺漂亮的？很多选手都追过她，我都知道。"

简茸"嗯"了一声，良久后问："Road也追过她？"

小白转过头来，满脸震惊地看着他："你在胡说八道什么？我哥需要追人？我哥肯定是被追的那个啊！等等，你不知道？"

简茸一脸茫然："知道什么？"

"这不是很明显的事吗？唐沁姐喜欢我哥，这是圈子里传了八百年的老八卦了。"小白说，"还有人专门剪辑过她采访时看我哥的眼神，那叫一个深情款款。"

简茸根本没关心过这些八卦："那他答应了吗？"

"没啊。我还问过我哥呢，他说年纪小，不想谈恋爱，想专心打职业赛。"小白想了想，说，"但那都是几年前的事，我哥现在也到年纪了，说不定哪天就谈恋爱了呢？不过恋爱对象还说不准，追我哥的人太多了。"

简茸撑着下巴，点头没说话。

小白却说上了瘾："女主播、女主持人、女粉丝，哦，还有男粉丝。"

"男粉丝？"简茸一愣。

"对啊。"小白回忆起什么，皱起眉道，"不过那男粉丝做事很偏激，那事闹到最后还报了警。你想听吗？"

简茸点头："想。"

小白压低声音："就……我哥前几年有场直播。那时候我们刚开始直播，不熟悉流程，我哥就顺手把QQ登上了，直播时不小心把QQ号码露了出来。"

听见"QQ"这个字眼，简茸蒙了一下，怔怔地看着他。

小白没察觉他的神情，继续道："然后我哥的QQ就被好友申请轰炸了，那好友开关到现在都没打开。后来我哥发微博说了一下这事，粉丝也就消停了，我们都以为这事结束了。"

"结果过了大概一年吧，我哥的邮箱被那男粉丝邮件轰炸。"小白语气夸张，"QQ邮箱啊，除了那种特喜欢骚扰人的大变态，谁还能想到这种破功能？"

简茸："……"

"那人给我哥发了五百多封邮件，里面还有求职信。"

简茸第一次听说这种事，听到最后，艰难地重复："求职信？"

"嗯，他说要来我们基地打工，还真把自己的履历、照片全发过来了。"小白冷哂，"真逗，谁会招他来基地啊！"

简茸："……"

"后来丁哥就报警了，警察找上门，那人才终于消停。"

简茸头皮发麻，面无表情地沉思了一会儿，然后问："那 Road 为什么现在还会看邮箱？不怕又看到什么骚扰邮件吗？"

"世界上哪有那么多变态，报了警那人就消失了。"小白在原地伸了个懒腰，"而且那事过去两三年了，不至于。"

过了几分钟，小白忽然疑惑地转过头来："等等，你怎么知道我哥会看邮件？"

简茸揉了一下耳朵，避开他的视线，学着今天路柏沉在直播间撒谎时的神态，说："我不知道，随口一说。"

丁哥拿了点水果和饼干来招待拍摄团队，上楼见队里其他三人都在一块聊天，只有简茸倚在栏杆上发呆。

"你早餐没吃多少吧？"丁哥把盘子递给他，"你拿两包饼干垫垫肚子。"

"不用，我不饿。"简茸说。

"行。"丁哥见他绷着嘴角，说，"你别太紧张，采访的内容和视频都会在我这儿过一遍再发。"

他话音刚落，训练室的门被打开，看起来路柏沅的采访已经结束了。

"下个是你，去吧。"丁哥拍拍他的肩膀。

采访虽然结束了，但路柏沅还在和唐沁及负责人聊天。训练室里放着打光器材和收音设备，还站着几名工作人员，看着有些拥挤。

简茸站在门口右侧，背脊贴着墙，垂着脑袋等待。

他又想起小白刚刚说的事，懊恼地"啧"了一声。

早知道他就不发什么求职信了。

路柏沅看到那封邮件的时候，会不会被打扰了？

而且路柏沅的QQ号码他确实存了很久，中途换手机的时候，他的照片和通讯录都没备份，独独把偶像的QQ号码移到了新手机上。

"昨天我给你发的消息怎么不回呢？"唐沁的声音温柔，由远至近，打断了简茸的思绪。

"消息太多，我没看见。"

简茸听见熟悉的声音，下意识转头，跟刚从训练室出来的路柏沅对上了目光。

路柏沅停下脚步："你怎么站这儿？"

简茸看了路柏沅身后的唐沁一眼，女人朝他笑了笑，一点也不介意他听到了他们刚才的对话。

简茸说："丁哥说下个采访轮到我。"

路柏沅点头："去。"

简茸走进训练室，唐沁跟负责人最后确认一次采访内容，采访正式开始。

"你第一次接受采访吧？就按自己的想法回答就好了。"唐沁柳眉轻挑，"你的耳朵很红呢，是太紧张了，还是暖气开高了？"

"体质问题。"简茸声音平静，看不出一丝紧张，"你问吧。"

唐沁微笑道："好的。首先是大家都非常好奇的问题，你为什么想要打职业赛呢？"

……

采访进行了二十分钟。

唐沁原以为简茸会跟官宣时那样闹出什么乱子，但没有。从头到尾，他每个问题都答得随意简单，不规范却也没有错漏，三言两语，个人风格就体现得淋漓尽致。

也难怪他小小年纪就能把直播间做得这么火。

还剩最后几个问题，唐沁笑着问："到目前为止，大家对你成为职业选手这件事还有许多争议，对此你是怎么看的？"

简茸说："不看。教练担心我跟他们互动，不让我看微博。"

"这样啊。"唐沁忍笑道，"你从主播转变成职业选手，受到最大冲击的应该是直播间的粉丝们吧？你在这儿有什么想对他们说的吗？可以对着镜头告诉他们哦。"

简茸挑眉，脸上挂上一副"跟他们有什么好说的"的表情。

良久后，他看向摄像头，非常敷衍地说："罚款够交，你们少替我操心。"

周日，丁哥在训练室开了一个小会。

周日是休息日，但对选手来说只是可以起晚一点，能打打别的游戏，看一些电视综艺。

"再过半个月是春季赛，明天大家开始加强训练，我会多安排几场训练赛。"丁哥说，"主要是加强一下配合，个人操作要靠你们自己去练去堆，这些我就不监督你们了，你们自己心里应该都有数。"

小白瘫在电竞椅上："约了哪些队伍啊？"

"目前只定下两个队伍，一个战虎，一个 MFG。"

约训练赛这事也是有讲究的。

首先，强的队伍基本不会跟弱的队伍打，这对强队来说没什么用，相当于免费帮弱队训练。

其次，为了防止泄露战术，强队之间约训练赛也不会出全力去打，大多是为了测试某些英雄在当前版本中的强度，和阵容在比赛中的适应性。

每场训练赛都是自定义模式，当游戏快结束时，双方队员会同时退出游戏，没有完成的对局，战绩就不会在资料中出现。所以训练赛是输是赢对战队来说并不重要。

就因为这样，才会出现某些队伍在训练赛中所向披靡，到了赛场上却一路拉垮的情况。

"不约 MFG。"路柏沅头也不回地说。

训练赛藏战术可以接受，明知他们要练新人还上半退役状态的替补就有些过分了。

"那事他们跟我道过歉了，说是首发打野那段时间在老家呢。"丁哥说，"再约一次，这次再出岔子，以后就不跟他们约了。"

路柏沅不置可否，没再说什么。

丁哥还要继续说，手机忽然响了起来。他看了一眼来电显示，意外地挑了一下眉，说有事便出去了。

"那今晚我们要不要吃一顿好的？"小白坐直身体，看向路柏沅，"哥，不然订之前那家私房菜吃？"

"你们吃，我请客。"路柏沅关上电脑。

小白一愣："你要出去？"

路柏沅随意套上外套："嗯。"

路柏沅经过简茸身边时，看了一眼他的电脑屏幕。

电脑屏幕停留在英雄联盟客户端首页，什么也没开，主人就像坐在电脑前发呆。

"微信我推在群里。"路柏沅顿了一下，"你想吃什么就点。"

其他人都应好，只有简茸头也没回，鼠标在界面上晃来晃去。

路柏沅盯着他的后脑勺看了几秒，转身推门离开。

"简茸，你看看吃什么。"小白把手机推到简茸面前，屏幕上面是一张菜单。

简茸很随意地扫了一眼。

"随便……一碗米饭二十二元？"简茸疑惑道，"他家用金子煮饭？"

小白听岔了，蒙了几秒才说："这家私房菜就是很贵，据说是什么什么米……价格你别管，反正我哥付钱。"

简茸看了其他的菜，价格更离谱。他收回视线："我不爱吃这些，你们点吧。"

下午三点简茸才吃了一碗面条，他其实不是很饿。一场排位赛结束，他伸了个懒腰，起身去找丁哥商量春节留宿基地的事。

会议室亮着灯，门却没关紧，还留出一条门缝。

简茸刚握上门把手——

"就因为他是队长推荐的吗？"一道陌生的有些青涩的声音响起，"所以他一进队就能上首发？"

简茸的动作顿住，他往里面看了一眼，站着的是TTC夏季赛的替补中单，好像叫盒子。

"首发名单不是队员能做主的。"丁哥语气严肃，"下次你别说这种话了。"

盒子沉默半晌，说："抱歉。"

"但我还是想不通,教练,如果您找任何一位有经验的自由身选手来打首发,我都能接受,可他只是一个主播……"盒子情绪低落,"他没有接受过训练,也没有比赛经验,您怎么能确定他上场能比我打得好?"

"如果……如果队长当时推荐的是我,那我是不是也能进首发队伍了?"每字每句都透露着"不服"二字。

简茸听到这儿,收回手,面无表情地转身离开。

丁哥没怎么责骂盒子,毕竟他是自己从青训队一手带出来的孩子,知道他心理不平衡,说了两句就让他回去安心训练。

盒子回到后面那栋属于二队的别墅,拒绝了二队队友约他吃夜宵的邀请,独自回到训练室,开直播打排位训练。

他第一局游戏还没排进去,手机忽然振了一下。

"艹耳申请添加你为好友,附加消息:Soft。"

盒子一怔:丁哥这么快就把事情告诉Soft了?

盒子知道Soft的性格和脾气,下意识觉得他是来骂自己的,在申请界面犹豫了大半天才狠下心点通过。

他刚才对丁哥说的话没有毛病,他才不怕。

盒子紧紧盯着他们的聊天界面,心里已经做好了被骂的准备,甚至想好了要怎么反骂回去。

艹耳:"来solo。"

盒子愣怔几秒,才小心翼翼回了一个问号。

艹耳:"你打不打?"

盒子:"……"

盒子:"打!"

夜晚的烧烤摊。

两个男人面对面坐着闲聊,桌上的烤串基本是右边那位在吃,左边的男人戴着棒球帽，一只手揣兜里，安静地听他说。

"H国人真的太爱打后期了，十场有八场都拿后期英雄，我的屁股都快坐扁了。"XIU刚说完，手机忽然响起一声提示音。

他打开看了一眼，顺手点进了教练发来的直播网页。

路柏沅听见手机里传来的声音，拉下口罩，问："你让我来听你看直播？"

"不是，教练让我来看这主播打solo，说跟他solo的人操作不错。"XIU正想关掉页面，突然发现主播的ID有点眼熟。XIU眯着眼问："盒子，他不是你们队的替补中单吗？他在和谁solo啊？'除了躺分还会干吗'，你认识这ID吗？"

路柏沅闻言，抬起头来，思考了两秒。

是他中单的小号没错。

路柏沅："哪个直播间？"

盒子的直播间今晚人气创了新高。

他被对面的妖姬用铁索捆住，点掉最后的血量后，一脸郁闷地退出了游戏。

弹幕源源不断冒出来。

"6：1，躺分厉害！"

"盒子在和谁solo啊？这ID谁认识吗？"

"只有盒子用最拿手的冰女solo险胜一局，其他英雄全输了。"

"盒子本来就是团战型选手啊，不过对面这人的操作确实很出彩。"

"讲道理，我觉得这妖姬有点像某个傻子。"

"实不相瞒，我也这么觉得。我还去查了这号的战绩，这号上周跟TTC的小白双排过。"

"可我没见他用过这小号啊？"

"你们是在骂妖姬是傻子吗？为什么？人家招你惹你了？我怎么看不

懂弹幕？"

直播画面一切，两人回到了游戏房间。

除了躺分还会干吗："下一场，什么英雄？"

盒盒："蛇女你会吗？"

弹幕里都在劝盒盒看开一点，别再跟这人 solo 了。

可他早就不是为了争口气了。

他就是纯粹想和 Soft 多打两把，多看看 Soft 的操作。

除了躺分还会干吗："会。你还要输几场才服气？"

盒盒："？"

除了躺分还会干吗："我饿了。"

盒盒："我服气了啊。这把蛇女，下把奇亚娜？"

除了躺分还会干吗："那我不打了，下了。"

盒盒："别啊，再打两局。"

除了躺分还会干吗："再打十局你也是输，别浪费时间。"

对方刚发出这句话，就离开了自定义房间，火速下线。

盒盒："？"

"不是吧，这越看越像……"

"绝对是那欠揍玩意儿。"

"他以后不会天天找职业选手 solo 吧？"

"为什么你们都一副猜到是谁的样子？这么好猜的吗？"

"嗯，等着吧，等他以后……你们也能一秒认出他了。"

今天休息日，队里其他三人都在看综艺节目或者玩别的游戏。

简茸的胃空得难受。他揉着肚子去厨房找吃的，蹲着从最底下的柜子里摸出一袋没开过的面包，口袋里的手机突然振了一下。

他把面包抱在怀里，伸手去掏手机。

路柏沅分享了一个地址。

艹耳："怎么了？"

R："过来。"

简茸一块面包都没顾得上吃，随便穿了一件外套就出了门。

目的地在一条小路上。简茸担心路柏沅晚上找他出来是有什么急事，下了出租车后一路快走，最后跟着导航到了烧烤摊前。

简茸停下脚步，怔怔看着坐在烧烤摊前餐桌旁的人。

路柏沅正在和坐在他对面的男人聊天。

他的帽檐完全遮住他的眼睛，右手懒懒地搭在旁边的椅子上，咬着一支没点燃的烟，口罩拉至下巴，不知道听到什么，还扬起嘴角很轻地笑了一下。

简茸出门太急，帽子和口罩一样没戴。

他这头发色太显眼，XIU一眼就瞧见了他。

"哟。"XIU一愣，脱口道，"你那乖小孩来了。"

简茸知道路柏沅抽烟，之前他在阳台"偷听"时，路柏沅就是端着烟灰缸回屋的。

路柏沅叼着烟，没了平时给人的温和感，整个人仿佛融进了上海的冬夜里。

简茸走过去时，听见XIU问："你叫来的？"

路柏沅不咸不淡地"嗯"了一声，把烟随手放到桌子上的纸巾上，拉开自己旁边的椅子，示意简茸坐下。

简茸什么也没问，拉了一下外套坐下了。

"啧，你这不是浪费吗？"XIU心疼地看着那支没点燃的烟。

路柏沅说："我说了不抽烟，你非要递。"

"一个人抽烟有什么意思。"XIU看向简茸，拿起烟盒丢到他面前，"Soft，你……"

简茸把烟盒丢回去:"不抽。"

XIU:"……"

XIU虽然没看过简茸的直播,但他听说过这人。

无非就那几个词,嚣张,狂妄,嘴臭,目中无人。据说没几个职业选手能逃过他的吐槽。

不过XIU一向不在意黑粉的言论。他认为任何人进入网络世界里都会降低自身的底线,就连他自己,小时候玩其他游戏的时候也在背地里骂过人,所以他对Soft倒也没什么抵触或是厌恶的情绪。

不过有了外人在,聊天自然没刚刚那么随意了。XIU笑了一下:"你把别人叫来干什么?倒是赶紧交代啊。"

路柏沉还没说什么,一个女生忽然走到他们桌边。她拎着袋子,瞥见桌上印的座位号后,犹豫地问:"您好,请问是你们叫的跑腿服务吗?"

路柏沉说:"是,谢谢。"

女生离开后,路柏沉把袋子放到简茸面前。

简茸怔怔地问:"是什么?"

"晚饭。"路柏沉道,"你不是饿了?"

他怎么知道?

简茸打开袋子,里面是一碗热腾腾的蟹黄面,蟹黄的量看着比面都多。

简茸饿了一晚上,一看到食物肚子就忍不住咕咕叫。

XIU满头疑惑:"哎,不是,我们不是在烧烤店吗?你放着烧烤不吃,叫跑腿去给你买蟹黄面?"

路柏沉没吭声,只是看了一眼不远处的烧烤店老板,对方正抓起一把芝麻撒在食物上,连手套都没戴。

怪不得从刚刚到现在,他一点吃的都没碰。

XIU说:"那你直接点到基地不行?非要点到我跟前吃?"

简茸抱着同样的疑惑,竖起耳朵听。

这个路柏沅倒也想过，只是他担心这人吃饱了又去找盒子 solo，就干脆把人叫出来了。

电话铃声打断两人的对话，来电显示是丁哥。路柏沅接通电话后听了两句，然后拿起手机去了门口。

XIU 烟瘾又犯了，他抽出一支烟："你能闻烟味吧？"

简茸掰开筷子："能。"

XIU 就这么边抽烟，边看面前的蓝脑袋埋头吃面。

他怎么觉得 Soft 似乎还挺乖的？叫过来就过来，叫吃面就吃面，说话也客客气气、规规矩矩的。

也许路柏沅没骗他，Soft 在直播间的行为只是在卖人设？

XIU 是个话痨，安静不下来。他抱着这个想法，像长辈似的开口："你怎么过来的？"

简茸专心吃面，头也没抬："打车。"

"这个时间不训练吗？"

"不。"

"我听说你之前直播挺厉害的，怎么突然想要打职业赛了？"

简茸拿纸擦了擦嘴，没应他。

XIU 以为对方没听见，吐出一口烟雾："你……"

简茸："《英雄时刻》第四十六期。"

XIU 一愣："什么？"

"我的采访，你好奇可以自己去看。"简茸冷声说。

XIU："……"

Road 果然在骗他。

路柏沅打完电话回来，XIU 就接到教练的电话，对方让他回基地。

走之前，XIU 起身拍了拍路柏沅的肩膀："我回去了，你和你们家的乖中单慢慢吃。"

简茸呛了一下，快速把嘴里的面咽了进去。

桌边只剩他们两个人。

路柏沅气定神闲地看着他吃面，他也不吭声，两人沉默了一会儿。

直到路柏沅的手机里传来《英雄联盟》的游戏音效。

路柏沅像在看直播，简茸专心听了一阵，听到一句"我知道我solo不过他……就是一个朋友，你们别去加他好友，会打扰到别人"，他才猛地抬起头。

如果他没听错，这个声音像盒子的声音。

"怎么了？"路柏沅的视线依旧投在手机上。

简茸知道瞒不住了，他咽下面条，过了良久才说："我不知道盒子在开直播。"

路柏沅"嗯"了一声，终于抬眼问："你为什么跟他solo？"

路柏沅的眸色很深。简茸跟他对视两秒，别开眼，语速很快地说："盒子不服我。"

不服就打服，电子竞技就是这么简单。

事情原委路柏沅已经知道了，刚刚丁哥打电话来就是为了说这件事。

他问："盒子找你的？"

简茸摇头："我找的他。他和丁哥在会议室谈话，我听了两句。"

"就因为这事？"路柏沅顿了一下，"盒子跟着队里打了一年替补，突然来了一个新首发，他一时想不通很正常。"

简茸说得自然："我很小心眼。"

路柏沅笑了。他把直播回放关掉，将手机搁在一边，问："你是因为他不服你生气，还是因为他觉得我给你开后门生气？"

简茸："……"

简茸放下筷子，慢吞吞擦干净嘴，才说："都气。"

路柏沅点头，忽然问："那你觉得，我有没有给你开后门？"

简茸抿着嘴没吭声。

如果没有路柏沅推荐，他不觉得 TTC 的人能发现自己，而且那封邮件自己确实没走官方渠道，而是直接发给路柏沅的。

没想到他要犹豫这么久，路柏沅失笑一声，沉声道："别想了，没有。"

简茸静静看着他，闻言眨了一下眼。

"如果非要说的话，应该是我发现了你。"路柏沅嗓音低沉，"我觉得你的操作和对英雄的熟悉度是职业级别的，所以我把你推荐给了战队。我这是给你机会，也是给战队机会。"

"但后来的试训是你自己打的，点头让你进首发的是团队，不是我。打得好就上，打不好就走，这一行没什么后门可以开。"说完，路柏沅顿了一下，"不过……以后如果再有这种情况，你别再去找别人 solo 了。你现在是职业选手，你有更好的回应方式。"

简茸脱口问："什么？"

"赢比赛。"路柏沅言简意赅，"谁不服你，你就打赢他，再过去和他握手。"

这是英雄联盟比赛的规则，胜方要起身去和败方握手，体现友谊第一的竞技精神。

简茸沉默几秒后点点头，表示自己学到了。

结完烧烤的账，两人打车回基地。

到了基地大门口，简茸正在输密码，路柏沅忽然想到了什么。

他垂下眼问："最近你怎么没来找我双排？"

战队里的中野双排再正常不过，在某些战队甚至是常态，毕竟这两个位置是要练配合的。

门锁嘀嘀响了两声，简茸按错了密码。

还能为什么，自从小白说了那件事，简茸就一直怕自己给他带来麻烦。

简茸头也不回："我看你在打 H 服，就没叫。"

"你没叫我，我才去打 H 服的。"路柏沆看他又要按错密码，将他的手挪开，输入最后一位密码，大门打开，他道，"以后你随时喊我。"

说完，路柏沆率先进屋。

接下来的日子，TTC 众人就在一场接一场的训练赛中度过。

打完训练赛就打排位赛，一周下来没人出过门。直到头发扎到眼皮，简茸才意识到自己该剪头了。

在 TTC 又跟 MFG 打完一场训练赛后，空空在聊天框要他的微信，他发过去后就退出了房间。

"今晚打得还行。"丁哥停顿片刻，"下一场训练赛在明天，和鱿鱼战队打。"

听见这个战队名，训练室里其他人安静了几秒，正在絮絮叨叨的小白也忽然停了嘴，下意识皱起眉来。

袁谦最先开口："丁哥，为啥接他们的训练赛啊？"

Pine："我也不想打。"

"他们是少有的能在训练赛拼尽全力的队伍，我想用一套新体系，拿他们练手正好。"丁哥说，"你们别挑剔，只是打训练赛，跟谁都是打。春季赛的赛程表马上要出来了，得先赶紧试试效果。"

简茸不明所以，忍不住问："他们怎么了？"

袁谦问："你知道这个战队吧？"

简茸想了一下，诚实说道："我只记得他们中路是一台提款机。"

袁谦："……"

简茸："到底怎么了，他们打法有问题？"

"倒不是打法……"袁谦斟酌了一下，"他们队伍的风评不太好。"

"他们有啥风评？"小白"啧"了一声，"他们就是坏，嘴臭，尤其是他们队伍的 ADC（物理输出）——把他跟你放在一块，你简直就是天使下凡拯救人间。"

简茸冷冷道："我谢谢你。"

"我说认真的。"小白说，"你最多就点评一下比赛时的操作，他那可是人身攻击！他天天在直播间内涵别的选手的长相，前段时间还被联盟罚了款。"

简茸回想了一下，鱿鱼战队的ADC（物理伤害）操控队员似乎长得不错，每次他们的比赛弹幕里都是颜粉在嗷嗷叫。

不过他只记得弹幕，不记得那人的模样了。

丁哥皱眉："我都答应了，总不可能放人家鸽子。"

"那就打吧。"路柏沅道，"以后到了赛场也是要打，真不喜欢，到时候别互动就行了。"

翌日下午，TTC和鱿鱼战队的训练赛如约进行。

这场比赛主要是练一个刚研究出来的战术，小白和Pine拿的都不是自己擅长的英雄，失误频频。而鱿鱼战队直接拿出了他们的比赛阵容，不到二十分钟，下路就有些炸裂了。

因为下路失势，路柏沅的野区就被敌方的下、野、辅同时入侵。简茸被敌方中单缠着不放，没法支援。

虽然路柏沅操作得当，一次都没被抓死，甚至还抢了对方一条大龙，但他们还是在第四十八分钟输掉了游戏。

最后一次团战被团灭之后，简茸刚想退出游戏，却见对方仍旧在拆他们的家，几秒后，水晶炸裂，游戏中弹出"失败"二字。

"有病吧！"小白脱口骂，"他们干什么？有了战绩，我们这套路不就泄露了？"

丁哥也没想到会是这个情况。他皱着眉给鱿鱼战队的队长打电话，对方笑嘻嘻地赔礼道歉，说是队员打上头了，不小心推了水晶。

"我呸！"丁哥挂了电话后，袁谦啐道，"打个训练赛都能上头？"

小白："他们还在聊天框里嘻嘻哈哈，给我看吐了。"

其他人都退了游戏，只有简茸还停留在自定义房间。

鱿鱼战队的ADC（物理伤害）队员一直在说话。

YY-豆腐："哈哈哈，抱歉抱歉，手快，你们没生气吧？"

YY-豆腐："谦哥？说句话？"

YY-豆腐："谦哥？大胖？胖胖？肥肥？"

YY-豆腐："怎么退了啊？"

简茸冷着脸，手都搭到键盘上了。

"简茸，收拾东西，去复盘这几天的训练赛。"路柏沆抱起外设起身，脸上没什么表情。他经过丁哥身边时说："下路这两个英雄不适合版本，连这种队伍都打不赢，这套体系别用了。"

战术废除，那这件事情就没多大的影响了。

TTC众人只当经历了一场糟心的训练赛，被恶心了几小时也就过去了。

谁承想，翌日，某电竞著名贴吧忽然冒出一个帖子。

帖子标题为："TTC起用新人中单的下场，就是被鱿鱼战队血虐！"

一张游戏对局截图，成功引起了几百楼的讨论。

TTC粉丝和鱿鱼战队的粉丝互打到了五百楼，楼主又贴出一段视频截图来。是鱿鱼战队的ADC（物理伤害）队友豆腐昨晚在直播间里说的话——

"啊，对，今天我们和TTC打了一场训练赛。"

"新中单？嗯……哈哈，也就那样吧，这个我不好说的。"

"我们就是随便打打，没想到赢得挺轻松。"

"唉，我杀上头了，没忍住就把他们基地推了，我的锅。"

"中单本人？我没见过，不过听说没直播的时候好看，矮矮瘦瘦的，跟猴子差不多吧。"

"最近有见过谦哥，还是胖，每次看到他，我都能戒两天饭。"

简茸刷着牙看完了这栋高楼。

"TTC猛男健身俱乐部"讨论组的消息不断在手机上方弹出，简茸没急着打开。

他用毛巾擦干脸后，打开微博，随便翻开一条今早收到的评论。

"听说你昨晚被鱿鱼战队血虐？"

简茸点了转发。

TTC·Soft："鱿鱼战队是什么玩意儿……哦，我想起来了，你说的是那个正式比赛场场被暴打，粉丝看了都想捂眼睛的训练赛冠军战队？"

第九章

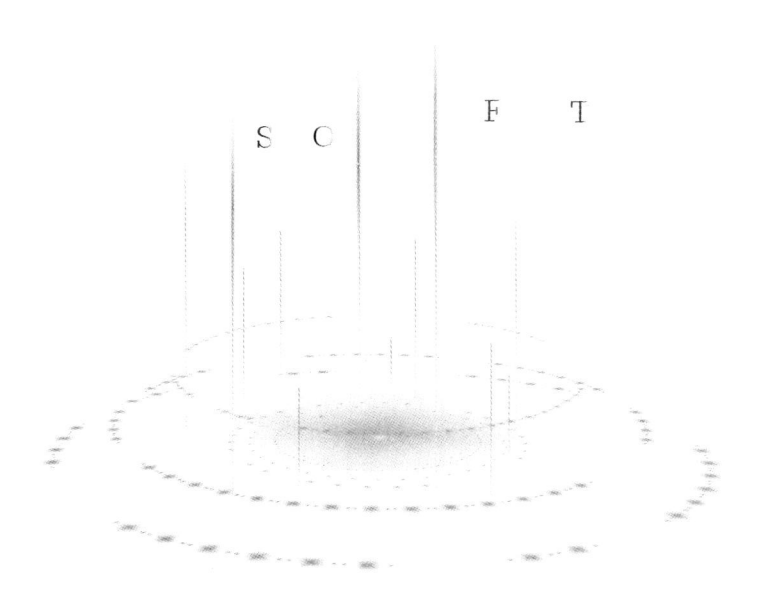

受罚

SOFT

电竞圈今天也一如既往地热闹。

电竞粉丝之间的对战早就见怪不怪，选手的对战也看过好几场。

但入队之后，一场比赛还没打过就公开讽刺其他战队的职业选手，大家真是第一回见。

这种事换作其他人或者其他战队，早被骂翻了。

但偏偏这位"阴阳选手"是Soft。

电竞粉丝们知道这事的第一反应不是生气和质疑，而是激动甚至带着一丝期待——他又开始了是吗？

而这个战队又恰好是联盟中公认风评最差的鱿鱼战队，不知多少选手被这支战队的人说笑之间内涵过，所以其他战队的粉丝现在的想法如简茸评论区某张图所示：

"[看戏.jpg]。"

这条评论被一众来吃瓜的其他战队粉丝点赞推到了前排，而前后夹击他们的评论是——

"Soft又惹什么事了？没看懂不好开骂，谁来个前情提要？"

"就这？就这？这你都不翻他家族谱？豆腐是你拜把兄弟吗？你这么给他面子？"

"算我求你了，开骂吧，那一万块我帮你出了还不行吗？"

"我出十万，你多骂几句，发支付宝。"

"真有意思啊，训练赛轻松赢你们不是事实？不小心推了水晶而已，怎么，稀烂战绩怕人看啊？输不起就别约训练赛，OK？"

"不会吧，不会吧，鱿鱼这种脑瘫战队都有粉丝？怎么，是太久没人跟你们战队打训练赛了，连规矩都忘了？"

"打训练赛是为了赢？而且TTC明显在练新下路阵容啊！"

"轻松？鱿鱼战队拿的都是他们夏季赛淘汰赛的阵容，不知道的以为昨晚春季赛决赛呢。就这还打了四十八分钟，赢得轻松这种傻话也就豆腐说得出来。他还天天内涵别人长相、身材，他那张马脸长成什么样了，也没见谁让他滚回动物园啊！"

"@YY-豆腐 虽然你训练赛赢了，但你[马头]没了，值吗？"

"别的也就算了，这条微博起码没说脏话，还没到罚款的地步，"丁哥扶着袁谦的椅子，一副随时都要被气倒的模样，"但你去点赞那条'值吗'的评论干什么？"

简茸正在打排位赛，头也不回，很不真诚地说："我手滑。"

丁哥："……"

简茸问："手滑要罚款吗？"

丁哥："不罚。"

旁边的小白闻言，挑眉点头，长长"哦"了一声。

丁哥："你一副'学到了'的表情是什么意思？"

"没有。"小白清了清嗓子，"不过讲道理，我觉得简茸这次也没做错，本来就是他们不守规矩在先。他们拆我们水晶就算了，还在直播里说自己赢得轻松，议论简茸和谦哥的身材，昨晚他直播间弹幕里都是人身攻击，他看到不封就算了，还一直在回应搭腔……P宝，你说这人该不该骂？"

Pine脖子上挂着耳机，言简意赅："该。"

"我倒无所谓，爱说说，他以前说得还少吗？"袁谦顿了一下，"我就是看不惯他那得意劲儿。"

"就是，他说简茸像猴，他见过长蓝毛的猴？"小白说，"还说简茸矮，矮怎么了？遗传他儿子了？简茸再矮也比他帅气可爱一万倍好吗！"

简茸把对线的敌人当作小白摁死,在"矮你个头"和"猴你大爷"之间犹豫要骂哪一句。

小白:"是吧,哥?"

路柏沅正在看某场比赛录像,几秒后才懒洋洋地应道:"不矮,还会长。"

简茸把骂人的话又咽回去。

"我没说鱿鱼战队没毛病,他们本来就是一支毛病战队。"丁哥皱眉,"我昨晚就已经处理过,以后没强队会愿意跟他们打训练赛。这事明明有一万种解决办法,但那条微博一发,事情的性质就严重了。"

游戏结束,简茸回过头问:"为什么?"

"其他以后可能引发的负面影响暂时不提,就说最近的,你知道下星期是什么日子吗?"丁哥停顿两秒,"春季赛开幕式。"

"常规赛十五场,要和其余十五个战队都打一局,意味着你马上就能碰上鱿鱼战队。如果你在那场比赛发挥不好,知道会有什么下场吗?"

"被黑粉嘲是肯定的,更会打击战队粉丝的士气,你又是队伍里的新人,有些粉丝甚至会迁怒到你身上,怪你打不过还要和鱿鱼战队开撕。"说到这儿,丁哥叹了一口气,"那些黑粉的记性最好,不仅春季赛,以后你跟鱿鱼战队的每一场比赛都会被关注,你有想过这些吗?"

简茸听完,看着地板安静了几秒,说:"没有。"

简茸的睫毛长,五官有未成年男孩的稚嫩感,垂下眼时是真有种乖小孩的气质。

丁哥以为他在后悔和反省,又觉得自己说得太严重了,于是伸出手想拍拍他的肩膀,安慰两句:"不过——"

"那一直赢不就好了?"简茸抬起头,一脸镇定地反问。

"就是。"小白说,"鱿鱼去年正赛没一场赢我们的。"

丁哥的手臂僵在半空,然后讪讪收回。

他的担心就是多余的。

路柏沅把视频关了，问："春季赛赛程表什么时候出？"

其余几人闻言，也齐齐看向丁哥。

春季赛去年就更改了规则：不分组，单循环，BO3。

既然每个队伍在常规赛中都会碰上且只会碰上一次，那就没有抽签的必要了，赛方会直接公布赛程表。

"就今晚，七点。"丁哥面无表情地看了眼时间，"你们对战也真会给我挑时间，原本这张赛程表是没什么人关注的，现在所有电竞粉丝都在许愿我们第一局就遇到鱿鱼战队，跟他们许愿自家战队夺冠一样真诚。"

春季赛的分量向来不如夏季赛，再加上是常规赛阶段，关注的粉丝不多。

为了增加比赛热度，联盟联系了各大战队，希望他们可以直播看赛程表。

于是晚上六点四十分，路柏沅打开了直播，战队其余选手都搬椅子坐到了他周围。简茸来得快，抢到了旁边的位置。

路柏沅刚打开直播时，最多的弹幕永远是"老公你来了"或者"老公我来了"。

简茸也有这种待遇，不过他的是"傻子你来了"和"你金主来了"。

"老公，一会儿打游戏吗？"

"我又想看你和Soft走下路了。"

路柏沅道："不打，一会儿有训练赛，看完赛程表就关直播。"

"Pine宝贝坐近一点，让我看看你，Pine为什么不开直播啊？"

"小白，麻烦你离我Pine远一点！"

"你没听我哥说啊？我们一会儿有训练赛，P宝直播不了。"小白说完，伸手去揽Pine的肩膀，"我不，我就要挨着他。"

"谦哥宽心，别为豆腐那傻子生气。"

袁谦笑了笑:"我不生气。"

"Soft 又来蹭 Road 的直播间啦？我为了你都在这直播间混到粉丝牌了。"

"赛程表什么时候出？我现在像一个等待儿子分班的老父亲。"

"简茸，你到了春季赛后台千万别跟豆腐打起来啊，你这身板打不过，我会替你在网上骂他的。"

"其实换一个直播间也好，以前在这蓝毛的直播间天天被他封号，我小号都注册十个八个了。"

简茸板着脸，刚想当作没看见，电脑鼠标忽然被人移到了他这边。

路柏沅语气随意:"你想封谁就封。"

直播间的观众:"……"

简茸本来不想干涉路柏沅的直播间，但他盯着对方的鼠标看了几秒，手还是非常诚实地握了上去，把一直在说他矮的几个傻子禁言了。

"虽然每个队伍都会遇到，但我还是想问，你们最想先打哪个战队啊？"

这话都不用他们回答，弹幕瞬间被"鱿鱼"二字淹没。

路柏沅没应。

他打开官方赛事网页，做好了等赛程表的准备，然后别过头问简茸:"你的第一场比赛，想打哪个战队？"

简茸跟他对视两秒，又飞快挪开视线，语气硬邦邦地说:"我想打训练赛冠军战队。"

其他人都忍不住笑了，弹幕里也飘过无数"哈哈哈"和"666"，只有丁哥独自在镜头外抓狂。

路柏沅也笑了。他又按了一下"F5"，页面刷新了，成功刷出一张新鲜的赛程表。

他挪动鼠标，在队友和观众都还没反应过来时，迅速往下滑动页面。

在一片欢声笑语中，熟悉的队标和一行大字进入大家的视野——

"（第1场）1月12日17：00，星期一：TTC VS YY。"

丁哥一时不知道是简茸嘴巴开了光，还是赛方在故意搞事。

弹幕刷得太快，后面来的水友都得屏蔽弹幕才能看清赛程表。

"我去，真打鱿鱼？这也太刺激了吧！"

"本来我对春季赛没兴趣的，现在决定去抢购一张入场券，Soft等着看我的应援。"

"啊啊啊，老公打爆豆腐这个傻子！"

"真就碰上了？戏剧效果拉满，官方厉害。"

"呵呵，TTC粉丝就乐吧，YY要是爆冷赢了比赛，这事贴吧能笑十年。"

"YY赢比赛？做梦比较快。"

"行了。"丁哥看了眼时间，在电脑后面示意他们下直播。

关了直播，大家往训练室走，小白拍拍简茸的肩膀，竟然意外紧绷。

他一愣，还没来得及说话，简茸就回过头问："干什么？"

小白压低声音："你给我报一串数字。"

简茸皱眉："干吗？"

"我买彩票……哎，你别走啊。"

今晚的训练赛，TTC所有人的打法都很激进，尤其是简茸。

当丁哥没有提出让他训练哪个特定英雄时，他可以随意选择英雄。

MFG众人眼睁睁看他们掏出中单男刀、ADC（物理伤害）德莱文、上单蛮王……

这些全部是高伤害的臭脆皮，职业赛场上基本看不见影子的下水道英雄。

空空拿了前期弱势的团战英雄，于是他前期被中单男刀单杀两次，中期在野区又被男刀抓死两次。

虽然这局游戏最后是他赢了，但他觉得自己刚经历完排位赛二十连败。

训练赛结束，空空忍不住给简茸发消息。

空空："兄弟，搞你的是豆腐，又不是我，你搞他去呀。"

简茸二十分钟后才看到消息，简单地回了一句"知道"，放下手机继续打排位赛。

空空："你这么久才回消息，大忙人啊。"

艹耳："我刚在打排位。"

空空："打的双排？"

艹耳："单。"

空空："那一起吗？"

空空："我没开直播，不会暴露你在练什么英雄。"

暴不暴露英雄简茸倒是无所谓，他什么英雄都能玩。

艹耳："两个中单怎么排？"

空空："那你是没见过我玩打野有多强，拉我。"

空空进了队伍，道："我还以为你和队友在双排呢。"

简茸说没有。

他原本是想找队友双排的，但是他们刚打完训练赛，丁哥就带了一个人过来，对方肩上还背着一个小木箱。

那人跟路柏沅低声聊了两句，然后两人一起去了某间会议室，过了一阵路柏沅才出来，头也不回地回自己房间去了。

简茸一直打到凌晨四点，其他人都去睡了，就他一个人还在召唤师峡谷拯救队友。

又一局游戏结束，他刚要点开始，空空在那头打了一个哈欠，终于忍不住道："行了，兄弟，睡了吧，四点半了。"

他其实早就困了，但看简茸闷不吭声，一直开下一局，也就忍着没说。

简茸看了眼时间："你去吧。"

空空："你还要打？"

简茸"嗯"了一声："我再打一会儿。"

空空沉默了一下，问："兄弟，你是平时都练到这么晚，还是马上要打鱿鱼了压力大啊？"

简茸喝了一口咖啡。

速溶咖啡没路柏沉泡的好喝，但那咖啡机他是真的懒得琢磨。

其实简茸玩这游戏一直没什么压力，毕竟对于一个主播来说，娱乐效果要远大于游戏实力。

但今天，对战表出来的那一刻，他看到弹幕上那句"输了贴吧能嘲十年"，脑子里唯一的念头就是不能输。

这一点丁哥没说，估计是担心他会有压力。

虽然简茸被骂惯了，但他不能让TTC这个战队和队员因为自己被嘲十年。

"也是，"空空见他不说话，自言自语，"毕竟是你的首秀呢。我打第一场比赛那会儿紧张得大冬天满身汗。不过你放宽心，我觉得鱿鱼战队那中单打不赢你。"

简茸说："我知道。"

空空："……"

你还真是不知道谦虚怎么写。

"但我不只想赢。"简茸说。

空空："那你还想干什么？"

简茸没应，反问："你还睡不睡？不睡我开了。"

空空道："你要想排，我也还能坚持两把。"

"倒也不是，你比路人打野好点。"简茸说，"连着语音，我能骂你，不会被联盟巡查员抓到。"

空空："……"

联盟纪律团队会查选手账号，严格检查选手有没有在排位赛中骂人、挂机或送人头。

最后空空还是决定睡觉保命，临走之前，他说："鱿鱼战队靠下路打比赛。他们中单其实一般般，爱玩辛德拉和佐伊，前期打法挺强势，跟你有点像，不过玩得应该没你好，你可以磨到后期再宰对方。"

简茸一顿，过了好几秒才说："谢谢。"

简茸练到天亮，在阿姨来基地之前回房洗澡睡觉。

结果他没睡几个小时就睁了眼，一看还没到九点，他连三小时都没睡够。

简茸又躺了几分钟，然后起床刷牙洗脸，顶着一头鸟窝下了楼。

本来他只打算吃块面包垫肚子，阿姨却执意要给他煎蛋、煮面条。

胃得到满足后，简茸回训练室继续训练。

开门大吉，简茸开头就连着四局遇到猪队友，气得脑壳疼。

终于，他在第五局遇到开局十分钟中路送三头的打野队友后，决定休息几分钟，玩一会儿手机，省得自己忍不住加这打野好友，取对方项上人头。

玩着玩着，简茸就点进了路柏沅的微信聊天框。

路柏沅的朋友圈，简茸已经逛了很多次。

路柏沅不常发动态，朋友圈只有寥寥几张照片，其中有食物照和海景照，最多的还是他头像那只小香猪的照片，看起来像他养在家里的宠物。

虽然简茸知道对方没更新动态，但他还是忍不住想进对方朋友圈瞄一眼。他往后一靠，懒懒地用手去戳头像上那只小香猪。

"你拍了拍R。"

简茸一脸震惊。

什么玩意儿？我拍了谁？

从来不看APP更新内容的简茸盯着这行小字蒙了。

他飞快打字问百度，看到"拍一拍"说明后，更蒙了。

微信团队有事吗？有这精力去改进一下聊天记录功能，别成天做主帮我清理图片缓存行不行？

这种功能除了让人尴尬，还有什么用吗？

几秒后，简茸长按这行字，想看能不能撤回。

"嗡"的一声响。

"R拍了拍你。"

R："？"

艹耳："……"

简茸绝望地揉了揉脸。

R："有事？"

艹耳："没有。"

R："那你拍什么？"

艹耳："……"

艹耳："我只是想找你双排。"

对方久久没回。

简茸看了眼时间，才十点，只有脑残才会在训练日的早上十点找电竞职业选手双排。

简茸闭了闭眼，已经在心里把微信骂倒闭了。

艹耳："我单排也行，你休息吧。"

这次他的消息刚发出去没几秒，就收到了新回复。

是一条语音，简茸支着脑袋，把手机拿到耳边点开。

先响起来的是水声，男人的声音里含着困意："你等着，我洗脸。"

当路柏沅进训练室的时候，右手臂还夹着刚从门口取来的两个大快递。

简茸已经独自尴尬一阵了。他听见动静，硬着头皮想解释两句，就见自己电脑桌上多了两个快递盒。

简茸微怔："什么？"

"你拆开看看。"路柏沉身上带着牙膏的薄荷香。

简茸拆了包装盒，里面放着新键盘。

新键盘的款式和路柏沉的一样，只是颜色和键帽改了，他下意识把键盘翻过来，果然，后面还刻了一个"Soft"。

没几个电竞少年能抵抗高端外设的诱惑，就连简茸这种小抠门，工资过万的时候也咬咬牙给自己换了价值四位数的耳机和键盘，更别说这键盘上还印着自己的ID。

他倏地抬头，眼睛发亮："金主爸爸赞助的吗？"

路柏沉静了两秒，才说："这款跟你现在用的一样，你换上看看合不合适。"

简茸点点头，把新键盘从盒子里拿出来后又想起什么，问："那我现在用的怎么办？"

"随便。放柜子里吧。"

路柏沉回到自己的机位，跟简茸打了两局双排后，脑子里又飘过简茸刚刚抬头问他话时的模样。

他像小孩子得到糖似的，忍着高兴憋着笑，又什么都藏不住，全写在眼睛里。

他这少见的表情，看得莫名让人心情好。

马上要迎战刚对战过的YY战队，TTC众人虽然嘴上没说什么，但这段时间都在偷偷加练。

在一阵紧锣密鼓的训练后，时间终于来到春季赛开幕这一天。

这次TTC报名春季赛的阵容和去年夏季赛差不多，只是把Kan换成了Soft，替补依旧是中单盒子和打野Moon。

简茸和这两位替补都不熟，盒子后面再找他solo他都推了，和Moon更是完全没有交流过。

他换好队服下楼,正好看见两位替补进屋,一一打过招呼之后,Moon走到路柏沅面前,叫了一声:"队长。"

路柏沅看了他一眼:"嗯。"

路柏沅身边有很多空位,但Moon没坐下来。他掩饰般往四处看了几眼,又道:"队长,我前段时间一直在加练,下次如果有机会再上场,一定不会像上次那样了。"

路柏沅笑了一下,说好。

Moon看到这个笑容,似乎又多了一点勇气,还想多说什么。

"几点出发?"简茸懒洋洋地开口。

"马上。"丁哥刚说完就接了一个电话,挂断后,他道,"车到了,走吧。"

简茸走在最后。

小白穿好鞋的时候,见他还在玄关站着,挑眉问:"走了啊,你发什么呆?"

路柏沅循声往后看了一眼。

简茸面不改色:"我忘记拿东西了,你们先去,我马上来。"

一分钟后,简茸站在门口探头探脑,确认所有人都走了。

他退回玄关,从口袋里掏出第一次买的新鲜玩意儿,偷偷塞进了自己的鞋子。

今天开的是队车。简茸还是第一次坐队里的大巴车,这里不只外观低调大气,就连内饰都比普通的大巴车要高端许多。

到了比赛场地,下车之前,简茸往嘴里塞了两颗口香糖。

一路进到场地后台,小白跟简茸并肩前行,走了一段路后,小白纳闷地转头看了他一眼。

几秒后,小白又转头看了他一眼。

来回几次之后,小白忍不住出声叫住走在前面的路柏沅:"哥。"

路柏沅停下脚步,回头看他。

因为前面的人停了，简茸只能跟着停住。谁知小白忽然伸手在他的后背很轻地推了一下，他猝不及防往前一步，差一点就贴到路柏沅的后背。

简茸脱口而出："你有病……"

"你之前有这么高吗？"小白问。

简茸霎时噤声。

"我记得你以前才到我哥这儿，"小白伸出手比画，"现在都快到我哥太阳穴了。"

路柏沅闻言，垂下眼皮看了简茸一眼。

简茸在心里写了一万个忍字。

"是吗？"简茸语气平淡，"你记错了。"

小白："没吧？"

简茸磨牙："那就是我长高了。"

小白一脸诧异："啊，你长这么快吗？"

"行了，你堵在人家后台聊什么天？"丁哥在后面道，"挡住工作人员的路了，赶紧走！"

简茸盯着路柏沅的后颈，把嘴里的口香糖当作小白在嚼。

快到休息室时，他们迎面撞上了一行人。

鱿鱼战队都是瘦子，不然他们也不会天天嘲笑其他人的身材。

鱿鱼战队的人见到他们，也是一怔。

双方教练表情严肃，已经随时准备拉架了。

谁承想路柏沅连一个多余的眼神都没给他们，一脸冷淡地和他们擦肩而过。

站在鱿鱼战队最前面的是豆腐。

豆腐本身不是什么善茬，他早就想开麦骂Soft了，但他的教练快他一步，把他的微博密码改了，还给他做了大半宿的思想工作，他才不得不忍了下来。

现在他遇到人，下意识就挂上一张嘲讽脸，并打算开口阴阳怪气地说几句。

谁承想路柏沅头也不回地走了，而在路柏沅后面的那个蓝毛——

豆腐察觉高度不对，上下打量了简茸几眼。

他还没回过神，简茸已经走到了他身边。

男生嚼着口香糖，冷冷地瞥过来，眼神里带着嘲弄和不屑，经过他身边时，随意地吐出两个字，声音很小，只有他们两人能听得见："傻子。"

"他骂我傻子！"

鱿鱼战队休息室里，豆腐红着脖子道："你们都没听见吗？"

队友面面相觑，教练说："是不是你太紧张，幻听了？"

"我会幻听别人骂我傻子？"豆腐气乐了。

"那能怎么办？"战队经理皱眉，"难道你要去跟联盟举报，说'Soft 经过我身边时偷偷骂我傻子，虽然别人都没听见，但我保证是真的，请你们对他进行处罚'吗？"

豆腐："……"

这口闷气憋得他浑身难受，同时气自己刚刚被骂得怔住了，没第一时间还嘴。

谁能想到 Soft 刚吃了一个处罚通告就敢在比赛后台骂人？"你不是说他很矮吗？"豆腐质问自己的辅助，"真人比我都高？"

鱿鱼战队的辅助无辜道："我也没见过真人啊，只是看他粉丝说他是矮人国来的……可能是 TTC 其他几个人太高了，所以把他衬矮了？"

"行了行了。"经理打断他们的话，"官方摄像马上进来了，你们要说什么回基地再说。豆腐，你上赛季刚吃一张处罚单，收敛着点，别惹事，到时候要是被禁赛了，大家都别打了。"

TTC 战队休息室。

"我刚刚差点动手揍人！"小白撸起袖子，露出自己的肉拳头，"还好我忍住了。"

Pine摘下帽子："是吗？我怎么看你都不敢跟豆腐对视呢？"

"你别瞎说！"

今天是春季赛开幕式，所以没有比赛的英雄联盟队员也来到了比赛现场。

休息室的门被敲响，工作人员探头进来打招呼，说再过十分钟开幕式就开始了。

在比赛开始之前，每个参赛战队都要派一名选手代表战队上台走开幕式的流程。这名选手通常是战队的核心人物，他们代表战队上台的自然是路柏沅。

化妆师带着包上前，被路柏沅拒绝了。

"我受不了那味，不化妆。"

化妆师见怪不怪，回头看了丁哥一眼，丁哥说："随他，化不化都一样。"

路柏沅跟着工作人员出去后没多久，直播电源就连上了。

简茸从手机中抬头，看到电视中各大战队的队员一一出场。

出场顺序按上个赛季的名次排，名次越高越靠后。因为都是战队的核心选手，所以现场的欢呼声一阵接着一阵，根本停不下来。

介绍完前面十四支队伍，场馆气氛达到最高峰。

主持人声音洪亮："接下来登场的是我们联盟的老牌顶级战队，TTC，Road——"

现场的尖叫声霎时间掀翻屋顶，夸张到连后台都能清楚地听见，人气直压其他选手好几倍。

路柏沅自后台走出，镜头对着他的脸拍，不知道的人还以为换台到了哪个T台现场。

他在主持人的介绍下走到事先安排好的位置。男人肩宽腿长，往职业选手中一站犹如鹤立鸡群，优越感十足。

简茸以前看比赛都拖到开始才会打开直播，从来没看过什么开幕式。

此时他抱着自己的外设包坐着，下巴轻抬，看得非常认真。

"太惨了，空空太惨了，竟然被安排到了我哥旁边。"小白摇摇头，转过脑袋发现简茸眼睛一眨不眨地盯着电视，道，"简茸，你看你这首秀的牌面够大了吧？"

镜头切开，PUD 的核心上单 98K 出场。

简茸收回视线，低头玩手机："不是我的牌面。"

路柏沅很快就回来了。选手们下台之后，解说立马到位。

袁谦正在玩"斗地主"，他抬眼瞥到简茸的手机界面，愣了一下："小茸，都快打比赛了，你还去看微博，这不是搞垮自己的心态吗？"

丁哥的视线如同重机枪扫过来。

"我就看看，他们影响不到我的心态。"

简茸刚说完，就刷到一条新评论。

最爱豆腐腐："真逗，你是仗着自己有 Road 这样的队友才敢放狠话的吧？也不知道 TTC 找中单的时候是不是瞎了眼，或者临时找一个人来凑数。再说了，就算这场比赛是 TTC 赢了，也跟你这混子主播没半点关系啊。人家豆腐场场 carry 比赛，MVP 拿到手软，你这混子主播行吗？"

丁哥拍拍手说时间到了，让他们整理一下衣服上台。

简茸低头敲了几个字，然后把手机丢给了丁哥，跟在路柏沅身后上了台。

在电脑前看比赛是一回事，真正坐到赛场上又是另一回事。

简茸登台后的第一感觉就是亮。

其余地方都暗着，只有他们的比赛舞台是亮的。

简茸不知道，自己出场的那一瞬间，官方直播间的弹幕有多么多姿多彩——

"啊啊啊，路神今天好帅，我心动了。"

"我去，Soft本人和直播里没区别啊，我一直以为他开了滤镜美颜。"

"这蓝毛，够刺眼。"

"我怎么感觉他今天哪里不太对？"

"我也是，但又说不上来。"

"长高了？"

"对，他真的高了。不可能啊，他以前的个子就到路神腰那儿。"

"啊？到腰那儿是不是太夸张了？你们怎么知道的啊？"

"我看过他被Road当死猪那样扛着的照片。"

"他不可能一下子长这么高，猪蹄个儿都没这么快！"

"不行，我再去翻一下那张照片。"

……

简茸目不斜视，一路走到中单专属的中间座位，拉开椅子坐下，戴上耳机。

每场比赛的座位都是按照上单、打野、中单、ADC（物理伤害）、辅助排的，所以简茸身边是路柏沅和Pine。

简茸坐了半分钟，忍不住偷偷转头往旁边看。

路柏沅把衣袖拉至手肘处，垂着眼皮在检查比赛账号。

他的手指搭在键盘上，没用力。摄影师曾经在拍近景时给过他这双手一个特写，然后这个特写被粉丝们截了图广为流传，每次网上有关于"手控"的热门话题，评论里就一定有他的照片。

"简茸。"路柏沅的嗓音从耳机里传出来。

简茸下意识应道："啊。"

"比赛时不能这么看，"路柏沅讲解，"会被判定窥屏。"

简茸窘迫又僵硬地摆正脑袋，过了好几秒才说："好的。"

简茸刚检查完游戏账号，就听见袁谦道："小茸，比赛还没开始，你可以把耳机先戴松一点。"

简茸问："为什么？"

"能听到解说的声音。"

简茸收到队友的提醒，直觉不妙。他稍稍拉下耳机，听见了自己的ID。

解说甲："大家可能对TTC的新中单比较陌生。Soft以前是一名主播，从TTC签下他并直接把他扶到首发位就能看出这位新选手实力不俗。今天可以说是他的首秀之战，对战另一支老牌队伍YY，我觉得这场比赛还是有些看点的。"

"注意你的言辞，什么叫'有些'？这场比赛大家从赛程表出来的那一刻就开始期待了好吗？"解说乙说完，顿了一下，"其实我个人对Soft的印象还是非常深刻的。"

解说甲："哦？为什么？"

"众所周知，Soft经常在直播中'分析'选手。"解说乙微笑，"其实他的业务范围很广，我有幸被他分析过。"

解说甲乐了，好奇地问："他怎么分析的？"

"去年春季赛，我有一场比赛不小心口误了几次，Soft在直播间向我们的英雄联盟解说部提出了宝贵建议。"解说乙说，"他友善地隔空询问了一下解说部，为什么敢让临时工上场解说正式比赛。"

全场大笑。

简茸："……"

"你到底还有谁没招惹过？主持人您分析过吗？"袁谦笑着说，"我觉得解说员要给你穿小鞋了。"

简茸面前立了一台巨大的摄像机，他面无表情地说："随他。"

解说甲："噗，Soft确实是一名很有个性的选手。不仅如此，他的粉丝的画风也非常独特，譬如今天他们在现场为他做的应援。"

解说甲忍笑忍得太明显，以至于所有人都忍不住朝观众席看去。

应援？就他直播间那群傻子，能有什么应援？

简茸抱着这个疑问，也跟着看向观众席，在看到自己的应援牌后犹如被雷劈，当即焦在原地。

要说应援还是路柏沅的粉丝强。今天足足来了十六支战队，但路柏沅的应援牌还是占了全场一半。

简茸的"粉丝"很少，应援牌却比谁都厉害。在一众"Road 联盟第一打野""Road 正在路上""TTC 早点下班""豆腐宝贝加油"应援牌中脱颖而出——

"青青草原你最狂，你是矮人国国王。"

"今晚 Soft 只有两个结局：赢和删号。"

"赢了豆腐你是王，输了滚蛋莫挨我。"

……

简茸收回目光，认真地问："我能叫保安赶人吗？"

"不能。"丁哥失笑道，"行了，比赛马上开始了，你好好打，争取不删号。"

两分钟后，双方战队确认设备、账号完好，游戏进入 Ban&Pick 界面。

"禁谁？"队内第一个禁用英雄的袁谦问。

作为联盟顶尖战队，TTC 不仅拥有优秀的选手，还拥有强大的教练团。

丁哥手里拿着的本子记载着教练们熬夜多日看录像研究出来的结晶。

他道："前三个先禁掉厄斐琉斯、EZ、佐伊。鱿鱼的下路比较麻烦，我们重点针对他们下路。这场的 Counter 位给简茸。"

Counter 位，意思是最后一个选人位置，可以根据对方的阵容来选择适合队伍或者克制对方的英雄。

鱿鱼战队禁掉了盲僧、豹女和妖姬。

小白"啧"了一声："这些人怎么每次都禁一样的英雄？"

袁谦笑道:"你别想了,只要中途不改版,这几个英雄估计又要在Ban位待一个赛季。"

盲僧和豹女是路柏沅拿手的打野英雄,不论他们对战的是哪个队伍,这两个英雄基本在Ban位里。

尤其是盲僧,由于这个英雄在路柏沅手上太过变态,他夏季赛正赛一场都没玩上。

路柏沅早已习惯,他道:"你们抢自己要的,我看阵容再拿。"

前面的选人都中规中矩,直到豆腐突然选定英雄德莱文,才引起全场尖叫。

德莱文是一个前中期伤害超高的ADC(物理伤害)英雄,但他同时也是一个比较笨重的英雄,需要不断去接斧头,并且没有任何保命技能。这英雄不论出现在哪里都只有两种结果——杀到超神,或者死到超鬼。

"你干什么?"鱿鱼战队的教练愣了一下,"你选英雄之前能不能和我商量一下?"

"我能打,你放心。"豆腐快速熟练地修改自己的符文,忍不住看了对面的"TTC·Soft"一眼。

这版本ADC(物理伤害)英雄太弱,他就是要玩一个能展示还能绝地反杀对方中单的英雄。

他就是要Soft出道即退役,让他灰溜溜滚回去当主播。

"德莱文?真的是德莱文吗?"解说甲怔住了,"这个版本不适合拿德莱文啊!"

"我知道豆腐的德莱文玩得不错,他一开始就是玩德莱文出的名。"解说乙顿了一下,"不过我也不太看得懂他这一手,可能是想证明自己?"

"傻子。"小白看乐了,忍不住在语音里念叨了一句,"这把稳成狗,简茸你随便拿一个卡牌大师什么的,我们前中期就把他打爆。"

"教练。"简茸在语音里叫了一声。

丁哥:"干吗?"

"我想玩劫。"

TTC战队语音频道里安静了几秒。

小白差点又喊一句"傻子"。

劫这英雄,灵活高伤害,无控制无后期,专秒脆皮ADC(物理伤害)英雄,同样也是一个要么超神要么超鬼的神奇物种,江湖人称"儿童劫"。

虽然他的技能、定位和德莱文不太相像,但在这个版本里,两人就是下水道好兄弟,谁也别嫌弃谁。

路柏沆最先开口,他嗓音低沉:"理由。"

简茸想了几秒,然后道:"我去年用劫在召唤师峡谷杀死的德莱文,加在一起能绕地球两圈。"

众人:"……"

大家听乐了,连丁哥都绷着嘴角在笑。

"可是你玩卡牌大师一样能打,而且稳,六级你就能直接往下路飞,照样能杀他。"丁哥说,"玩劫风险很大。"

还没轮到简茸选人,他沉默地滑动英雄界面,没吭声。

"你很想玩?"过了片刻,路柏沆又开口。

简茸不轻不重地"嗯"了一声。

场内,解说们还在分析豆腐那一手德莱文。

解说甲:"这德莱文选得还真是出其不意,那鱿鱼这局很明显是要保着德莱文打。反观TTC的阵容倒是中规中矩,Road拿了一手男枪,挺好的,就看最后的Soft会拿什么英雄了。我……呃——"

解说甲看到Soft的英雄界面亮起一个陌生又熟悉的头像,那句"我去"差点说出口。

观众们也是一怔。

Soft预选了劫。

解说乙愣了两秒，立刻笑着接过同事的话："Soft 的劫也可以说是他的成名英雄，操作挺好，不过在这种职业赛场是不会拿出来的，毕竟这英雄一点控制都没有，在职业比赛这种有配合的游戏中也非常非常难秒掉人。而且这场比赛是 Soft 他的首秀，肯定是冲着稳去的，他应该也就是亮一手吓唬吓唬豆——TTC 选了？"

只听"噔"的一声响，英雄劫被选定，TTC 阵容确定下来。

两位解说对视一眼，眼里满是震惊和疑惑。

真的假的？劫和德莱文？他们这是在解说春季赛还是钻石排位赛？

劫和德莱文相比还有一个不同之处，就是虽然劫上不了赛场，但他在排位赛中一直是热门英雄。这一选定，现场和直播间的弹幕瞬间炸了锅。

英雄确认完毕，双方教练握手下台。

丁哥刚下台，队里另一位教练马上凑了过来："哥，Soft……"

丁哥："我知道他这手选得不好，但这把是他的首秀，其他人都说尊重他的决定。我也不好说什么。而且这是 BO3 赛制，这局如果输了，下两局能追回来。当然，我觉得不一定会输。"

"不是，哥，我不是要跟你说这事。"那人连忙打断他。

丁哥一脸古怪道："那是什么事？"

对方把手机递了过来。

手机屏幕上是一个名为"最爱豆腐腐"的网友在简茸评论下留的言。原本这人是在和 Soft 的粉丝吵架，后来因为吵不过别人，就来损他觉得不会得到反驳回复的 Soft 本人——

最爱豆腐腐："真逗，你是仗着自己有 Road 这样的队友才敢放狠话的吧？也不知道 TTC 找中单的时候是不是瞎了眼，或者临时找一个人来凑数。再说了，就算这场比赛是 TTC 赢了，也跟你这混子主播没半点关系啊。人家豆腐场场 carry 比赛，MVP 拿到手软，你这混子主播行吗？"

TTC·Soft 回复最爱豆腐腐："我还真行。"

过了很久很久，这个最爱豆腐腐又回复了。

丁哥看了眼时间，这人估计是看到自家豆腐拿了本命英雄德莱文，Soft又选了儿童劫，才有底气跑来回复的。

最爱豆腐腐回复TTC·Soft："嗯嗯嗯，捡漏中单真厉害，你行我的头砍下来给你踢。"

另一位教练见丁哥脸色越来越差，问："要删掉这条回复吗？"

游戏正式开始，前台欢呼声震耳。

丁哥抬手掐了一下自己的人中，转身快步朝休息室走，咬牙说道："不删。"

游戏正式开始，五个英雄出现在基地里。

"我隔着耳机都能听见观众的叫声。"袁谦道。

小白说："谦哥，下次你拿个提莫，观众肯定比今天还激动。"

袁谦摇头笑道："那算了，我暂时还不想退役。"

袁谦的话自然是夸张了。为了防止观众及解说的声音影响到选手的游戏判断，选手们戴的都是隔音极强的包裹式耳机，除了队友说话和游戏音效之外，什么也听不见。

五个人买好装备，同时冲出基地去一级团站位。

小白说："今天好好打，赢了今晚去吃田鸡！"

为了不在比赛中犯食困，职业选手在比赛之前基本不会吃东西。

Pine跟在他身边道："输了呢？"

"你少说这种晦气话，"小白朝他丢了一个技能恐吓，道，"我们怎么可能输给鱿鱼……是吧，哥？"

路柏沆打游戏的时候话不多，过了几秒，他才道："今晚田鸡我请客。"

小白："谢谢老板！"

"小茸怎么不说话啊？"袁谦看了眼站在中单位发呆的劫，"紧张啦？"

"他肯定紧张。"小白道，"毕竟是神还是神经病，就看这一把了。"

简茸在小白的账上又记了一笔，然后说："我在想事情。"

路柏沅问："你想什么？"

简茸打开对战表再确认了一遍，沉默几秒后说："我在想……对面没人带虚弱。"

虚弱是召唤师技能，被套上虚弱技能的玩家会在三秒内降低百分之三十的移动速度，输出的伤害效果也会减少百分之四十，是非常克制刺客英雄的技能。

可这一局，YY战队无一人带这个召唤师技能。

在敌方有刺客英雄的情况下，队伍却没人带虚弱，不是失误就是看不起人。

简茸觉得自己被冒犯到了。

他面无表情地说："他们的ADC（物理伤害）英雄会为这件事情负责。"

路柏沅失笑道："好。"

鱿鱼战队的中单这局玩的是辛德拉，一个对线非常强势的英雄。简茸拿的劫六级前伤害和爆发都不够，只能躲在自家小兵身后，小心翼翼地补兵。

"啧。"鱿鱼战队的中单笑道，"我还以为多强呢……放心，这Soft被我锁在中路了。"

豆腐看了中路一眼："你怎么一点血都没消耗掉？上去丢技能啊，别让他发育。"

中单道："别急，我马上能杀他。都别打架啊，一血让我拿。"

场内，解说们正在认真分析比赛。

解说甲："辛德拉消耗了劫一次，放大招——可惜，伤害差一点。劫状态很差，应该是要回城了。"

解说乙："劫打辛德拉还是挺吃力的，再这样被压制下去，英雄的优势怕是发挥不出来啊，Soft这个选人果然还是不行。"

解说乙话音刚落，残血的劫忽然半道折返，一个大招直接突到满血的辛德拉脸上。

所有人包括辛德拉自己都愣了一下，解说那句"残血还上不是去送死吗"甚至还没来得及说出口，就见劫从容熟练地打出这英雄能做到的最高伤害，并漂亮利落地利用极小走位躲掉辛德拉的所有技能。这些技能哪怕中一个，劫都要当场去世。

简茸点出最后一下平A，把自己的伤害拉到最满，再二次激活大招回到自己最初的位置，自信又嘲讽地原地回城。

下一秒，随着劫大招独有的爆裂声，劫身后的辛德拉应声倒地——

"First Blood！"

全场尖叫！

"漂亮！"解说甲立刻找回声音，"天哪，劫这套连招打得太漂亮了！我可以非常负责任地说——劫大招这三秒被Soft用得淋漓尽致，他打满了这英雄能做到的所有伤害！"

"他这都敢回头？这都敢上？"解说乙道，"辛德拉虽然没大招了，但随便一个技能都能要他的命，他……他这么自信的吗？"

选手镜头给到了Soft，染着蓝发的男生一脸镇定地操控英雄，没有任何残血反杀敌方中单后的激动或高兴，仿佛这次的击杀早在他的计划内。

这一刻，直播间弹幕数量暴增——

"对，他就是这么自信。"

"干得漂亮，这劫玩得太溜了吧！这都能躲掉辛德拉的技能？"

"我刚刚看了，389点血，389点血他回头去杀满血辛德拉……我估计连YY战队的中单都傻眼了。"

"正常操作，我还见过他23点血自信回头打团，还打赢了。"

"你在哪儿看的？求个录像！"

"直播间4404708里面有回放，去看的记得给他点个关注，以后开播你们就能第一时间骂到他了。"

"这小弟弟好帅啊。"

"女友粉别来，他事业期上升期，我不允许他谈恋爱。"

……

简茸杀了人，回家更新装备，再上线时，耳机里传来了击杀的消息。

路柏沆单杀了敌方打野，地点还是在别人野区。

杀人后路柏沆不仅没走，还开始吃别人野区的资源。

"他们中路复活了。"简茸出声提醒，"应该会去找你。"

路柏沆说："好。"然后他继续吃敌方的红BUFF。

敌方中路出现在野区时，路柏沆正好吃完别人的红BUFF，只见他一个位移躲开敌方中单的推球控制，一颗枪子崩在辛德拉身上，辛德拉直接掉了四分之一血。

简茸一愣。

他对线时很少管队友在做什么，看见路柏沆的伤害时，他忍不住点开战绩去看。

路柏沆作为一个打野，补兵数量全场最高，这说明鱿鱼战队的野区资源几乎被路柏沆吃了。

十秒后，鱿鱼的中单狼狈地被路柏沆从自家野区一直追到二塔，还丢了一个闪现才得以逃跑。

路柏沆言简意赅："中单没闪，可以杀。"说完，他继续回头吃敌方野区的F6小野怪。

"太惨了。"解说甲眯眼摇头，"不知道的还以为TTC有两片野区。"

"说实话，路神拿出男枪的时候，我就知道会是这种情况。男枪这英雄入侵野区太强了，更何况玩的人还是Road。"解说乙说，"不过鱿鱼战队也不是没有机会，豆腐因为英雄优势打得挺凶的，虽然没有爆发人头，但补兵一点没落下。"

简茸把中路兵线吃了之后，终于开始干正事。

他往下路走，问："下路能不能越塔？"

Pine："我残血。"

"他们下路拿的英雄伤害太高了，我们刚打完一场。"小白立刻给予反馈，"我觉得不太能越……"

简茸说："我觉得能。"

小白："……"

"你帮我扛下塔？"简茸摸到了敌方下塔左侧的草丛里，"一下就行。"都下定决心要越塔了，刚才还问啥？

小白咬牙："行，就一下啊，你去杀辅助吧，他们辅助血量比较低，你上之前跟我说一声。"

他话还没说完，简茸已经开启大招，冲到了德莱文身上。

小白："……"

劫行云流水地丢出一套输出，一个不落地砸向豆腐。辅助泰坦想保自己ADC（物理伤害）英雄，小白操纵着露露先一步把他变成了羊，Pine立刻闪现跟上输出。

豆腐被抓得猝不及防，骂了一句脏话，在死之前转头去杀简茸，想着死也要拉他垫背。

德莱文伤害不低，再加上防御塔的伤害，劫的血条眼见就要空——

"嗒！"简茸按下秒表，二点五秒内免疫所有伤害。

两秒后，小白上前帮他扛了一下防御塔的伤害，劫成功丝血逃脱，然后站到敌方防御塔打不到的地方，对着德莱文的"尸体"跳了一支舞。

与此同时，路柏沅成功在上路反蹲到敌方打野，在袁谦的配合下毫不费力地拿到双杀。

"这也行？"豆腐破口大骂，"他有病吧，玩劫还出秒表！"

观众和解说都以为，这就算是 Soft 和豆腐两个人之间分出胜负了。

万万没想到，这只是开始。

就连低分段的玩家都知道，不能让劫这个英雄前期发育得太舒服，不然中期一个照面就是死。

简茸拿了两个人头，没多久就掏出了自己的第一个大件。

然后德莱文的噩梦就开始了。

塔下、野区甚至是在走去下路的路上，劫无处不在，杀德莱文只需要三秒，德莱文连一丝反杀的机会都没有。

杀也就算了，每次简茸都还要在别人的"尸体"上跳舞、亮队标。

解说甲："啊这……"

解说乙干笑："当然是朋友之间的正常互动啦！"

被连着单杀加嘲讽两次，豆腐气得七窍生烟，鼠标都被他捏出了响声。

"别气别气！"辅助知道他脾气差，立刻道，"我不做视野了，就跟着你。"

打野忙说："我也在旁边，我就不信他还敢过来。"

劫还是来了，带着他的打野。

路柏沅操控着男枪，一枪就能打掉皮糙肉厚的泰坦几大截血条。

他们在敌方野区追着三个敌人跑，两个人打出了千军万马的气势。直到对方三人都残血之后，男枪收起了枪，简茸将他们三人一举拿下。

"Triple Kill——"

"厉害啊，简茸！"小白脱口夸赞，"这段时间你没白练，变高了，也变强了！"

简茸："……"

"豆腐 0/6 了，太爽了，哈哈哈哈！"小白道，"你怎么不说话？"

简茸冷声道："我不想踩高压线。"

小白愣怔道："不是吧，你杀了人家六次不够，还想去揍人？"

简茸说："我想揍队友。"

小白闭嘴了。

第一场比赛在第二十七分钟结束，TTC轻轻松松取得胜利。

豆腐最终的战绩是1/8/3，走下台时脸蛋黑如锅底。

两位解说看着两队离谱的经济差，又看了看24∶4的夸张人头比。

"我是在解说春季赛吧？"解说甲无言几秒，问，"我怎么觉得自己看了一场电一的钻石排位局？"

"我建议鱿鱼战队下局把Road的男枪禁掉，这入侵打得太强了。"解说乙忍了忍，把另一个"劫也一块儿禁了吧"的建议咽回肚子里。

简茸跟着队友下台休息，一路上都有摄像头在拍。

他回到休息室，从工作人员那里拿回手机，刚看完"最爱豆腐腐"的回复，手机就被丁哥没收上去了。

"你打完再玩，我先帮你保管着。"丁哥把他的手机丢进兜里，道，"这局你们打得爽了吧？下局能玩点阳间阵容了吗？"

中场休息只有十分钟，丁哥简单说了两句之后，就有工作人员进来让他们准备再次上场。

简茸喝了一口水，起身后看见丁哥正俯身和路柏沅说着什么。

丁哥的声音断断续续，有些模糊："你的手还好吗？"

职业选手对"手"这个字眼太敏感了，简茸倏地停在原地，转过头认真地听，眉头不自觉皱起来。

这偷听太明目张胆了，路柏沅原想应付两句，抬头就发现了他的目光。

路柏沅挑挑眉，半秒后把手从口袋里抽了出来，懒懒地摊开在丁哥和简茸眼下。

"我说了没事，你少担心。"

两分钟后，选手们重新入场。

导播先是给路柏沅一个长镜头，然后是简茸，最后是豆腐。

豆腐脸上都是水，明显刚洗了一把脸，脸色也比下台时要差得多，应该是在后台挨了训。

游戏进入 Ban&Pick 界面，解说甲开玩笑道："这局不会又给我们整钻石局吧？"

豆腐黑着脸，选了中规中矩、逃命能力极强的 EZ。

EZ 其实是适合版本的 ADC（物理伤害）英雄，但在这个时候掏出来……

"傻儿子，这就怕了？继续拿你德莱文啊。"

"摆的什么臭脸！我要是他队友，我都要嫌他晦气。"

"豆腐粉咋不吠啦？再出来走两圈。"

"果然什么主子就有什么粉，TTC 粉丝毫无素质可言，是没赢过比赛？而且这是 BO3 的游戏，不知道的人以为 TTC 已经赢了呢。"

轮到简茸选英雄，简茸预选给大家亮了一手德莱文。

两位解说："……"

观众："……"

到了选人的最后一秒，简茸才慢悠悠地选出了妖姬，然后锁定。

解说甲干笑两声："Soft 还真会跟我们开玩笑。"

解说乙假笑点头，心想：开什么玩笑，这蓝毛选手简直是架着一个炮台在这儿，疯狂往豆腐脸上丢嘲讽。

这局鱿鱼战队拿了非常标准的版本阵容，大家都觉得可能会有一些打头，但每个人都想错了。

TTC 自换了新人中单之后一直被唱衰，导致大家都忘了——鱿鱼和 TTC 这两个战队之前根本不在一条水平线上。

第二十分钟，路柏沅把鱿鱼下路抓穿，简茸第二次单杀敌方中单，袁谦推掉敌方上路一塔。

第二十三分钟，TTC 五人抱团，Pine 拿到三杀，团灭鱿鱼战队并拿下大龙。

第二十六分钟，TTC直逼敌方基地。推倒敌方水晶的前一刻，简茸冲进对方泉水秒杀豆腐，并在泉水里点了一个金身。

游戏结束，TTC以2：0的成绩碾压式获得比赛胜利。

简茸摘下耳机，在会场的尖叫声中跟着队友过去和对方战队握手。

豆腐脸色苍白，嘴角紧绷，狠狠地瞪着简茸。

他心想，现在他们身上都带着收音设备，这蓝毛喷子如果敢再骂人，他一定第一时间上报联盟，让联盟判对方禁赛。

谁想简茸走到他跟前，微笑着和他握手，然后用身边人都听得见的音量悠悠道："你的德莱文玩得真好。"

周围传来几声竭力忍耐的笑声。

豆腐："……"

握手、鞠躬，这两个流程走完之后，TTC众人收拾设备下台。

"哈哈哈哈，豆腐那吃了苍蝇一样的表情也太搞笑了！"小白道，"话说他最近是不是变菜了啊？我觉得以前和他对线时还有点意思，结果刚刚第二局，我以为我在打黄金排位赛。"

袁谦笑道："他被小茸打蒙了，第二局像在梦游。"

小白想起什么，转头道："哥，今晚的田鸡——"

路柏沅已经戴上了帽子，一副随时准备离开的模样："订了。"

简茸刚穿上外套，休息室的门忽然被工作人员推开。

"我们这边马上要进行MVP赛后采访了哦。"工作人员在训练室里看了一圈，微笑着问，"Soft，现在方便过去吗？"

平时水友们看比赛直播，通常都是比赛结束后就关软件，只有少数选手的粉丝会留下来看MVP赛后采访。

但今天，春季赛开幕赛的MVP采访环节，直播间观看人数不减反增。

镜头一切，画面来到了采访现场，染着蓝发的男生出现在大家的视野里。

负责这次采访的是唐沁。她微笑道:"好的。我现在采访到的是今天比赛的MVP——来自TTC战队的Soft。首先恭喜TTC取得这次比赛的胜利。Soft,你第一次打比赛,会不会觉得紧张或者有什么不适应的地方呢?"

简茸眨了一下眼,说:"没有。"

"采访都不会笑一下的吗?臭小子。"

"你很牛吗?放下你的身段!"

唐沁也顿了一下,她保持微笑:"今天,你们对战的是联盟里的老战队YY战队,在赛前你们有做什么特殊的准备吗?"

"没有。"简茸抬眼看着镜头,调子懒洋洋的,"我们就是随便打打,没想到赢得挺轻松。"

唐沁忍笑道:"那我们也能看到第一局你拿出了劫,并且打出了非常好的优势,请问你平时在排位赛中玩劫也特别喜欢抓下路吗?"

简茸:"一般。主要是德莱文长得太像三百块,我杀上头了,没忍住就一直往下路跑。我的锅……不是故意针对豆腐,希望他人没事。"

唐沁点头:"你作为一名新晋职业选手,对接下来的比赛有什么展望或是期待吗?"

简茸想了想,说:"我希望可以遇到强一点的对手。"

"我真的要笑死了,哈哈哈哈哈哈哈。"

"他在重复豆腐在直播间说的话,哈哈哈哈。简茸,你是记仇精吗?"

"希望人没事,哈哈哈哈哈。"

"以后我必不可能漏掉TTC任何一场MVP采访。"

"我去,Soft你醒醒,这是赛后采访,不是垃圾话环节!"

唐沁已经控制不住笑容了,只好控制语气:"好的,非常感谢Soft接受我们的采访。那么在采访的最后,你有没有什么话想对观看直播的水友或者粉丝说呢?"

唐沁以为他又会说"没有",却见男生忽然笑了一下:"是有件事想说。"

简茸看向镜头,非常有礼貌地问:"微博用户ID叫'最爱豆腐腐'的那位网友,MVP我拿了,豆腐腐我也杀了好几遍……官网有我战队的地址,请问你的头什么时候可以寄过来?"

第十章 身高的硬伤

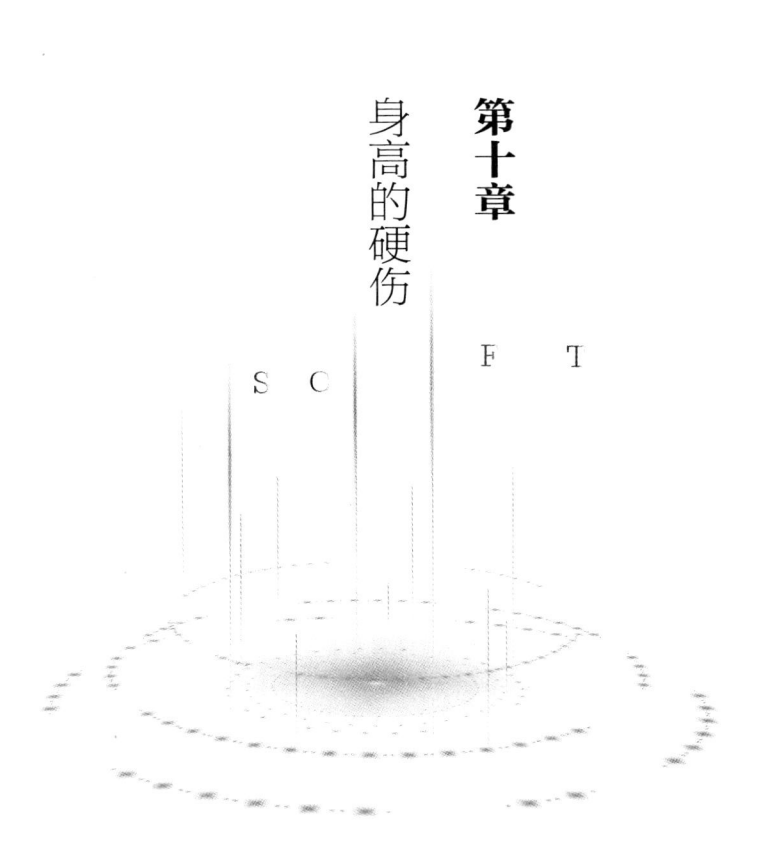

TTC 休息室里传来小白和袁谦惊人的笑声。

小白笑得都快背过气去了,他扶着沙发,指挥门边坐着的 Pine:"P 宝,赶紧把门反锁上。"

Pine 说:"干吗?"

小白伸手去擦笑出来的眼泪:"我怕豆腐一时想不开,杀进我们休息室,做出一些无法挽回的举动。"

丁哥扶着墙,盯着墙上的电视直播,心想一定是自己这些年过得太舒服了,所以上天才会派这个人下来折磨他。

他转头去问身边的队伍副经理:"你还记不记得我们跟 Soft 签的合同上面写的违约金是多少?"

副经理道:"不记得,怎么了?"

丁哥:"跟他解约吧,我出钱,就当是为自己买一个幸福的后半生。"

副经理:"……"

话是这么说,自家队员造的事儿还是得自己兜。

过了几秒,丁哥咬牙道:"我一会儿去探探联盟的口风,虽然他没说几句人话,但好歹没什么脏字,应该不会太严重,还有微博……你去哪儿?"

路柏沅拉开休息室的门:"厕所。"

这会儿所有工作人员都在忙着,厕所里空无一人。

路柏沅刚打开水龙头,就听见身后传来一声——

"人头让得很熟练嘛。"

路柏沅头也没回,垂眼洗手:"你怎么还没走?"

"今天我们没比赛，原本是打算走的……结果你们中单上来就锁了一手劫，我们中单就提出在现场看完再走，就留到现在了。"XIU顿了一下，笑道，"对了，我刚听说Soft是你招进来的？你什么时候管起队伍招人的事儿了？"

路柏沅不知第几次重复："我没管，只是推荐。队伍招谁不是我说了算。"

话虽然这么说，但路柏沅在TTC待了这么多年，还带着队伍拿过无数好成绩，他随随便便一句话，战队都会予以重视。

"不过你们新中单确实不错，操作和意识都还行，就是性格太招摇，比赛掏个劫出来也就算了，赛后采访都敢搞事。"XIU走到他身边，打开另一个水龙头匆匆洗了手，然后从口袋里掏出烟，"来一根？"

"一支烟，丁哥罚我一万。"路柏沅瞥了眼他手上的烟，很快又挪开目光，"你帮我出这钱，我陪你抽两根。"

"那算了。"XIU给自己点上烟，忽然想到什么，笑了一下，"我刚过来时看到丁哥正在训你们的中单，要我说他该训你，要不是你给Soft让了一次三杀，MVP指不定是谁。"

说到这儿，XIU道："以前排位怎么不见你给我让让人头？不让就算了，还要跟我抢，区别对待？"

路柏沅"嗯"一声，随口道："什么时候你去染头蓝发，以后排位我也给你让人头。"

XIU："你还有这癖好，早说啊。"

路柏沅懒得搭理他，擦干手把纸一丢："走了，你慢慢抽。"

路柏沅刚走出厕所，就看到上场比赛的MVP正站在墙边低头玩手机，听见动静，对方抬起头来，两人对视了几秒。

路柏沅挑眉问："丁哥让你来厕所门口罚站？"

"不是。"简茸回过神，收起手机，"车子在后门等着了，打你电话没接，丁哥让我来厕所找你。"

打比赛时路柏沅习惯把手机调成静音，听不见电话很正常。

他点点头："那怎么不进去找我？"

简茸原本是想进去的，但一看到厕所门，他就瞬间想起自己喝成死猪那晚的事。

"我怕，"简茸随便扯了一个借口，"打扰你上厕所。"

路柏沅："……"

简茸："……"

回基地的车上，简茸用队服外套盖住自己整个脑袋，躺得很舒适。

小白转头吓了一跳："你干吗呢？"

简茸没好气地说："睡觉。"

小白："你这睡相也太不吉利了吧？"

简茸："哦，那下次我往脑门上贴一个福字再睡？"

小白："……"

"留点缝。"路柏沅透过车窗看了后座一眼，"车里开了暖气，闷。"

小白刚想劝他哥别管叛逆少年，下一秒，他旁边的外套动了动。

简茸乖乖地拉下外套，露出半边脸来。

回到基地，路柏沅订的晚饭已经到了。五个人围着一楼客厅的茶几，边看今天的第二场比赛边吃饭。

丁哥通着电话从外面回来，简茸看这阵势，以为自己又要挨骂了。

"你们都知道自己的身高体重吧？"丁哥捂着手机问。

袁谦满嘴油光，问："知道，怎么了？"

"做周边需要数据，具体我也不清楚。你们一会儿吃完了各交一份身高体重数据上来，数据要真实详细。"丁哥看向简茸，"你也要交，这次开始，周边都有你的份。"

简茸犹豫几秒，才干巴巴地"哦"了一声。

"我拒绝！"小白举手抗议，"男人的体重是秘密，而且我好久没量自己的身高了。"

丁哥颔首:"那我就让他们随便填,到时候多写个十斤八斤你别计较就行。"

小白认输:"可我真不记得了。"

丁哥说:"三楼有体重秤,身高的话……"

"我房间有卷尺。"路柏沅插话。

"行,那需要测身高的就去借卷尺。"丁哥看了眼手表,"睡前你们把数据发我微信。"

吃饱喝足后,简茸回房间洗了个澡,吹头发的时候故意把头发吹得高高的,方便一会儿量身高。

他喝了这么多杯牛奶,怎么也该长高一点了。

十点,简茸去敲路柏沅的房门。

他敲了两声没人应,以为对方睡觉了,便放轻脚步转身想回房。

咔嗒,一股热气从房间里飘出,路柏沅用浴巾擦着头发,看到他慢吞吞的动作,好笑地叫住他:"简茸。"

简茸动作一顿,转过头:"我想借一下卷尺。"

路柏沅拉开门:"进来。"

简茸本想说他站门口等着就行,路柏沅却已经敞开门进屋了。他迟疑两秒,也跟了进去。

满屋子都是沐浴露香,简茸说不出是什么味道,只觉得很好闻。

路柏沅明显刚洗完澡,头发潮湿,衣领有些乱,穿着及膝短裤,正弯着腰翻箱倒柜。

路柏沅的房间算不上整洁,也不乱。墙上贴了一张英雄联盟的海报,角落放着一个篮球,队服外套被他很随意地丢在椅子上,耳机线散乱地挂在书桌上的笔筒边缘。

直到路柏沅拿着卷尺转身,简茸才迅速收回打量的目光。

他伸手刚想接卷尺。

"你后退一点。"路柏沆说。

简茸一愣,下意识往后退了两步。

路柏沆大步朝他走过来,眼见就快撞到,他又往后退了退,后背不轻不重地撞在了墙上。

路柏沆把擦头发的浴巾丢进脏衣篓里:"站直。"

简茸瞬间明白过来,他道:"我自己来就行了。"

"一个人不好弄。"路柏沆蹲下去,把卷尺一端压在地上:"脚并拢,不然量矮了。"

简茸闻言,立刻并拢腿,贴墙站得笔直。

路柏沆扫了一眼,边起身边拽动卷尺。

路柏沆的手掌摁着尺条,简茸反复吞咽几次后说:"不然我自己……"

路柏沆手掌的力道重了一些:"别动。"

几秒后,路柏沆念出一串数字:"174。"

"174.1。"简茸木着脸更正,"我十月体检是174.1。"

"行,174.1。"路柏沆顿了两秒,垂下眼问,"你的简历好像写的175?"

简茸咬牙:"四舍五入,就175了。"

路柏沆笑起来。

简茸:"你别笑。"

路柏沆"嗯"了一声:"没笑。"

求职谎报身高被发现,简茸几乎是落荒而逃,出门时还撞上了小白。

"你量好啦?"小白问,"多高啊?"

简茸:"关你什么事!"

小白:"……"

简茸回到房间,在床上躺了半小时都没睡着。

于是他拿出手机百度——

"喝牛奶真的可以长高吗？"

"十七岁还可以长高吗？"

"吃什么东西可以长高？"

"路柏沉多高？"

……

简茸看到弹出的界面，先是一愣，然后才去看百度百科上的资料——186 cm。

简茸正捧着手机发酸，一条消息忽然弹出来。

石榴："兄弟，你今天简直绝了，我微博首页全部在夸你厉害，哈哈哈。"

简茸正郁闷着，看到这行字，今天暴揍豆腐的那点愉悦感重新漫了上来。

艹耳："你发截图给我看看。"

石榴："这还用截图？你随便打开微博、贴吧，全是。"

简茸不登微博都知道他评论区现在有多乱，于是他想了想，打开了许久没用的贴吧。

今天，他比赛赢得这么漂亮，贴吧那群人肯定黑不出什么东西来。

简茸一只手撑在颈后躺着，懒洋洋地点进了"Soft 吧"，已经做好了接受满屏夸赞的准备——

"分析一下今天傻儿子的鞋垫有多少厘米。[精] 回复1211。"

迎面一个红字帖把简茸看蒙了，他缓了两秒才点进去。

1 楼："放两张参考图，一张是路神扛着他的照片，另一张是今天他站在路神旁边的照片。"

22 楼："这还用分析？最低也有 4.5 cm。"

124 楼："啊,怪不得我说今天看他跟队友站一块儿鞠躬的时候怪怪的。"

333 楼："傻儿子那小脑袋瓜到底在想什么？自己骗自己有意思吗？

还是他真以为他能瞒过谁？"

498 楼："垫了也好，不然上了台还没那个女主持人高，丢本吧友的脸。"

607 楼："我算过，他真实身高最多 174 cm，保真。"

简茸："……"

简茸退出帖子，面无表情地取消了对该贴吧的关注。

TTC 下一场比赛在一周后，赢下一场常规赛不是什么值得庆祝的大事。翌日，丁哥就来基地敲门，一一把人叫醒下楼复盘。

这是简茸第一次参加正儿八经的复盘会议，打训练赛的时候虽然也复盘，但因为不是正经比赛，总有一些随意。

"第十七分钟，就是这里。"丁哥暂停游戏画面，指着屏幕上的劫问简茸，"这才十七分钟，你都快跑到别人下路二塔了是怎么回事？一塔都没推掉你就想推别人的高地吗？"

简茸还没来得及开口，又被丁哥打断："我知道你是想来这里蹲他们下路，但你能保证他们没视野看见你？还是你压根不管自己能不能走，只想杀他们 ADC？你知道这时候你身上是有赏金的吗？"

小白清了清嗓子，偷偷看了眼简茸，生怕他说出一句"你是在教我打游戏？"。

但简茸没有。

他两只手搭在桌上，安静地听完训，然后说："我改。"乖得让丁哥也愣了一下。

"你的毛病和打训练赛时一样，太自我，打鱿鱼你可以这么打，但是打战虎呢？打 PUD 呢？以后去打全球赛呢？上届夏季赛的录像你也看过，强队之间的配合有多默契，中后期基本都是抱团打法，你这种单人作战的习惯很容易让他们找到漏洞。你继续改进，我会从下场训练赛开始注意你这点。"

丁哥重新点下播放键，下一幕就是简茸在草丛里蹲到了鱿鱼下路双人组，并在几秒内把豆腐秒杀，完全不给敌方辅助面子。

该骂骂，该夸的也不能落下。丁哥点头："但你的操作很灵活，继续保持这种状态。"

丁哥复盘的习惯是一段录像一段录像地抠，谁有毛病就说谁，几十分钟看下来，除了路柏沅，其余人都挨了几句训。

简茸身为 MVP，也是挨骂最多的那个。

第一场比赛结束，丁哥喝了一大杯水润嗓子，看向路柏沅道："这复盘会开得……我觉得自己回到了五年前那会儿。"

路柏沅闻言笑了一下，没说话。

简茸问："五年前怎么了？"

"五年前，"丁哥顿了顿，忽然问，"你不是他的老粉吗？"

路柏沅转过头看过去，只见简茸张了张嘴，过了半天才低低"啊"了一声。

"你那帽子我想起来了，"丁哥说，"是小路入队第一年，打 LSPL（次级联赛）总决赛时战队在现场售卖的周边吧？"

路柏沅挑了一下眉，记起来了。

打次级联赛的时候他们还没什么粉丝，甚至都没什么人知道战队，所以那一届次级联赛，他们只在总决赛时做了周边，印象中确实是帽子。

简茸抓了一下头发，动动嘴唇刚要说什么。

"这么小？"路柏沅的目光投向他头顶，"十二三岁就玩游戏了？"

简茸"嗯"了一声："我爸玩游戏，我看多了就会了。"

"你从 LSPL 就开始看他打比赛，不知道他一开始是什么打法？"丁哥放下水杯，"也是个独行侠。那时候电竞业没这么成熟，不像现在有教练团，有数据分析师……就全凭个人实力在打，要么他抓穿别人，要么别人抱团反蹲死他。后来他进 LPL 被教做人，常规赛一路连跪，差点进不去季后赛，那段时间队里天天开复盘会，我都把金嗓子当饭吃。"

简茸抬着下巴，听得比刚才还认真。

"行了。"路柏沅打断他，"复盘就好好复，不用忽然怀念过去。"

"我记得那时候周边卖得挺便宜的，成本价，拉粉丝用。"小白撞了撞简茸的胳膊，"你买我的周边没？"

简茸思索几秒，皱眉："你当时也在？"是真的疑问句，却比嘲讽还伤人。

小白微笑着闭嘴了。

复盘会结束，丁哥关上录像，对简茸说："最后，关于你赛后采访让人寄头的事儿……我跟联盟谈过了。"

简茸点点头："罚款还是打给上次那个账户吗？"

"你倒也不必这么熟练。"丁哥无语，"这次不罚款，垃圾话本来就是允许说的，他们自己都设立了一个赛前垃圾话环节呢。不过你说的毕竟不是什么好话，态度还是得有。协商过后两个处理，一是你得去微博和那个粉丝道个歉，二是你得去和豆腐道个歉。"

"为什么要给他道歉？"路柏沅开口，"简茸骂他了？"

没想到他会开口，其他人都一怔。

"没关系，道歉就道歉。"简茸无所谓地说，"三个字而已，我又不诚心。"

路柏沅没看他，只是问丁哥："你和联盟谁谈的？"

"不是，也不是真道歉，你听我说完。"丁哥说，"只是要他去和豆腐互动交流一下，鱿鱼那边也会跟豆腐交代的。主要是做做样子给公众看，体现一下各大战队之间的友谊。"

路柏沅依旧皱着眉，不过没再说话。

简茸沉吟片刻，然后问："交流互动，不是要拥抱握手什么的吧？"

"没这么浮夸。"丁哥看了眼自己的小本子，"你去他直播间送点礼物，再互动两句就行。他今晚七点直播。你比赛拿了MVP，这次礼物钱可以申请报销。"

于是晚上七点，简茸发了一条微博。

TTC·Soft："1月12日晚春季赛常规赛采访，我说了十分不恰当的话，在此向@最爱豆腐腐 道歉。对不起，我不该在直播中念出你的微博用户名，也不是真的要您的头，非常抱歉。"

简茸发完微博之后，登录许久没上的直播大号，往里面冲了两万块钱。

当他进豆腐直播间的时候，豆腐正臭着一张脸在打游戏。

"你们看到Soft的微博了吗？我看呆了。"

"天哪！TTC战队是没有管理人吗？怎么会让队员发这么粗鲁的道歉声明啊？"

"豆腐腐今天也好帅！"

简茸头一回看到这种画风的弹幕，心中有些不适，又有一点隐约的羡慕。

他直播间那群傻子如果有这些女粉一半温和，他们的关系也不会差到这种地步。

简茸刚准备送礼物，就看到豆腐点开了好友发来的某个视频。

是他们那场比赛的录像，视频上方还写着一行字："春季赛第一场，电竞麦克疯。"

简茸还没反应过来这是什么玩意儿，就听见了自己的声音——

"对面没人带虚弱，他们的ADC会为这件事情负责。"

"这德莱文看了我一眼，他死了。"

"谁给他冠的第一德莱文称号？我家楼下住着的初三小弟弟玩得比他好，建议鱿鱼战队立刻录取。"

然后是小白的声音："你怎么又去抓德莱文了？他都被你杀得不敢出高地了。"

"当他当着我的面选出德莱文的时候，我们就是不共戴天的关系。"简茸陈述道，"这张地图上，我和他，只能活一个。让他存活超过三分钟，这局比赛都算我输。"

居然是那场比赛的赛事语录。

简茸看着豆腐越来越绿的脸，心想：是你自己开的视频，可不能怪到我头上。

"这人怎么这样啊！"

"这样说话也是可以的吗？我可以向联盟举报吗？"

"我去，我为什么在直播间观众席里看到了 Soft？"

"听说 Soft 在这个小破直播间？"

"举报啥？管天管地还要管选手比赛的时候说了什么？"

"来了来了，小傻子开骂了吗？我没错过吧？"

简茸的直播大号有很多粉丝点了关注，他开了直播或是进了谁的直播间都会有提示，短短几分钟，直播间就来了许多他的粉丝。

"来了一群没素质的人，房管踢一下这群喷子。"

"脑子不好就去治。我骂你了还是骂你豆腐主子了？被骂妄想症？"

一会儿还有训练赛，简茸不想再浪费时间，动动鼠标送了一个星海礼物。

这个发展大家始料未及，直播间里的水友们都是一愣，然后纷纷刷起了"？"。

按照丁哥交代的剧本，先是简茸送礼物，然后豆腐感谢，两人再交流几句就算完事。

可豆腐只是嗤笑一声，跟弹幕聊起了天。

"晚饭？吃了，随便吃了一口面……不辛苦，只是没胃口。房管干活，骂人的、骂我粉丝的都踢了。"

简茸冷冷地看他装模作样。

星海是星空 TV 最贵的礼物，全屏特效浮夸得要命，豆腐不可能看不到。

这人在故意装瞎。

"简茸，你这是在干吗？我天天担心你钱不够花，你却来给别人刷礼物？"

"这么大个特效看不见？盲人打职业赛？"

"你们有病吧，豆腐当然看见啦，只是不想搭理喷子而已。"

"他怕了，来道歉啦？哈哈哈哈。"

"我就问你们粉丝尴不尴尬，你们正主是来赔礼道歉的，豆腐还不领情！"

这弹幕看得豆腐身心舒畅。

他扬着嘴角，刚打算再吊 Soft 一会儿，让他丢光面子再装出勉为其难的姿态搭理两句，右下角就忽然弹出了一条平台提示——

"你关注的主播 TTC·Road 上线了。"

"你关注的主播 TTC·Road 进入了你的直播间。"

豆腐还没回过神，弹幕里就跳出一句。

TTC·Road："？"

豆腐在私底下跟队友攻击过很多职业选手，除了 Road。

不是他不敢，而是这人几乎没有缺点。

Road 入行五年，黑粉无数，可放眼整个联盟，没哪个选手敢说 Road 菜，他的长相和身材更是行业天花板。

英雄联盟所有职业选手都关注了 Road 的直播间，从这点就能看出他在电竞圈的地位。

Road 这时候来他直播间，怎么想也不是来看他直播的。

豆腐虽然嘴贱，但也知道哪些人自己惹不起，当即坐直了身子说："路神怎么来了？哦，感谢 Soft 的星海，谢谢兄弟，刚刚没看见。"

简茸没搭理他。

他看着路柏沅的 ID 发呆了几秒钟，然后忍不住回头去看。

路柏沅就站在他身后，男人一只手插兜，手机里响着直播的声音，垂着眼问:"送完了吗?"

"没。"简茸仰起头看他,"丁哥让我送两个星海。"

"嗯。"路柏沅嫌声音吵,把手机调成静音,"你送完礼物过来训练室,战虎的人在等。"

豆腐见 Soft 迟迟没理自己,又开口:"Soft 呢?走了?"

"TTC·Soft 送给你一片星海。"

豆腐满意地扯了一下唇:"谢谢兄弟,别破费。"

TTC·Soft:"别客气,兄弟,杀了你这么多次,我心里挺过意不去的。"

豆腐:"?"

TTC·Soft:"这些礼物就当是给你的补偿吧。"

豆腐:"……"

TTC·Soft:"两个够吗?本来我想给你刷八个星海的,毕竟杀了你八次,可我没钱了。你应该不会介意吧?"

豆腐面色铁青,心想:我去你的战队友谊。

一晚上和战虎打了三场训练赛,两胜一负,TTC 赢了两场。

如果要在这两年的 LPL 赛区里挑出三支强队,那么大多数人的答案都是 TTC、PUD 和战虎。

这三支战队各有各的风格。

TTC 是打野带动全场,上下二路也能站出来掌控比赛,现在加入新人中单就更加没有弱势路了,唯一的缺点是新中单和队员磨合不够,配合不足。

PUD 是标准的混合队伍。前阵子外援限令解除,没了"每队仅能有两位外援"的限制,他们马上迎来了来自 H 国的新中单 Savior,队里目前共有三位 H 国选手。就连团队主教练都是 H 国人。

战虎被电竞粉戏称为"养老院",队员平均年龄二十四岁,战队首发四年没有换过新人，虽然手速和反应随着年纪慢慢变差，但是各路之间的配合无人能及。

"战虎的战术真灵活啊，三场训练赛，他们打了一把速推流、一把中野联动、一把野辅双游。"袁谦叹了一口气，感慨，"他们还都配合得很好，鬼知道他们还藏了什么战术。"

路柏沅摘下耳机："到了赛场就知道了。"

小白瘫在椅子上问："我们第几周打战虎？"

简茸点开输掉那局的战绩："春节后第一周。"

这话一出，训练室里安静了几秒。

简茸察觉到小白惊讶的目光，转头皱眉道："我说错了？"

"没。"小白眨眨眼，"你居然也会背赛程表啊。"

简茸一脸疑惑："就十五个队，我看一次就记得了，需要背？"

小白："……"

这就是正常人的记忆力吗？

正聊着，自定义房间忽然跳出一句话。

战虎大牛："人呢？路神在吗？聊聊天。"

TCC·Road："聊什么？"

大牛今年二十七岁，是英雄联盟现役选手中年纪最大的一位，也是资历最老的。包括路柏沅在内，大多人见到他都会喊一声牛哥。

战虎大牛："我想看你的盲僧了。"

TCC·Road："嗯，下次别 ban。"

战虎大牛："哈哈哈，那不行，我会被教练打死。"

战虎大牛："小白，你老家在深圳吧？春节一块回去？"

TTC·Bye："行啊，牛哥，到时候我喊你一起。"

战虎大牛："行，Soft 哪里人？"

简茸盯着这行字看了几秒，才反应过来对方是在问自己。

TTC·Soft:"上海。"

战虎大牛:"哦。对了,你们怎么不把 Soft 拉进讨论组来?"

小白回了一个问号。

还能为什么,当然是怕他在群里跟其他人吵起来啊。

小白边聊天边跟简茸解释:"我们私底下拉了一个群,好几个战队的队员都在里面,经常一块约饭、约双排什么的,当然,鱿鱼战队的人不在,你要进吗?"

简茸拆下键盘,抱在怀里:"里面有很多人?"

小白点头,心想:你骂过的基本在。

简茸很自然地问:"我们队里的也在吗?"

袁谦"嗯"了一声:"都在。"

简茸沉思几秒,"勉为其难"地说:"那好吧。"

简茸被拉进微信讨论组的时候,已经是凌晨三点,其他人都去休息了,只有他还在打排位赛。他看讨论组的时候,里面已经有几十条消息了。

战虎落落:"后天训练赛有队伍约否?"

战虎大牛:"欢迎新人。"

UUG 牙签:"我们可以约。进来的是谁?"

MFG 空空:"我们也想约!落哥看看可怜的空空吧!"

WZWZ-Mini:"居然是路神拉进来的人,是谁?你们队的小替补?"

TTC 小白:"呃,是我们队里的新中单。"

这话一出,群内立刻安静了几分钟。

TTC 袁谦:"哈哈哈,我们中单跟直播里不一样,人很随和的。"

TTCPine:"……"

大家见 Soft 大半天都没冒泡,以为他闭了群,聊得也就随意起来。

UUG 牙签:"这话问问你队友,信吗?"

战虎落落:"我以为是我学历太低看不懂,特地去百度了一下随和的意思。"

WZWZ-Mini："春季赛骂得不错。"

WZWZ-Mini："打错字，是玩得不错。"

简茸对群聊不感兴趣，也不知道应该说什么，扫了一眼内容就想放下手机继续排位。

R："@艹耳。"

艹耳："大家好，很高兴认识你们。"

几秒后。

简茸发了一个玫瑰的表情。

周日，简茸昨天练得太晚，起晚了一小时。

他走进训练室时，发现里面空了两个位置，路柏沅和袁谦都不在。

简茸咬了一口面包，含糊不清地问："其他人呢？不是马上进行训练赛？"

最近每天下午三点准时开打训练赛，简茸都快习惯这种日子了。

"今天周日，哪来的训练赛？P宝救我，这ADC想杀你的小辅助！"小白抽空应他，"谦哥约会去了。"

简茸愣了一下："约会？"

"嗯。"小白疑惑地看他一眼，"谦哥有女朋友啊，你不知道？"

简茸咽下面包，摇摇头。

电竞选手大都是十几二十岁血气方刚的男生，谈恋爱很正常。石榴以前跟他说过一些选手的八卦，不过见他不感兴趣，后来也就没再说了。

小白头也不回地说："谦哥和嫂子挺低调的，你不知道也正常。他的对象是女主播。"

简茸："女主播？"

小白"嗯"了一声："有必要这么惊讶吗？我们能接触到的不就这几

类人，主播、粉丝、工作人员。"

简茸想了想，一脸认同地点头。

"说到这个，前段时间欧洲战队的事你听说过吗？"小白说，"引进女队员那事。"

简茸打开游戏客户端："那个女中单？她不是没多久就退役了？好像是和队伍配合不好。"

"这你也信。"小白笑了，"那女队员的照片你看过没？大美女，身材也好。"

简茸皱眉看向他，眼神微妙。

"不是，你这什么眼神？我是想说，她刚进队没几天就和队里的打野谈起恋爱了。"

简茸一脸疑惑："然后呢？不能谈？"

"倒是没这规矩。"小白想了想，跟他解释，"你平时排位里遇到过情侣没？"

简茸："钻石局很多。"

小白："你见过情侣互动吧？残血闪现挡人头，无脑帮老婆 gank 的那种行为。"

简茸瞬间了然。

"这些也就算了，他们还在基地里瞎搞，甚至翘训练去约会……反正那战队没多久就把女中单辞退了。"小白摇头道，"前段时间，丁哥看好一个玩中单的女选手，本来想带进青训队的，因为这事就把计划搁置了。那女生说自己最崇拜的人是我哥，丁哥哪还敢冒这个险。"

简茸还是第一次听说这种事。

他喝了半杯牛奶，还是有点想不通："那为什么只辞退中单，不辞退打野？"

训练室的门被推开。

"辞退谁？"简茸的头顶传来声音。

简茸仰起头，对上路柏沅的目光。

他咽下嘴里的牛奶："没谁。"

路柏沅的眸子在阳光下呈很浅的棕褐色。

他扫了眼简茸电脑桌上的塑料包装，问："你吃饱了？"

"饱了。"

"以后让阿姨给你做饭，一顿早餐耽误不了你训练。"路柏沅瞥了一眼他的游戏客户端，"你先别开，我开电脑，我们双排。"

简茸很喜欢跟路柏沅打双排，强是其中一半原因。

"简茸。"耳机里，路柏沅问，"缺蓝吗？"

简茸看了眼身上马上过期的蓝BUFF，默默地把游戏语音的音量调大："缺。"

"嗯。"路柏沅在敌方家的蓝BUFF点了一个信号，道："我带你去拿。"

两人打了一天的双排，还在半夜排到了战虎的牛哥。

牛哥玩的女警，一场团战结束，简茸残血逃脱，女警远距离向他放了一个大招。

女警的大招有指定性，只要子弹出膛就百分之百命中。

简茸放弃挣扎，已经做好了免费死回城的准备，刚想打开商店买装备，耳边就传来一道闪现声。

路柏沅操控着盲僧摸眼闪现，在最后一秒帮他挡下了这颗子弹。路柏沅本身血就不多，挡了这一下后只剩下不到一百血。

简茸愣了一下。

"你别发呆。"路柏沅出声道，"跑。"

[所有人]战虎大牛："路神，反正你们都要赢了，给一个人头怎么啦？"

[所有人]TTC·Road："中单赏金四百块，我不想给。"

[所有人]战虎大牛："你身上的赏金比他还多，不怕我一子弹把你打

了？"

[所有人]TTC·Road："我算过血量，打不死。"

简茸回过神，操控着英雄往家里跑，鼠标被他点得哐哐响。

从下午排到凌晨，他们只输了一局游戏。

连胜使人心情愉悦。这局游戏结束，简茸刚按匹配，队友那边就点了取消。

简茸下意识别过头。

只见路柏沅松开了鼠标，正在轻轻地活动手腕，手指松了又紧，语气如常："不打了。"

简茸看了几秒，才说："哦，好。"

路柏沅关掉电脑，垂眼看了眼自己的手腕。半响后，他打开抽屉，拿出止疼贴揣进了兜里，起身就要出训练室。

"队长。"当他经过某个机位时，他的外套被人拽了一下。

路柏沅停下脚步："嗯。"

简茸盯着他的手腕："你的手是不是不舒服？"

路柏沅沉默两秒才道："嗯，我玩久了手酸。"

简茸"哦"了一声："那正常。"说是这么说，但他依然拽着路柏沅的外套。

上次丁哥说的话，简茸虽然只听见了一部分，但莫名一直记着。

他不松手，路柏沅也不催他。

"我知道一种按摩方法，"良久后，简茸开口，"是我爸教我的，我每次按完都觉得很舒服，你想试试吗？"

路柏沅挑眉，盯着他鼻子上的小痣看了一会儿："好。"

丁哥跟副教练分别提了两袋小龙虾回基地。

快到门口时，副教练想到什么，道："对了，丁哥，上次你拒绝掉的那个女选手，去 MFG 打青训了。"

丁哥说："我知道。"

副教练清了清嗓子："其实我觉得那姑娘打得挺好的，放在二队历练历练，没准就能跟上首发队伍的节奏了。"

"是挺好，但风险太大了。"丁哥摇头，"你是没见过她看 Road 的眼神，要真招进队里，天天住在一块，指不定会发生什么事，算了算了。"

"你俩干吗呢？"

简茸听见声音，下意识停下动作，松开了路柏沉的手。

手上的按压感消失，路柏沉缓缓睁眼，和门口站着的两个人对上视线。

"好了？"路柏沉假寐了一会儿更困了，几秒后才清醒过来。他坐直身子，转动了一下手腕，别过头哑声笑道："舒服很多，谢谢。"

平时简茸都是按十分钟了事，可他刚才见路柏沉闭眼像睡着了，干脆就一直按着，反正也不费力。

简茸垂眼点头："有缓解就行。"

丁哥晃了晃手中的袋子："那啥，我买了点小龙虾回来给你们当夜宵。其他人呢？"

简茸说："他们已经回房间休息了。"

丁哥把吃的放到桌上："他们肯定没睡，小白几分钟前才发了一条微博。你在群里喊一声，让他们下来吃东西。"

简茸从沙发上站起来："我上楼叫吧，正好要去给手机充电。"

丁哥："行。"

待简茸走上楼，丁哥立刻问沙发上的人："手疼？你今天练了多久？"

路柏沉道："没练多久。"

"下午四点开始玩的。"副教练拿出手机查战绩，道，"最后一局三十分钟前结束。"

路柏沅:"……"

"是不久。"丁哥磨牙,"也就八小时,都快赶上青训生了。"

"首发不就应该比青训生更努力?"路柏沅清了清嗓子,"没那么夸张,中途有休息。"

丁哥说:"你自己的手什么情况心里没数吗?你就是中途休息两小时,这训练量都超了!"

"行了,你小点声。"路柏沅看了眼楼梯的方向,很快又收回目光,"你别这么夸张,我只是玩久了有些累,手没事。"

"骗鬼吧。"丁哥没好气地说,"还有,队里是没理疗师吗?你让别人给你按,按坏了怎么办?再说了,简茸自己也练了一天,下机还要给你按摩,不知道的都要以为你在欺负新人。"

路柏沅挑了一下眉。他倒是没想这么多,只是看小朋友抓着自己的衣摆不放,顺口就答应了。

他道:"说就说,不缺这一个罪名。"

路柏沅一入行便万众瞩目。他人气暴涨的同时,也饱受争议。

他第一年拿S赛冠军时,二大H国强队爆冷提前出局,黑粉送他称号"捡漏王";他比赛拿MVP,黑粉就说他是"资源王子",玩打野连F6和三狼都不让给中单;他跟其他选手一样拍商业广告,粉丝就说他靠脸吃饭,讨好女粉……诸如此类,数不胜数。

再多一个欺负新人的罪名,确实没多大影响。

丁哥无言半晌,立刻拿出手机跟理疗师约时间。

翌日,简茸揉着眼走进训练室,看清坐在自己机位旁边的人时愣了几秒。

路柏沅低头玩着手机,听见动静后抬头:"早。"

简茸站在原地,手里还抱着牛奶和面包:"早。"

"你把面包放回去,我给你买了早餐。"路柏沅抬起下巴,指了指简茸桌上的塑料袋,"你吃完训练。"

简茸放好面包回来，路柏沅还坐在他机位旁。

早餐买的是粥，还是热的。

简茸快速地喝了两口粥："我可以边吃边玩，不然你先去上号？"

路柏沅正在玩斗地主："上什么号？"

简茸咽下嘴里的粥，含糊地问："不是双排吗？"

"不排，我今天不练。"路柏沅说，"我看你玩。"

简茸："……"

简茸当了两年多的主播，在几十万人的注视下都能面不改色地玩游戏，今天他身边只坐了一个人，却让他神经紧绷，每一场排位赛都像在打职业比赛。

正当他往前压线，企图找机会单杀对方中单时，身边的人悠悠开口："退一点。"

简茸快速计算了一下伤害："我能杀。"

话音刚落，敌方打野挖掘机出现在他身后，配合自家中单击杀了他玩的蛇女。

路柏沅说："对面是UUG的中野，他们打野有个习惯，七级大概率要抓中。"

"哦。"简茸抿了一下嘴唇，打开商城买装备，"我以后注意。"

"排位注意就行。"路柏沅语气自然，"比赛我在，你随便压。"

简茸买错装备，默默撤回重买："我知道了。"

工作人员抱着十几个包裹走进训练室时，简茸还在游戏中，听见动静，他只是扫了一眼就收回了目光。

几分钟后，几个小包裹被放到了他的桌上。

简茸正在打团战，看也不看："给错了，我没网购。"

"不是。"工作人员解释，"这些都是粉丝送过来的礼物。"

这几年电竞选手受到的关注极高，人气高的选手粉丝数量甚至超过大部分明星，会收到粉丝的礼物并不稀奇。

简茸疑惑地问："我们能收礼物？"

"可以，不过只能收一小部分礼物，我们会确认里面不是危险物品再送来。"工作人员看向路柏沅，"路神，这些是你的，帮你放在桌子上？"

简茸看了一眼。

他收到了三个包裹，小白他们桌上也是三四个不等，而路柏沅……

路柏沅的礼物放了一地，一眼扫过去有十几个。

路柏沅扫了眼包裹："我不是说了不收这些吗？"

"丁哥说，这些是你大粉送的，不收不合适。"工作人员咳了一声，"你放心，都不贵，只是一些手工制品。"

工作人员走后，路柏沅起身去拆包裹。虽然他收到了礼物，但他的情绪明显不高。

简茸推着敌方基地，忍不住频频往路柏沅那儿瞥。

小白发现他的视线，小声解释："以前有人给我哥寄过不太好的东西。"

简茸问："什么不好的东西？"

"虫子什么的，就放基地门口，拆了才知道是什么。很久以前的事了。"小白顿了顿，"不过在那之后，我哥偶尔还是会收礼物。他的粉丝很用心，经常送粉丝寄语之类的。直到有一回他收到了一部新款手机，送礼物的人被黑粉扒出来了，是一个高三小妹妹，拿自己大学学费买的……我哥那段时间被骂得很惨。"

简茸听了一肚子火："这跟他有什么关系？凭什么骂他？"

"说他收高价礼物呗。其实那手机我哥根本没用，还让丁哥退回去，但当时正在打比赛，丁哥忙不过来，就耽搁了两天。"说到这事，小白就无语，"后来我哥担心那小妹妹来不及卖手机，没钱上学，还给她转了学费钱呢。"

"小白。"路柏沅忽然叫了一声。

小白："哥，我什么也没说。"

路柏沉皱眉，道："借一下剪刀。"

游戏结束，简茸转过头，看见路柏沉背对自己站着，正在拆包裹。

第一个包裹里是手工缝制的布偶小熊。小熊穿着小号的 TTC 队服，上面隐约还有"Road"这个 ID。手工水平一般般，小熊的脸歪歪扭扭。

路柏沉拿着它看了几秒，伸出手指试图把小熊的鼻子摆正，拨动两下无果，肩膀随着叹气耸动了一下，把小熊放到了电脑桌的架子上。

第二个包裹里是手机壳，简茸看不太清壳上的装饰，只看见了"老公"两个字。

路柏沉拿起自己的手机，犹豫了两秒，最后打开柜子，把手机壳放了进去。

第三个包裹里是手工围巾。

第四个包裹里是手工手套……

简茸看他拆完所有包裹，才放心地收回脑袋。

"小白。"袁谦走过来，"你帮我拍一张照，粉丝给我送了一条围巾，我做个纪念，以后还可以发微博。"

简茸看了一眼，围巾上还绣着袁谦的游戏 ID，绣工非常好。

环顾一圈，大家收到的礼物价格皆不高，但每件都十分用心，尤其现在是冬天，几乎人手一条围巾。

简茸看着面前三个包裹，舔舔唇，心里莫名期待起来。

他很久很久没收过礼物了，久到他回忆起来，只能想起路柏沉递来的那张入场券。

简茸从抽屉里翻出指甲钳，小心翼翼地拆开第一个包裹，一打开就看见淘宝商家放在里面的商品清单——

"买家：Soft 亲粉。

商品：内增高鞋垫、隐形硅胶全垫神器，舒适隐形不累脚 ×2；

新款男士时尚增高鞋垫加厚×2；

轻松舒适做自己男士增高鞋垫×2。"

……

小白好奇地凑上来："让我看看你的粉丝给你送了什么。"

砰，简茸重重地把包裹合上，再用上半身紧紧压住开口。

小白吓了一跳："我收到的礼物都给你看了，你的礼物不分享一下？"

简茸："不分享，走开。"

小白："……"

简茸把小白赶走，把包裹开口全部压好，嫌不够，还拿出透明胶重新给它打包。

确认封死后，简茸喝一口清茶静心，继续拆下一个包裹。

包裹里是几个长方形的包装盒，简茸皱眉拿出来看——

"×××泡泡染发膏2020流行色显白-深紫。"

六个盒子，六种颜色。

简茸做了好几个深呼吸，一口闷了一整杯茶。

最后一个包裹。

简茸面无表情地想，再是这些乱七八糟的玩意儿，他以后再也不收粉丝礼物了。

可能因为他原本就不抱什么希望，以至于看到盒子里是一条灰色长围巾后，眼睛瞬间亮了。

简茸把围巾拿出来，放在手里仔细摸了摸，质感很好，摸着很舒服，颜色也很好看。

"这是什么？"小白不死心地凑上来，"哇，这围巾可以，围起来一定很暖，你试试。"

简茸绷着嘴角，憋着笑意，"哦"了一声。

围巾太长，坐着戴有些艰难，简茸把围巾缠到脖子后，低头刚想去牵另一头，身后的人率先帮他拿起那角递了过来。

路柏沅说："这么缠不暖。"

简茸点头："我知道，我就试一试。"

"哎，你围巾右边好像有字。"小白忽然出声，"绣的 ID 吧？"

简茸装出一副淡定的模样，拿起围巾看："可能吧。"

简茸看清围巾上的字后，微笑凝固在脸上。

别人的围巾上绣的都是 ID，简简单单又有气势的英文字母。

简茸的也有 ID，不过他的要比别人的长得多——

"英雄联盟第一喷子 Soft 所有"。

下面还有一行字——

"捡到不还，后果自负"。

简茸："……"

小白心想：我不能笑，笑了我就完了，我今天就得命丧训练室。但他还是没忍住："哈哈哈哈哈哈哈哈哈哈——"

简茸："……"

小白："哈哈哈哈哈哈哈哈！"

简茸的脏话都到嘴边了，就听见身后的人也笑起来。

路柏沅的笑声有些低沉，也没小白那么大动静。

半晌后，简茸的头被轻轻拍了两下，像安抚似的，路柏沅压着笑意说："绣这么多字不容易，你收着吧。"

比赛日这天，上海降温。简茸想着车上有暖气，赛场内也暖和，披了一件队服外套就下了楼，最后被丁哥轰上去重新套了一件羽绒服。

出门之前，简茸犹豫了很久很久，还是把孤零零挂在墙上的围巾也扯了下来。

"你还真用这围巾啊？"他刚上车，小白就瞪大眼问。

路柏沅抬眸。简茸穿着白色羽绒服，脖上缠着那条灰色围巾，他缠得太随意，整个嘴巴都被围巾遮住，脸蛋看起来更小了。

"我反着戴，看不见。"外头太冷，简茸说话时吐出一口白雾，"反正到赛场就摘。"

小白"哦"了一声，看向路柏沅："哥，你怎么没戴粉丝送的围巾？我看你收到的那些围巾手工都好精致，有条还绣了一个小小的队标，特好看。"

路柏沅低头看手机："太多了，不戴。"

小白没听懂，还想再问，旁边的袁谦就帮着回答了："他收了那么多围巾，戴了一个粉丝送的，那其他送围巾的粉丝会有意见，全部不戴最保险了。"

简茸垂眼盯着自己的围巾，心想：我但凡多收到一条，这丑玩意儿都要被我拿去垫椅脚。

他想是这么想，反正现在这围巾挂在脖子上了，除了绣了点不雅词句，还是很暖和的。

常规赛一天有两场，他们今天是第二场比赛，七点才开始，打一支刚从发展联赛升上来的战队。第一场是鱿鱼对战 MFG。

赛程连着两次和鱿鱼战队碰在一天，丁哥都怀疑赛方在故意搞自己。

"简茸。"下车之前，丁哥悄声叮嘱，"鱿鱼就在我们隔壁休息室，要是见着了，你就当他们是空气。"

简茸把嘴巴埋在围巾里："嗯。"

不过他们到赛场时，第一场比赛已经开始了。

他们打开电视直播时，正好看到空空配合打野打了一波下路四包二，豆腐被空空一个大招干脆带走。

"豆腐玩得比上周还菜。"Pine 下结论。

"我觉得他本来就一般般吧，主要是长得还行，女粉多，粉丝老爱吹什么新秀第一 ADC，吹多了大家也就信了。"袁谦撑着脑袋说，"他走位太差了，这波每一步都能精准走到敌人的攻击范围里，也是一种本事。"

"就是，什么新秀 ADC，能比得上我 P 宝？"小白伸手去揽 Pine 的肩，"我家 P 宝个子比他高，长得比他帅，打得比他好！"

Pine："不准挽我。"

他说是这么说，倒也没挣开。小白用下巴指了指坐在旁边的简茸："而且豆腐上周被简茸杀成那样，估计还没缓过来呢。"

简茸脱了围巾和外套，低头去拉队服外套的拉链："菜是他自己的事，跟我没关系。"

好家伙，一个比一个狂。因为还没到他们比赛，除了自家的摄影师没外人，丁哥干脆把训练室的门先反锁了。

他转头见路柏沅一直低头看手机，上面明显是微博界面，挑眉道："马上要打比赛了，怎么还玩手机？"

路柏沅头也没抬，嗓音暗哑："XIU 给我发了 HT 中单的新采访。"

其他人都是一怔。

HT 作为 H 国赛区第一强队，其选手实力是毋庸置疑的，新换的下路组合也是从二队直接提拔上来的强劲选手。其中公认实力最强的是他们中单选手 Master，英雄池深，前后期都能打，几乎没有短板。

这两年的比赛里，HT 的中单对线时没被任何人攻破过。Kan 在常规赛被他单杀已经是熟悉桥段。

"他说什么了？"小白坐直身体问。

路柏沅说："太长，自己看。"

简茸忍不住也掏出手机，刚打开微博小号，就在首页刷到了字幕版。

前段采访还好，只是一些游戏上的问题。直到后半段，记者问他，这次 S 赛里对哪个队伍印象最深。

Master 想了很久，对于这种问题，漫长的沉默也是一种另类嘲讽。许久后，他说是欧洲赛区的 M7 战队。

主持人惊讶地挑眉问："这次你在半决赛、决赛对战的都是 LPL 的队伍，难道不该是对 LPL 队伍印象更深吗？"

Master 点点头，说："我打 LPL 的队伍就像在打自己赛区的队伍，没有什么特别的感觉。"

主持人问："你怎么会有这种想法呢？"

Master 笑了一下，说："抱歉，可能因为他们强队里有 H 国战队淘汰掉的三名选手，都是 H 国人，所以我觉得像在对战自己赛区的队伍。"

"白痴！"

小白不知道看到哪里，忍不住骂了一句脏话。

简茸戴着一边耳机，垂眸冷冷往后看。

主持人问："是的，LPL 赛区近几年虽然发展很好，但确实引入了不少我国选手。那么 TTC 战队呢？他们目前是一支全华战队。"

Master 答得很快："不太好。他们依靠 Road，但 Road 最近也不行了。半决赛他让替补上场，打得很没有意思。"

看到这儿，简茸关掉手机，将它丢到沙发上。

"神经病！"小白爆出第二句脏话，"说谁不行了？他才不行了呢，狂什么啊！"

小白骂归骂，却没什么底气。因为 Kan 确实被他吊打，那场半决赛他们受各种因素影响，谁都没有打好，最后甚至还被 HT 虐泉。

简茸忍不住看向路柏沆。

路柏沆已经看完了这段视频，他面色如常，垂着眼在回消息。

PUD，XIU："我们中单被他称作'H 国战队淘汰掉的选手'，已经红着眼睛在铂金段位炸了一下午鱼了。"

R："那他的承受能力还要加强。"

PUD，XIU："？"

PUD，XIU：" 嗯嗯嗯，你们新中单承受能力好。如果 Master 讽刺的是 Soft，我估计他马上就要订当天去 H 国的机票。"

简茸立刻想装作碰巧的样子然后挪开目光。

"你跟 Master 打过游戏吗？" 路柏沅突然问。

简茸一顿，把脑袋转回去，诚实道："一年前我们在 H 服遇到过，没打赢。"

路柏沅很轻地点点头，还想说什么。

"我被单杀了一次，不过问题不大。" 简茸继续往下说，"下次不会了，下次争取不被单杀，下下次争取我单杀他。"

话音刚落，小白另一只手立刻搭到他肩上："厉害！我相信你！你绝对可以！"

"我当然可以。" 简茸说，"你把手放下来。"

路柏沅安静地看了他几秒，眼神他不太看得懂。

他是嫌自己被 Master 单杀过？

他刚刚应该再说得厉害一点，下次就争取单杀 Master 才对。

他正想补救，路柏沅已经收回视线，跟丁哥讨论起一会儿比赛的 Ban 位来。

没过多久，MFG 2：0 击败鱿鱼战队，工作人员敲门提醒他们准备上场。

简茸走出休息室，迎面遇到了准备离场的鱿鱼战队。

豆腐阴沉着脸在看手机，他没插耳机，声音外放出来，一听就知道是在看那段 Master 的采访。

豆腐看到一半，毫不掩饰地骂屏幕里的人："傻子。"

丁哥心想：这也太倒霉了。他赶紧站到简茸左侧，试图挡在两人之间，以防他们有任何交流。

双方擦肩而过时，简茸扫了豆腐一眼。

他这一眼被豆腐捕捉到，见路柏沅已经走出一段距离，豆腐当即停下来，没好气地问："你看什么？"

丁哥："他……"

"没。"简茸言简意赅，"只是意外，你偶尔也会说一句人话。"

豆腐："……"

第二场常规赛，TTC以2：0的成绩，毫无悬念拿下。

MVP给到了路柏沅，负责采访的依旧是唐沁。

唐沁今天穿了白色无袖长裙，简茸看着她的胳膊都觉得冷。

"唐沁姐身材真好，又高又瘦。"小白靠在沙发上，抱着自己的外设包说。

Pine边玩"消消乐"边说："你一周不吃饭，也可以变成她这样。"

"玩你的手机！"

简茸支着下巴，安静地看电视机里的采访。

有些人现实中好看，上了镜却很丑，路柏沅是本人和上镜都好看。

他站姿随意，肩颈挺直，换件西服甚至可以当作红毯采访现场。

唐沁笑容温婉，她原本和路柏沅隔着一人的距离，说着说着，就渐渐靠近了。

路柏沅淡笑着回答完一个问题，不露痕迹地往右侧挪了挪。

袁谦回完女朋友的消息，抬头感慨："也不知道队长的帅气能不能分我一半。"

"你都有女朋友了，不分你也没事。"小白顿了两秒，说，"啧，你们不觉得我哥和唐沁姐站一块很般配吗？像婚礼现场。"

"不觉得。"简茸打断小白，"不般配。"

小白一怔，随即理解般地点头："哦，你是我哥的粉丝，对他配偶要求高是正常的。不配不配，全世界的人都配不上我哥。"

简茸："……"

简茸懒得理他。

待路柏沉回到休息室，众人收拾了一下东西就从后门离开了。

车子就停在门口，简茸懒得再把防寒装备安回去，干脆把围巾塞进背包里，外套拎在手里就往外走。

因为是第二场比赛，粉丝不知道他们什么时候会到场，所以来时后门没什么人，离开时倒是有许多粉丝在后门等着。

简茸是第一次在粉丝的簇拥下离场。

粉丝呼声很大，一路听过去几乎都在喊路柏沉的名字。

简茸步子很快，准备要上车。

"Soft——"一道声音从他身侧传来，"你为什么不戴我送的围巾？"

简茸："……"

他脚步一顿，转头看向旁边。

那是一个穿着黑色羽绒服，戴着黑色口罩的人，看起来年纪不大，露出来的眼睛还挺好看的，不过这不是重点。

简茸没怎么犹豫，转身走了过去。

简茸在尖叫声中站定，眯着眼睛："那围巾是你送的？"

那人点头："对啊，我亲手织的。"

"织的……你时间这么多，不能用来打游戏？"简茸一脸疑惑地看着对方，忍不住再确认一次，"上面绣着什么字？"

"英雄联盟第一喷子……"

第十一章 春节假期

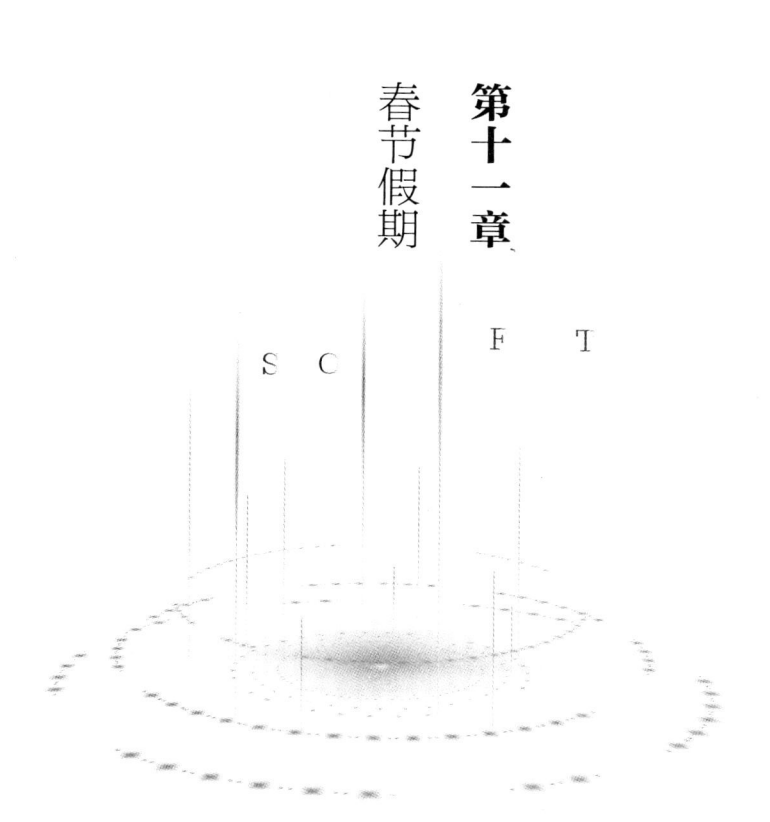

上车后，简茸跟路柏沉聊了会儿，然后陷入久久的沉默中。

片刻后，坐在前面的丁哥回头问："你们说什么呢？"

"没。"路柏沉收起笑意。

丁哥"哦"了一声，把手机递过来："我在看HT最近的比赛视频，你来看看这一场。"

直到路柏沉戴上耳机，简茸才回过神来，动作僵硬地把脑袋靠向窗外。

简茸看着窗外不断后退的高楼，陷入了沉思。

到了基地玄关，小白看了他一眼，疑惑地问："你不是嫌麻烦，连羽绒服都不穿吗，怎么连口罩都戴上了？"

简茸眼睫垂着，口罩遮住了他大半张脸："我突然觉得冷。"

一整天没怎么吃东西，夜宵时间每个人胃口都很好，除了简茸。

他们几人坐在客厅的地毯上，把茶几充作饭桌，电视里放着HT最新一场比赛的视频。

"HT的下路磨合得越来越好了。"袁谦夸赞道。

"一般吧，没他们在原先战队打得好。也正常，换搭档起码得配合一两个赛季才契合。"小白虾剥到一半，侧身去撞Pine，"就比如我和P宝。"

Pine一动不动，仍旧看着电视屏幕："你的脏手要是碰到我，我下赛季就不续约了。"

小白"哎呀"一声，还想说什么，就感觉到一道极其强烈的目光紧紧黏在自己身上。

他转过头，对上紧抿着唇，眉头轻皱的简茸："干吗？你肚子疼？"

简茸盯了他一会儿，忍不住问：“你一区ID叫什么来着？”

“'P宝的小辅助'啊。”小白气死了，"你和我打了几十把排位，现在来问我ID叫什么？你这说的是人话吗？"

原本简茸是没觉得这ID有什么的。

他顿了顿，又说：“我记得，我只是确认一下……你为什么取这个ID？”

小白语气自然：“之前我遇到一个叫'××的小仙女'，觉得挺有意思的，就跟着改了。我还想让P宝改'白宝宝的小ADC'呢。”

Pine：“我宁愿销号。”

"你销，立刻销，不销我看不起你！"小白怼完，才道，"本来我是图个新鲜，过几天就改回去。后来我发现换了这个ID之后，我直播间的人气高了好多，和P宝双排的时候还总是收到大礼物，就没改回去。"

简茸心想：你入错行了，该左转隔壁娱乐圈。

简茸"哦"了一声，低头喝水，打算结束这个话题。

"你别说，这种套路还挺好用的。"

简茸狠狠呛了一口，捂着嘴巴直咳嗽。

"你喝水都能呛着啊？"小白给他拍背顺气，继续分析，"怎么样，你要不要试着改个ID？"

要不是简茸还咳着，恐怕拳头已经塞小白嘴里了。

他的身侧传来开门声，路柏沅和丁哥谈完事从会议室里出来。

"改什么ID？谁要改ID？"丁哥关上门问。

"简茸啊。"茶几也就那么点大，几个大男人围着坐有些挤。小白往Pine那边挪了挪，给路柏沅腾出位置：“哥，来坐这儿。”

路柏沅慢条斯理地把衣袖拉至手肘处，然后剥着虾道：“你想改成什么？”

简茸：“没。”

"目前的打算是'Road 的小中单'。"小白嚼着虾肉回道。

路柏沅很轻地挑了一下眉,盯着简茸的后脑勺看了两眼:"是吗?"

"不是。"简茸不敢看向路柏沅,磨牙道,"我不改名。"

"庄亦白,"Pine 把剥好的虾肉丢到小白碗里,"你能不能安静吃饭?"

"我就开个玩笑嘛。"小白低头一口把肉吃完。

"ID 还是别改了,改了我还得向联盟上报,挺麻烦的。"丁哥已经吃过晚饭了,他给自己泡了一杯咖啡,轻抿一口,"春节前最后一场比赛打完了,我跟你们说一下接下来的安排。"

春季赛中间夹着春节,比赛会暂停两周,但选手们的训练肯定不能停两周。

丁哥清了清嗓子:"今年春节只放三天假。"

"三天?"袁谦愣了一下,"怎么只有三天了?以前不都五天吗?"

丁哥道:"今年法定节假日只有三天。"

小白瞬间蔫了:"我家在外省,去掉来回的时间,我都睡不够一个饱觉。"

Pine 问:"具体哪三天?"

"初一到初三。不过我和管理层商量了一下,大年三十就让你们走,初四必须回来,来回机票我明天就帮你们安排。"

小白举手:"我要头等舱!"

丁哥:"知道,你们的腰都金贵,我什么时候让你在经济舱挤过?"

简茸低头吃饭,对这个噩耗没有丝毫反应。

"不用订我的,我今年春节待上海。"路柏沅开口。

丁哥问:"怎么,你家不是每年都去海南过年?"

"今年不去。"路柏沅低头戴一次性手套,"给我递一瓶水。"

TTC 众人都高贵,比起烧白开水,更喜欢喝矿泉水。

小白从身后抽出一瓶未开过的矿泉水,刚递到半空就被坐在另一端的简茸接了过去。

简茸顺手拧开瓶盖，然后才放到路柏沉面前。

路柏沉戴手套的动作一顿。

其他人也满脸疑惑。

简茸一抬头就看到大家或疑惑或震惊的目光，也怔了一下："干什么？"

"我去。"小白咋舌，"你很熟练啊。"

简茸蒙了两秒才反应过来，立刻解释："他戴着手套，我看瓶口有点脏，就顺手……没别的意思。"

袁谦看了眼他的手，提醒："你自己也戴着手套。"

简茸应得飞快："我不怕脏。"

其他人又安静了。

几秒后，拧开的水被人拿起来喝了一口，然后他道："那你再帮我拧一下？"

简茸虽然没回头，但他觉得路柏沉在笑。他伸手把盖子重新拧上。

小白："这招我学到了，下次我也这么演。"

杀队友会被联盟罚款。

简茸闭了闭眼，红着耳朵吐出一个字："滚。"

这件事直接导致简茸晚饭没吃饱。

今晚不训练，到了睡觉时间，简茸把灯全关上，被褥盖至头顶，强迫自己入睡，却怎么也睡不着，最后简茸掀被而起！

他坐在床头，揉了一把脸，心想干脆通宵训练算了。

简茸拿起手机胡乱地刷，试图转移自己的注意力，翻了半天首页无果。

他想了想，决定去大号找那些水友吵两句。

没想到他刚打开大号，就收到了几百条消息。

他和那名粉丝的聊天内容全被别人拍下了。那人似乎就在附近，视频格外清晰。

简茸在心里骂了一句脏话，心想：明天恐怕又要挨丁哥的骂了。

简茸看了几秒视频就关了。视频时长一分多钟，他不看也知道是什么内容。

他滑动手机去看评论区——

"震惊！我们之中出了个叛徒！"

"请跟他保持距离，越线者死。"

"Soft 不要早恋，不然我打断你的腿。"

到这儿画风还算正常，可再往后——

"我看视频开头的时候都担心这人要挨小蓝毛的揍，没想到小蓝毛不仅没动手，而且一句脏话都没骂。"

"对吧！我也觉得好奇怪，而且 Soft 还收了对方的围巾！"

简茸看得一头雾水。

"我想问一下 Soft 的老粉，他现在有对象吗？"

"应该还没，不然他怎么放着恋爱不谈，去打职业赛？"

"因为他崇拜 Road 啊，还有人不知道他是 Road 天下第一死忠粉这件事吗？"

"我去，一语点醒梦中人！"

"那 Road 知道这件事吗？"

"你们等等，我问问 @TTC·Road。"

看到这条评论，简茸眼前一黑，觉得自己直接减寿五十年。

翌日下午，简茸刚醒就收到丁哥的消息，丁哥让他过去。

丁哥盯着他的脸看了一会儿，问："你昨晚做贼去了？"

简茸皮肤白，眼下的乌青非常明显。

简茸想起自己抓着手机自闭到半夜的模样，揉揉眼睛："我做噩梦没睡好，你放心，不妨碍我训练。"

"你别仗着年轻挥霍自己的身体，给你们充足的睡眠时间不是让你们熬夜的。"丁哥说教两句，终于进入正题，"春节回来你的生日马上要到了，你有什么想法吗？"

"没想法。"简茸说，"希望可以复播。"

没想到简茸自己提出这个要求，丁哥愣了一下。

他还以为小孩子都贪玩，会提出办个生日派对什么的。

"嗯，我就是想跟你提一下复播的事。"丁哥咳了一声，"我看了一眼，那天周六，如果要开直播肯定是放在晚上，白天得训练，恐怕没什么时间给你庆祝。"

"不用庆祝。"简茸说，"我不过生日。"

丁哥意外挑眉："行。还有就是直播当天得安排一些活动，毕竟是复播嘛，得给水友一些福利，你有什么想法吗？我们安排了几项活动，你可以挑一挑。"

能有什么福利？他就一游戏主播，顶多是带带水友或者抽水友上来打内战5V5。

简茸没看他拿出的计划书，摇头道："你们决定吧。"

丁哥："那这样，复播前一天，我们面向观众开放投票，他们来决定福利内容？"

简茸点头："可以。"

他们又谈了十分钟才结束谈话。

简茸刚拉开会议室的门，就听见丁哥叹了一口气，缓声道："简茸，你到训练室帮我把小路叫来，我有事找他。"

简茸脚步一顿，脱口说："你不能自己叫吗？"

丁哥："啊？"

沉默几秒后，简茸道："我知道了。"

快到训练室时，简茸的脚步就越发慢了。

他做了一下深呼吸，告诉自己别慌。

电竞选手天天在训练，哪来的精力和勇气用大号刷微博。

他这念头刚冒出，就想起坐在自己隔壁，天天用大号跟粉丝亲密互动的小白。

还有上次路柏沆在他微博底下回复那个垃圾后援团……

不不不，就算路柏沆看微博，他一天能收到成百上千条消息，怎么可能看到那条傻里傻气的评论？

简茸一路安慰自己，心已经放下了些许。可当他透过玻璃看见坐在机位上低头玩手机的路柏沆时，第一反应还是掉头回房收拾行李走人。

简茸后退一步，脑门抵在墙上，心想：万一……万一路柏沆真看到了，我该说什么？

——我替我那群水友跟你道个歉？

——我来战队是真心想打职业赛，没有别的企图？

"小茸？"

简茸在门外踌躇不前，屋里终于有人看不下去了。训练室的门半掩着，袁谦疑惑的声音传出来："你干吗呢，在那儿转悠半天……早餐吃多了，散步消食？"

简茸转头时已经恢复平时的表情，他推门而入："嗯。"

简茸慢吞吞地走到路柏沆身后，他平时对别人的隐私不感兴趣，但他现在巴不得把自己的眼睛贴在路柏沆的手机上，想知道路柏沆到底在看什么。

路柏沆戴着耳机，手机里播放着不知哪两个队伍的比赛视频。

简茸看清屏幕上的画面，吊着的那股气还没松完，路柏沆就仰起了头。

路柏沆刚睡醒时经常会变成单眼皮，看起来比平时都要冷淡："怎么了？"

简茸抿唇："丁哥让你过去一趟。"

路柏沆"嗯"了一声，刚把手机锁屏，正在打游戏的小白忽然问："哥，你今天看微博没？"

简苴后背一麻，僵在原地不动了。

路柏沅把耳机随意塞进笔筒里："没。"

"我昨晚最后一次团战的闪现大招上热搜啦！哈哈哈！"小白笑得摇头晃脑。

Pine："应该是丁哥买的热搜。"

小白被噎了一下："买的又怎么样？那也是因为我有精彩操作才买的！上了热搜就是我厉害！"

简苴怀疑庄亦白是上天专程派来搞垮他心态的。

他打钻一晋级赛最后一场生死局都没这么提心吊胆过。

面前传来椅脚摩擦地面的声音。

路柏沅起身，和简苴之间的距离不过半个人。简苴身上还有因为在被子里捂了一晚而残留的牛奶沐浴露味。他的下巴沾了点水，应该是吃完早餐漱口时没擦干。

简苴回过神，立刻后退给他让路。

路柏沅走出两步，突然回头："昨晚那条围……"

简苴脱口而出："全是他们乱说的！"

训练室霎时间安静，Pine和小白正打到团战的关键时刻，因为漏了操作被对面抓住机会成功反杀。

路柏沅挑了一下眉，停顿了很长一段时间才把话说完："昨晚那条围巾，让丁哥还回去。"

简苴呆滞两秒："围巾？"

"不然呢？"路柏沅好笑地问，见他不说话，又道，"这种性质的礼物最好别收。当然，你如果喜欢，也可以留下。"

简苴回想了一下自己刚才说的话，忍着钻进地洞的冲动，板着脸道："没有，我不喜欢……我一会儿就让丁哥退回去。"

路柏沅离开后，简茸坐回自己的位置，闷头按下电脑开关。

小白："Pine，你去中路怎么不叫上我啊？"

Pine 头也没回："你太吵了。"

简茸懒得再搭理小白，随手开了一局自定义模式，掏出了路柏沅昨晚要他多练的沙皇。

在去会议室的路上，路柏沅拿着手机关后台程序。

最后一个后台程序是微博，界面停留在某条微博的评论区里，上面写着——

"你们等等，我问问 @TTC·Road。"

"为什么要 @TTC·Road 呢？都说了不要 @TTC·Road，@TTC·Road 那么忙，哪里有空看微博？"

"@TTC·Soft 在？自己出来坦白。"

路柏沅关掉程序，把手机丢进兜里，打开了会议室的门。

丁哥见到他，扬眉："你笑什么？"

路柏沅随便拉开一张椅子坐下："没。你找我有事？"

丁哥跟路柏沅说了一下简茸生日复播的事，最后道："虽然他之前就有人气，但我觉得还是要搞点噱头，想安排你俩那晚开直播双排。"

"我不开直播。"路柏沅说。

丁哥听到拒绝的话有些意外，愣了两秒才说："那行。"

"他开就行了，我开流量会分散。"路柏沅道，"双排我都可以。"

丁哥点点头，在本子上打了一个勾，然后道："我发现你对简茸挺好的。"

路柏沅反问："我对你不好？"

"那能比吗？我们认识多少年了。"丁哥顿了一下，"不过放在刚认识那会儿，Soft 在你这儿简直是亲儿子待遇。我记得你刚和小白他们接触的时候，别说双排了，坐一块你都不乐意多说一句话。"

丁哥琢磨片刻，然后问："难道是眼缘？你在直播间看到他的第一眼，就觉得他特合心意？"

"操作合心意。"路柏沅看了眼时间，"还有事吗？没有我回去了。"

"没了……哎，还有件事。"丁哥犹豫一会儿，才说，"刚才简茸跟我说，他春节要留宿在基地。"

路柏沅挑眉："不能留宿？"

"能是能，盒子去年不就在基地过的年？"丁哥说，"但我看他年纪小，家又住在上海，就多嘴问了他一句，怎么不回去跟家人见一面。"

路柏沅察觉到丁哥脸色不对，抬眼等着他说。

"他说他没家人。"丁哥说完这句话，抬手拍了一下自己的脑门，"我也是，闲着没事问这么多干什么。你说他这情况，是和家里人吵架了离家出走，还是人真没了啊？"

路柏沅沉默了很久才道："不知道。"

他回想了一下简茸刚才来找自己时的表情，和平时没什么差别。

路柏沅神色没变，刚进门时眼底带的笑意已经散干净了。片刻后，他问："你把人招进队的时候没问清家庭状况？"

"我让他填过表格。刚才我质问他，他说他是瞎填的。"说到这个丁哥就来气，"我哪能想到……这是我遇见的第一个敢假填表的人，还好这表就我内部存个档，不用交给联盟。"

"是我的疏漏，而且最近我还知道一件事……其实几年前他就给我们战队交过青训报名表，谁知在试训当天放了我们鸽子，当主播去了。那审核人员记得他，前几天遇见时跟我提了一嘴。"

丁哥见路柏沅没说话，迟疑地问："你说我要不要让队里的心理辅导师跟他聊一聊？"

路柏沅回过神，片刻后摇头："先不用。"

路柏沅回到训练室，见简茸戴着耳机，不知在和谁连麦。

路柏沅扫了眼屏幕，看到聊天框上面写着"石榴"。

"双排？现在？……不是，我没嫌弃你。"简茸察觉到自己身边来了人，别过头一看，立刻拽下耳机问，"队长，双排吗？我练沙皇。"

路柏沅垂着眸子，跟他对视两秒："今天不排，自己练。"

简茸"哦"了一声，下意识想问他是不是手又不舒服，他就已经朝自己机位走去了。

路柏沅没碰电脑。他坐下之后重新插上耳机，打开了手机桌面上的某款视频APP。

星空TV虽然家大业大，但不会存下每个主播每一场直播回放，只能去视频平台碰碰运气。

路柏沅搜索"Soft直播视频"，往最前的时间开始翻找，过了很久才找到一个两年前的视频。

他调大音量，点开视频。

那时候，简茸还没被赶去颜值区，黑头发，脸蛋比现在稚嫩，看起来像是一个乳臭未干的小男生。唯一的区别是，他长得比其他同龄人可爱很多。

他不知道刚经历过什么事，眼眶有些红，操作的时候还紧紧抿着嘴唇。

这会儿简茸的直播间还没什么观众，路柏沅看了几分钟，视频里才终于出现弹幕——都出自同一个人。

"小朋友哭什么呀？告诉叔叔听，叔叔安慰你。"

"或者你家住在哪儿？你想吃什么，叔叔带你去？加个QQ聊一下吧？"

"叔叔觉得你打得很好哦，有时间教教叔叔。"

小简茸明显也看到了这条弹幕，他皱起眉，看起来不太理解这个人在说什么。

当这位"叔叔"发出第四条骚扰弹幕时，小简茸抬起胳膊，抹了一把眼泪。

"你说话太恶心了。"他说话带着一点鼻音,因为还在变声的年纪,声音比现在细一点,说完又揉了一下鼻子,"滚。"

语毕,小简茸动动手指,在他仅有的三十位观众里找出那个人的ID,把人踢了。

路柏沅哑然失笑。

片刻后,他拖动进度条,往回倒半分钟,又看了一遍简茸黑着脸抹眼泪揉鼻子的模样。

临近放假,训练赛安排得越来越紧凑,基地里的氛围却异常轻松。

放假前一天,众人刚跟WZWZ打完训练赛,一出门就闻到了浓浓的火锅味。

"我是打训练赛打昏头了?怎么闻到了一丝快乐的味道?"小白吸吸鼻子问。

丁哥轻敲了一下他的脑袋:"我让阿姨做了火锅,这几天大家都辛苦了,吃个火锅放松一下。你们都是明早的飞机,今晚就不训练了。"

荤素菜摆了一桌,火锅的味道熏满整个基地。

二队的队员也是明天走,丁哥干脆发了微信,把人都叫过来一块吃。他在旁边又立了一张不小的折叠桌,让其他人都坐在那边。

虽然大家住得近,但简茸没怎么见过二队的人。他吃饭时本来就话少,其他人这会儿都聊得热闹,他只管吃东西。

"你们LDL(发展联赛)打得怎么样了?"袁谦加大音量,问隔壁桌的人。

虽然他们是TTC的二队队员,但严格来说算是一个小分队,全名是TTC-K,目前正在打《英雄联盟》发展联赛。在发展联赛中,晋级总决赛并拿到冠军的队伍可以申请加入LPL。

不过大战队手下优秀的青训生一般都会提拔到一队替补或是直升一队,所以二队的水平很难够上那些正儿八经组队冲刺LPL名额的新战队。

有人应道:"不太好,我们前两天刚输了一场比赛。"

"没事,比赛就是有输有赢。"小白捞起一块虾滑,道。

他放汤勺时力气太大,不小心溅了些辣汤在捞食物的路柏沅手上。

听见小白急促地"啊"了一声,简茸才终于从饭碗中抬头。

汤是沸的,红油溅在路柏沅手背上非常显眼。

简茸怔了两秒,快速从身边抽出纸巾想递过去,他的手刚伸到半空——

"哥,你没事吧?"队里的打野替补Moon双手捧着纸盒,从另一张餐桌快步走过来,给路柏沅递上纸,"快擦一擦。我那儿有药膏,我去拿给你。"

"不用,一点汤水而已。"路柏沅接过他手上的纸,顺手递给小白,"你擦擦嘴,汤流到下巴了。"

简茸看了一眼Moon捧着纸盒的双手,默默收回视线,拿刚抽出的纸巾随便抹了抹嘴巴,然后捏成一团攥在手里。

Moon送了纸也没走,问:"队长,你最近有玩新英雄莉莉娅吗?"

路柏沅说:"我玩了几把。"

"我也有练,用起来还挺顺手的。"路柏沅坐着没回头,Moon就一直站在他身后,低着脑袋看他,"你觉得她能拿上赛场吗?"

路柏沅没有停筷,说:"这个问题你该去问教练。"

简茸正在偷听,闻言怔了一下。

他以为路柏沅会很耐心地解释,像他们平时双排时那样,告诉他什么时候该压线,什么时候该后撤。

"这我不是说过了吗?"丁哥接过话头,"新英雄走野区1V1太弱,虽然小团战进场有优势,但各方面还是比不上T1的热门打野。在研究出实用战术前,不会考虑让她上场。"

Moon坐回自己的位置后,袁谦压低声音道:"哎,Moon前两天托我问你有没有时间双排,当时我在忙就把这事忘了,今天见到他才想起来。

我一会儿得去跟他道个歉。"

简茸咽下食物,问:"他怎么不自己问?"

"我哥没加他微信吧。"小白嘴巴吃得鼓鼓的,声音含糊,"估计他也不好意思在战队群里问。"

没加微信?小白看出简茸的惊讶,解释道:"二队刚组起来的时候,有好几个队员在私底下卖过我哥的微信号,后来我哥就把微信清理了一遍,不熟的人都删了……不过,哥,人家现在好歹是你的替补,你好歹给他一个好友位呀。"

"申请的人多,可能漏了。"路柏沆别过头,"简茸,纸。"

简茸愣了两秒才重新去抽纸。

路柏沆接过纸巾,慢条斯理地把手背骨节上的红油擦掉。

袁谦夹着菜道:"我是发现了,年纪小的男生都把想法写在脸上,Moon 刚刚跟你说话的时候,满脸写着'想和队长双排'几个字。"

路柏沆声音如常:"都是打野位,没什么好排的。"

小白撑着下巴,饶有兴致地盯着简茸:"让我看看简茸脸上写了什么。"

简茸忽然被点名,一抬眼,就看到其他人的视线全转了过来。

小白张口就来:"写着'Road 只能和我排,闲杂人速滚'。"

简茸余光瞥见路柏沆在笑,他放下筷子说:"你再看一遍。"

小白:"什么?"

简茸指着自己的脸,边移动手指边念:"庄亦白速死。"

小白:"……"

吃饱喝足后,简茸刚准备上楼回房,就被准备离开的几个二队队员叫住了:"Soft。"

简茸下意识以为这又是一群不服自己的人,板着脸回头。

为首的是二队队长,他看到简茸的表情,迟疑了两秒才解释说:"呃,虽然你在一队,但你年纪比我小,我也不知道该怎么叫,就只能喊你这个了。"

简茸:"有事?"

"也没什么事,我就是想跟你加个微信。"

简茸:"……"

"可以吗?"那人顿了一下,"我们绝对不干卖微信号的事,就想着你如果有时间可以一起打打排位,我们队中单……就他,你那场劫的比赛他都看了百八十遍了。"

简茸看着被其他人推出来,有点害羞的小胖子,沉默了近十秒,才从口袋里掏出手机:"随便。"

大年三十清早,TTC基地罕见地拉开了窗帘。

大家都想早点回家,丁哥干脆全订了早上的航班。

小白拖着三个大行李箱走出房间,迎面遇上Pine。

Pine只背了一个背包,看他的眼神一言难尽:"你犯事了,要逃出国?"

"你懂什么,这都是我托人给家里买的东西。这箱是保健品,这箱是按摩仪和护肤品,这箱是我的衣服……"小白走到路柏沅敞开的房门前,问,"哥,你好了吗?"

路柏沅的行李箱已经整理完毕,此时就放在房门口,推着就能走。

他家在去机场的路上,丁哥非让他跟车一起回去。

路柏沅正在打电话,闻声回头:"你们先下去,动静小点,有人还在休息。"

"好。"小白看了眼地上的行李箱,想起他哥手不舒服,"哥,你这行李收拾好了吗?我帮你提下去吧,不然一会儿你又伤着手了。"

话音刚落,咔嗒一声,路柏沅对面的房门开了。

简茸随便披了一件外套,里面还是睡衣,看起来刚从被窝里出来,脸也没洗。

小白一愣，下意识看了眼时间："你八点起床干啥？"

"我被你吵醒的。"简茸嗓音嘶哑，没好气地应道。

小白做了一个闭嘴的动作："那你继续睡，我动作轻点。"

简茸却没进屋。

他把外套拉链拉上，上前提起了路柏沆的行李箱。

小白一脸茫然地看着他。

简茸无视发蒙的小白，问房内打电话的人："手提电脑要带回去吗？"

路柏沆握着手机跟他对视两秒："不带。"

简茸说好，然后一只手拎起路柏沆的行李箱，在小白疑惑的目光中下楼了。

车子已经在基地外等候，丁哥在玄关等他们，他看到简茸，一愣："你怎么这么早就醒了？这是谁的行李箱？小路的？"

简茸"嗯"了一声："放在哪儿？"

"你就搁这儿吧，我一会儿出去顺便拎上。"自从知道简茸的家庭情况后，丁哥见到他就忍不住想唠叨，"这三天你好好待在基地，外卖费我报销，你随便点。阿姨包了点饺子放冰箱里，你想吃就自己煮，不会就百度。一个人在基地，别给陌生人开门，出门也要小心一点，春节的时候坏人最多……"

简茸拧眉，打断丁哥道，"我不是七岁小孩了。"

路柏沆下楼时，其他人已经上了车，只有简茸还靠在玄关墙壁上玩手机。

简茸听见动静，立刻把手机揣回兜里，站直身体。

路柏沆穿了一身黑衣服，口罩、帽子一样不落，穿鞋时眼皮向下垂着，看上去很难搭话。

穿好鞋后，路柏沆扯下口罩，抬头，冷漠气息倏地消失："你在当门神？"

简茸两只手揣兜，闻言一怔："没，等你走了，我反锁门继续睡。"

285

路柏沉问："你以前也是一个人过年？"

简茸顿了一下，说："这两年是。"

路柏沉"嗯"了一声，拉开门，一阵冷风吹进室内。

"我这几天都在上海。"临走前，路柏沉忽然说。

简茸一怔："嗯？"

"如果你有事，直接给我打电话。"

TTC的队车驶离基地，开上通往机场的路。

车子驶到半途，丁哥长叹一声："我怎么有种把小孩丢在家里，自己出远门的错觉？我是不是该临时找个保姆阿姨去基地照顾他几天？最近过年，治安也不好……去年春节，基地附近就有一户人家遭了贼，偷东西就算了，还把人打伤了。"

路柏沉闭眼补觉，没出声。

袁谦失笑道："不至于，小茸再过几天都成年了。"

"如果真有贼上门，那你该操心的是要赔对方多少医药费。"小白揶揄。

丁哥扶额："算了……闭嘴补你们的觉。"

丁哥操心得睡不着，干脆拿出手机刷微博。

因为沉浸在慈父人设里，所以当他在首页刷出简茸十分钟前发的新微博时，他一下没能反应过来——

TTC·Soft："我忍你们很久了。教练难得不在基地，来吧，聊一会儿天。"

简茸原先是打算睡回笼觉的。

可他在玄关吹了一会儿风，再回到房间时精神得像一头牛。他在床上干躺几分钟都没有睡意，又没有早上八点打游戏的习惯，干脆撑着身子玩手机。

然后他看到自己的微博大号收到一千多条私信。

其中一部分是鱿鱼战队粉丝发的，这群人骂不过那群水友就来骂他。

极小一部分是他直播间的正常水友，问他劫的连招怎么打，妖姬优势劣势怎么出装。

剩下那大部分人，一眼看过去不是"我想你"就是"想骂你了"，简茸都懒得点开看。

简茸跷着二郎腿看了半天，然后发出了那条微博。

大年三十，大多数人都放假在家，早上八点刷微博的人不多，评论还算看得过来。简茸滑着屏幕，随便挑着回复。

"你的良心从垃圾桶里找回来了？"

TTC·Soft："没，我马上要复播，怕那天没人看，出来敷衍一下你们。"

"你这说的是人话吗？"

"你还是退博吧，联盟审查员估计给你点的特别关注，大过年的被罚款多晦气，别霉到我。"

"还行，他之前那样阴阳鱿鱼战队不也没被罚款？很多选手在直播里说'傻子'也不会被罚的，罚款那次是他把那群人骂得太狠了。"

"说到鱿鱼战队，Soft首秀那天我一晚上都在刷微博，想看会不会有TTC和鱿鱼在后台打起来的新闻，后来我是抱着失望入睡的。"

"打架就算了，他这身板打得过谁？宝贝收到我寄的增高鞋垫没？那些穿起来不明显，我给女朋友挑礼物都没这么认真。"

简茸做了一个深呼吸，看了一眼自己的银行卡余额，不断告诉自己千万要忍住。

一句一万，骂了就是吃亏，骂了就是上当。

TTC·Soft："谢谢你，发地址，我上门祝你新年快乐。"

"你首秀的时候我去现场给你拉横幅了，感不感动？"

TTC·Soft："我给你转点钱过年，以后比赛别来了。"

"教练看到你这条微博估计会气到脑溢血吧。"

TTC·Soft："我问过了，他在车上睡觉，聊完就删，他看不见。"

丁哥翻到这儿是真要脑溢血了。

他怒道："谁告诉简茸我在车上睡觉的？"

其他人都是一愣，在他旁边睡觉的路柏沅懒散地抬起眼皮。

"我啊。"小白一脸蒙，"他说给你发了消息没回，问我你在干什么。这……这不能说？"

我去，这小喷子心机还挺深，自己哪里收到消息了？

路柏沅见丁哥气得狂抓头发，别开眼："怎么了？"

"还能怎么了？"丁哥气笑了，"我在这儿跟他亲爹似的操心，他在基地也跟爹出远门似的给我搞事。我们前脚刚走没几分钟，他后脚就发微博挑衅他直播间那群水友……不行，我得联系人先把他微博密码改了。"

路柏沅没多意外，只是问："他骂人了？"

丁哥顿了几秒，说："倒也没，他就一股阴阳怪气的劲儿，不过后面评论多了难免来几个喷子，他那脾气怕是难忍。"

路柏沅嗓音微哑，问："他没骂人就要改他密码，什么道理？"

丁哥一怔："你的意思就……随他啊？"

路柏沅没答，反问："过几天他开直播，你难道每场要坐在旁边监视？还是要给他发一本手册，写明哪些能说、哪些不能说？"

丁哥心里一窒：别说，他原先还真有过找人盯简茸直播的念头。

"一言一行都立规矩就没意思了。"路柏沅扫了他一眼，提醒道，"他是职业选手，不是来包装出道的。"

丁哥张了张嘴，无言半晌才道："我这不是怕他又吃罚款嘛。"

"我觉得没什么大问题。"袁谦坐直身子，"我看了一下小茸的回复，都还好，没到罚款那个程度。他自己肯定也不想吃罚款，应该会掂量着回复的。"

丁哥沉默几秒，有些被说服了。

"那我再看看，如果有吵起来的苗头再做出行动吧。"良久后，丁哥纳闷地喃喃,"你说大清早的他不去睡回笼觉,非要去水友那儿找不痛快干什么?"

路柏沅没再说话,保持着休息的姿势,然后拿出手机。

简茸还在回复水友的评论,一条接一条,评论数量已经达到两千。

两边的语气都不友好,放在一块却有种莫名的和谐感。

"你去年大年三十也发了一条聊天微博,所以这成惯例了?"

简茸刷到这条评论,一只手撑在脑后,微微一怔。

他返回去搜了一下,才发现去年大年三十自己的确发了一条聊天微博。

"下次聊天,你能不能换个时间发微博啊?大年三十大清早就被逮起来干活,我现在一只手拿对联、一只手玩手机。"

"我也是,马上要去包饺子了,一会儿发照片给大家看看肉馅。俱乐部放假了吧?他在家偷懒不干活,不怕挨爸妈揍?"

"不对,前面他说自己在基地啊。TTC大年三十还不放假的吗?"

"放了吧?小白一小时前刚发了行李箱的照片,说要回家过年。"

"意思是我明年大年三十还可以蹲他一波?给他看看我刚打扫好的房间。"

粉丝发来的图或多或少都带点年味,简茸盯着照片发了几分钟呆,才接着打字。

TTC·Soft:"明年不来,别等。"

简茸起身倒了一杯水,重新刷了一下评论,最新一条评论的画风跟其他人不太一样——

美貌Kitty:"你是不是被人派去监视Road的卧底?进队之前就戴有Road名字的帽子,还看Road的直播间,现在正主和粉丝都不承认了?"

大家的注意力终于转移回去。

美貌Kitty早听说Soft的粉丝嘴巴一个比一个脏,已经做好了"舌战群儒"的准备——

"你在说什么？我们承认啊，Soft 就是冲着 Road 去的。"

美貌 Kitty："？"

TTC·Soft："？"

"@ 美貌 Kitty 你说漏了，他还给 Road 刷了十万的礼物，他微博第一个关注对象是 @TTC·Road，微博点赞也全部是 @TTC·Road。"

简茸看到这几条评论，如遭雷劈。

半分钟后，简茸评论区下方画风突变——

"兄弟们快跑！他开始删回复、拉黑人了！"

"不是，简茸你不拉黑那个破 Kitty，你拉黑我？"

"我又一个小号凉了……"

这群人的小号一拨接一拨，简茸根本删不完，到后面他干脆关了评论，眼不见为净。折腾完这些，已经将近中午十二点。

简茸闭了闭眼，心想：我是傻了，才在微博上耗费三小时。

简茸起床洗漱后，随便给自己下了一碗面条，难得配了一个荷包蛋。吃完面，他直奔二楼训练。

简茸一直打游戏到下午两点，退出游戏时看到"TTC"游戏分组冒出一个在线好友。

他看清上线的人，一怔，立刻发了一句话过去。

看我操作就行了："你到家了吗？"

TTC·Road："刚到。"

看我操作就行了："那打游戏吗？"

几秒后，路柏沅把人拉进了队伍。

路柏沅修改着家里电脑的快捷键："我只能玩一把，一会儿家里聚餐。"

"好。"简茸说，"那我拿前期英雄。"

"不用。"路柏沅扫了眼一直在蹭他脚的小香猪，"你想玩什么就拿什么。"

进入游戏后，简茸抬头看了一眼自己的位置，他没抢到中单，被分到上单去了。

他想也没想就打字。

看我操作就行了："四楼中单能换位置吗？我和打野双排，我C。"

小唐也想Carry："不换哦。"

小唐也想Carry："你不是说没空玩游戏吗？"

小唐也想Carry："小猪猪还好吗？"

简茸原以为她是在跟别人说话。

TTC·Road："嗯。"

简茸一愣。

小唐也想Carry："拍张它的照片给我看呗。"

TTC·Road："现在没空。"

小唐也想Carry："好吧。你一会儿多给我抓中路哦，我怕打不过。"

TTC·Road："看情况。"

小唐也想Carry："OK。"

简茸进入读条界面，看到这个"小唐也想Carry"玩的卡牌大师和路柏沅用的寡妇是情侣皮肤，忍不住问："你们认识吗？"

"嗯，你也认识。"路柏沅挪动鼠标，操作英雄走出基地，"她是唐沁。"

预选英雄的时候是可以看到队友选择的皮肤的，简茸记得在自己调整符文之前，唐沁用的是稀有的"蓝色忧郁"皮肤，而不是这个四十五块的情侣皮肤。

没想到大年三十打排位赛都能匹配到认识的人。简茸打开队友资料看了一眼，唐沁是钻一选手，胜率虽然不高，但也有百分之五十三，常用英雄是中单，段位应该是自己打上来的。

简茸这局玩的上单滑板鞋，他心不在焉地出装走出基地："要打一级团吗？"

路柏沅那边似乎在忙着什么，几秒后才应道："不打，他们女警机器人，你上去吧。"

简茸"哦"了一声，转身往上路去。

小唐也想Carry："你们未免也太努力了吧，大年三十还在双排训练？"

说的是"你们"，问的却明显是路柏沅。简茸因为和她不熟，没回复。

耳机里迟迟没传出敲键盘的声音。

半晌后，路柏沅在语音里问："午饭吃了吗？"

"吃了。"或许是丁哥临走之前叮嘱了无数遍让他好好吃饭，他顺口就道，"吃了面条，加荷包蛋。"

路柏沅笑了一下："挺丰盛。"

简茸刚要说什么，对话框里忽然弹出一句——

[所有人]空空："Soft，好巧，你也被分到上单来了？"

[所有人]空空："路神和唐沁姐也在啊……新年好新年好。我这把是不是直接交分算了？"

简茸一怔，这才发现对面的上单居然是空空。

两个职业中单一起排到了上路，确实巧。

[所有人]TTC·Road："新年好。"

[所有人]看我操作就行了："那你十五投。"

[所有人]小唐也想Carry："空，还好你不是中单，不然就是我交分了。"

[所有人]空空："投不了，队友说他们carry。姐，你说啥呢，还好我不玩中单，你这会儿带着路神双排，我打中单岂不是要被他抓死？"

[所有人]小唐也想Carry："不是哦，他和Soft排的。"

空空玩的是青钢影，他和简茸二人原本和谐地站在两端对望，互不干扰。这话刚发出去，简茸冲上去给他丢了一根矛。

空空吓了一跳，赶紧往回撤。

[所有人]空空："？"

[所有人]空空："你玩这英雄一级学Q？"

[所有人]看我操作就行了："有意见？"

[所有人]空空："没有。"

路柏沅杀掉红BUFF："你打得过青钢影吗？"

简茸想也没想："打得过。"

其实简茸这英雄有点被青钢影克制，青钢影的被动护盾是对拼神器，不管六级前后，把握机会都能占到优势。

空空虽然不太会玩上单，但他觉得自己可以依靠英雄克制赢简茸一把。

五分钟后，他幻想破灭，狼狈地被简茸打至残血，奔回塔下，忍不住一脸蒙地敲字。

[所有人]空空："你怎么连滑板鞋都会玩？"

[所有人]看我操作就行了："点播。"

[所有人]空空："？"

[所有人]看我操作就行了："以前为了赚钱，水友刷礼物能指定我玩什么英雄。我实话跟你说吧，我玩得最厉害的其实是提莫。"

[所有人]空空："……"

路柏沅击杀敌方打野拿到一血的语音播报响起。简茸回城时忍不住切视角去看，寡妇刚完成一次击杀，还剩半管血，正在吃上半野区的河蟹。

小唐也想Carry："你们在语音吗？"

过了很久，直到清完敌方上半野区，路柏沅才回了句"游戏语音"。

小唐也想Carry："哦哦。你快来中路帮我抓两波，我有点打不过。"

简茸虽然不是处于劣势，但也没有大优势，空空打法很苟，加上青钢影灵活性高，八级了上路还没爆发人头。

他看到这句话，忍不住瞥了眼小地图。路柏沅已经在去中路的路上了。

简茸看了两秒，耳机里忽然传来了青钢影技能的声音。

空空刚嗑完两瓶血药，见简茸分神走位失误，立刻找机会用E位移上来，打掉简茸三分之一的血量。

简茸反应极快，他蓝量不多，快速在脑中计算了一下自己这波能打出的伤害，确定没办法反杀后，毫不犹豫地往后撤。

他一回头，看到敌方打野豹女出现在自己身后，就垂下眉头，知道自己这次是跑不掉了。

简茸的角色被敌方上野围进路边的凹槽，不断依靠英雄自带的弹跳熟练走位，可惜凹槽空间太小，这就是开脚本都秀不起来。简茸打出几秒伤害后，抿着唇，已经做好了灰屏的准备。

就在他被青钢影控到的同时，耳机里响起一道闪现声。

寡妇闪现进人群，直接往豹女头上挂了一个"魅惑"，紧跟着一套爆发打出来，豹女的血量很快掉至百分之三十，触发了寡妇大招双倍伤害的条件。

"TTC·Road 击杀了我为你碟上王者。"

简茸指尖一顿。

路柏沅不是去中路了？

路柏沅："杀空空。"

简茸回过神，没有一秒犹豫，残血都敢冲上去往空空身上扎矛。空空见状，咬牙想换一个，刚想位移过去杀简茸，就被路柏沅一个"魅惑"叫了回去。

"Double Kill！（双杀）"

杀完人，两人一起回城。

小唐也想 Carry："路，你刚刚不都走到中路了吗？我都准备上了。"

TTC·Road："小人鱼不好抓。"

小唐也想 Carry："你来嘛，我把他 E 技能骗出来就好抓了。"

TTC·Road："看情况，这局我抓劣势路。"

简茸盯着"劣势路"这三个字看了几秒，若有所思地挪开目光。

此时空空正在家里开直播。

"Soft 太变态了。"他买完装备出门，嘴里念叨，"路神来之前我都差点被他反杀……不过没事，打野说这局只抓上路，我们等队友支援就好了。他走位比较好，我们……"

说到这儿，他正好上线，在保证后路稳妥，自己能全身而退的情况下，他试探性地往前"E"了一下，中了。

对方别说走位，动都没有动一下。

空空："？"

一套伤害打出来，又全中。

空空："？"

简茸残血回塔，嗑药瓶，清了清嗓子，叫了一句："队长。"

"嗯。"

简茸说出这辈子从未说过的一句话："我打不过。"语气平平淡淡，毫无波澜。

空空连续两波占了便宜，在直播间中惊讶道："我变强了？"

空空见简茸血量这么低，下一波就忍不住了，自家打野还没到上路，就拉着钢索冲到简茸面前。

结果，他位移到了隐身状态的寡妇脸上。

路柏沅轻松地把他晕住，残血的滑板鞋胆大如牛，仗着自己打野在，不断地往他脸上突突丢矛，几秒后，空空的屏幕骤灰。

被 gank 是常事，空空回家出了一波装备，说："没关系，我已经能压制住 Soft 了。这波我必杀他。"

弹幕都说他在吹厉害。

直到三分钟后，他们眼睁睁看着滑板鞋又被空空完美控在墙边，差点一波带走。

空空："我说了吧，我变强了！"

只见他头上冒出了一颗小爱心——寡妇的魅惑技能。

十秒不到，空空又被送回了家。

第三波，空空吸取了教训，这次专门叫上了打野。

"这次绝对能杀。"空空说，"Soft第一波好像只是凑巧，我觉得他玩这英雄也就一般般，我们约等于二打一。"

三分钟后，寡妇再次出现在上路，而那位"一般般"的滑板鞋冲在最前头，一蹦一跳地躲开他的减速技能，并往他身上插满长矛，引爆的那一刻，空空原地去世。

[所有人]空空："@Soft？"

[所有人]看我操作就行了："？"

[所有人]空空："我想问一下，你是怎么做到忽强忽菜的？"

[所有人]看我操作就行了："哦，我是灵感型选手，发挥好坏都看那几秒的心情。"

空空："？"

他长见识了。

[所有人]空空："你的意思是，上场打比赛之前，你的队友都得哄哄你？"

简茸自己说着都想笑，他刚打出一个字。

[所有人]TTC·Road："是这样。"

简茸："……"

[所有人]空空："厉害。"

唐沁看了一眼自己的战绩，1/4/1，着实不太好看。

她看着从身边经过，跟自己是情侣皮肤的寡妇，心里不是滋味，过了好久才打字。

小唐也想Carry："路，我跟你一起去游走吧？下波还去上路吗？我直接用大招飞。"

TTC·Road："我问问。"

问什么？

简茸刚回城出装备，他从基地出来，视线一直投向对话框上。

"简茸。"路柏沅突然叫他。

简茸下意识应道："啊？"

"五个人头，两百个兵……"路柏沅念出他的战绩，问，"现在打得过了吗？"

简茸心虚地抿了一下唇，过了良久才说："打得过了。"

路柏沅"嗯"了一声，然后打字。

TTC·Road："我不去上路了，你自己在中路发育吧。"

简茸上路老早就打通关了，推了对方三座塔他也没走，路柏沅时不时就来一趟，现在只剩一个光秃秃的超级兵水晶。

空空在小水晶边看着不远处正在殴打自家小兵的简茸，有些茫然无措。

[所有人]空空："我干了什么对不起 TTC 的事吗？"

[所有人]看我操作就行了："新年快乐。"

这局双方的打野都没去照顾中、下路。简茸这方虽然中路有些劣势，但下路还算顺风顺水，上野更是打穿敌方，以至于后来打团非常轻松。

刚打出一个团灭，简茸就听见耳机那头传来椅脚摩擦地面的声音，寡妇也在他身边站着不动了。

路柏沅把正在啃咬他外设包肩带的小香猪轻轻扯开，屈起食指在猪脑袋上叩了一下："别咬。"

路柏沅把外设包放到高处，坐回原位时，敌人的基地正好被推掉，界面弹出"胜利"两个大字。

简茸听见他回来的动静，关掉数据面板，随口问："你身边有人？"

路柏沅也习惯性地点开数据面板："没，有猪。"

简茸几秒后才把这句话理清："你头像那只猪？"

路柏沅"嗯"了一声："它在咬我外设包的肩带。"

简茸在新闻里见过养宠物猪的，养着养着就养到了五百斤，中这种骗术的人还不少。

简茸迟疑两秒，还是忍不住问："它不会变大吧？"

路柏沉笑了："它两年没怎么长……不出意外的话，以后应该不会。"

游戏结束之后，十位玩家会进入战绩聊天室，这时候发的消息十个人都能看见。

可能因为和职业选手、联盟女主持撞了车，十位玩家无一人离房。

空空："路神，你和 Soft 先排吧，我等你们进入游戏再匹配，我们段位太近了容易撞车，我不想再交分了。"

空空："你们怎么还不走？"

空空："难道你们盯上我的分了？"

看我操作就行了："你用说废话的时间去匹配队列，现在都在选英雄了。"

空空："……"

简茸没再打字回复，也暂时没退出战绩聊天室。他看了眼时间，问："你三点就要去聚餐吗？"

"没。"路柏沉看了眼手机，他爸的消息已经占满了屏幕，"我要下楼陪我爸下会儿棋。"

简茸说好。

路柏沉按灭手机："今天，你打算就在基地训练？"

简茸摇头："不是，我再练一会儿要出门。"

"嗯，晚上你吃丰盛点，不用给丁哥省钱。"电话响起，路柏沉垂眼看了眼来电显示上的"爸"字，道，"我走了，你玩。"

空空发现路柏沉下线后，立刻发私聊问简茸还要不要见识见识自己的超强打野。

经过两个多月的训练，简茸已经习惯了双排和组排的模式，没怎么犹豫就进了空空的房间。

在匹配等待时间里，空空暂时关掉了自己直播间的麦克风，问："Soft，你是不是对唐沁姐有什么意见啊？"

简茸正握着手机在看路柏沅的宠物猪头像，闻言一顿："没有。你为什么这么说？"

"她刚刚在聊天室叫你，你一直没应她。"

"我没看见。"简茸问，"她说什么了？"

"她让你给个好友位。"空空咳了一声，"然后你就退了。"

简茸打开好友申请看了一眼，果然有唐沁。

他犹豫两秒才点了通过。

小唐也想Carry："太好了，我还以为你嫌我菜，不想加我。"

看我操作就行了："不会。"

小唐也想Carry："你怎么没和路神排了？他打一局就走了吗？"

看我操作就行了："嗯。"

小唐也想Carry："这样……我还以为他说有事是骗我的。对了，刚才选英雄的时候我没注意这ID是你，没给你让中单位，你别介意。"

看我操作就行了："不会。"

排到什么位置就打什么位置，这是规矩。别人乐意换位置自然好，不想换也没问题，简茸倒真不太介意。

唐沁对路柏沅的爱慕太明显了，能看出她并没有想遮掩，坦荡大方。

简茸面无表情地选择英雄，心想：难道真被小白说中了……自己有那些所谓的粉丝心理，所以对路柏沅的配偶要求比较高？

小唐也想Carry："你已经和空空在排了吗？"

简茸回过神，回了一个"嗯"。

小唐也想Carry："好。我能加你微信吗？以后工作上有什么事情也可以及时沟通。"

简茸犹豫两秒，把微信号发了过去。

四点，又一局游戏结束，简茸摘下耳机，跟空空招呼一声就关了电脑。

他回房间换上羽绒服，出门前想起丁哥让他在公共场合尽量低调，又折回去戴上了口罩。

上海这几天降温降得厉害，这会儿接近傍晚，气温更低。

简茸打开基地大门的那一刻，在脑中回想两秒，确定身上这件衣服是自己目前最厚的一件外套后，把口罩往上拽了一下，就出了门。

车子是他提前叫好的，大年三十，预约网约车都等了十分钟才有人接单。

司机说话带着外地口音，可能因为日子特殊，自简茸上车之后他就一直滔滔不绝："小伙子，大年三十怎么跑出来了？你不和家里人过年啊？还跑去这么远的地方。"

司机笑声爽朗，说话时嘴里不断吐出白气。

简茸平时打车都是哑巴模式。他盯着后视镜上挂着的小对联玩具，终于在这一天嗅到了点过年的气息。

司机接过的客人太多了，知道像简茸这样穿着严实的客人一般不爱说话。他伸手放大广播音量，喜气洋洋的歌声传出来，掺杂着后座男生的声音。

"我办点事，办完就回去了。"

司机一怔，笑得更热情了："行，那哥加足马力。"

车子行驶半小时后，简茸回到了自己以前住的小区。

小区的房子是他爸妈留下的。家里电脑配置一般，收拾行李回家也麻烦，简茸当时考虑了半分钟就决定在基地留宿。

简茸回到家，拆了从物业那儿领取的快递，又从衣柜里翻出自己去年冬天用的毛毯和不穿的衣服，匆匆出了门。

他抱着被褥在一楼等了一会儿，五点刚过去两分钟，一只熟悉的橘猫迈着优雅的步子走进了他的视野。

橘猫的走姿是挺高贵，只是它比简茸上次看到它时瘦了很多，垮着一张脸，怎么看都不精神。

简茸直接上前抱起它，往自己怀中的毛毯里塞。

橘猫身上脏兮兮的，可能是还记得简茸，又或者太冷，总之它没反抗。它甩了甩脑袋，对他长长地"喵"了一声。

"你别叫。"简茸的语调一点都不亲切。他用毛毯把猫尾巴上粘的脏东西擦掉，然后将它带进小区一楼的楼梯间，裹着被褥把它放在一边，蹲下身撕开刚买回来的猫粮，倒了满满一碗。

橘猫又朝他"喵"了一声，然后低头狼吞虎咽。

它吃得很急，也不知道饿几天了。简茸看了一会儿，喃喃自语："我以为有人喂你。"

过了半晌，简茸坐到台阶上，给它倒水。

"笨猫。"他的手撑在膝盖上，"都是老流浪猫了，今年你怎么混成这样了？"

他拍了拍橘猫的脑袋："以前你不挺得意的吗？嫌我给你买的猫粮便宜，还不乐意吃。"

"你是不是长胖了，变丑了，别人才不喂你了？"

"我跟你说了多少遍，一个人……一只猫想活着，条件再差也得掌握一门技术。之前那只狸花猫那么会撒娇，见人就蹭，你不会学一学？"

"真笨。"

橘猫很快就吃光了一碗猫粮，简茸一边问"你到底是猪还是猫"，一边给它再添上。

橘猫却没再吃猫粮，只是上来侧着脑袋顶他的小腿。

"你朝我撒娇没用。"简茸说，"我养不了你。"

橘猫继续用脑袋顶他。

简茸拧着眉心，半晌后才伸手去揉它的脑袋。

他在楼道间坐到天黑，橘猫才终于转身离开。

简茸跟在它身后走了一段路，找到了它目前的住处——隔壁小区的地下室楼道。

简茸把毛毯给它铺好，猫粮和水满上，然后转身要走。

"喵。"橘猫叫了一声，上来蹭简茸的鞋子。

简茸垂眸看了它几秒，然后用鞋身反蹭了蹭它。

"我明天再来。"简茸语调平平，"你好好待在这儿……别死了。"

电视里放着《春节联欢晚会》，新一届流量小生挂着营业笑容在唱《甜蜜蜜》。

路柏沅坐姿随意，和他对面正襟危坐的中年男人截然不同。

"行了。"留着长发的中年女人捧着水果走出来，她瞥了眼棋局，笑道，"下不过儿子就认输吧，过来吃水果。"

路爸皱眉："什么叫下不过？我这不是正在想吗？你别干扰我。"

路柏沅失笑道："那你慢慢想，我去吃水果。"

搁在桌上的手机不断在响，路妈问："你不看消息吗？"

路柏沅嘴里含着橘肉，简单道："有些群在发红包。"

路妈点头："你收了别人的红包，也得发一些出去，金额无所谓，但心意要到。"

路柏沅说好。

路妈把果盘往他面前推了推："前几天我看你打游戏，你们队是多了一个小男生吧？染着蓝头发的。"

"嗯。"

"我看他年纪好像不大。"

路柏沅一笑："是不大。"

路爸冷哼一声："小小年纪，不务正业。"过了几秒，他又补充了一句，"跟你一样！"

这么多年了，路柏沅懒得再跟他辩这些。

"哎哎哎！"路爸忽然叫了一声，"我想到了，你赶紧过来！"

路柏沅刚要回头，桌上的手机忽然响起，来电显示是丁哥。

电话一接通，对方就急匆匆地问："你在哪儿？现在方便回去一趟吗？基地出事了！"

几分钟过去，路爸等烦了，转头道："你怎么还不过来？你去哪儿？"

路柏沅已经穿好外套，他拉开大门，头也不回："基地有点急事，我回去一趟。"

大年三十，道路畅通。

路柏沅开了一个半小时的车，终于在深夜十一点回到了基地。

别墅区灯火通明，只有中间两栋楼暗沉沉的。

路柏沅匆匆下车，连车锁都没关，快速推开别墅前的大铁门。

他一眼就看到背对着自己蹲在地上低头玩手机的简茸。

天色太暗，简茸的蓝发被覆上一层浓重的黑。他没戴围巾，垂着脑袋时露出一截细白的脖颈，肩膀也不算很宽，缩成一团，像在高中校门外堵人又发育不良的小混混。

一股莫名的熟悉感涌进路柏沅的心里。他很轻地皱了一下眉，心里不自觉闪过简茸黑发时的模样，背影和他记忆某处的小身形重叠在一起。

简茸戴着耳机在听歌。屏幕里红色背景的小程序跳出来，简茸看到上面的金额，满意一笑，刚要发"谢谢老板"的表情包，就觉得眼前光线一暗。

他怔了怔，下意识仰头去看。

路灯打在男人身后，落下的影子几乎要把简茸整个人罩住。路柏沅睨着他，吐息之间徐徐飘出白雾。

简茸完全愣住了，过了很久很久，他才慢吞吞地叫了一句："队长。"

路柏沅没应简茸，问："你蹲着干什么？"

简茸很诚实地说："抢红包。"

路柏沅："……"

简茸回过神，立刻站起身，拍了拍身上不存在的灰尘："基地的锁坏了，打不开,我看好像被什么东西撬过,就给丁哥打了电话。"

丁哥说马上叫人过来,让他千万别进屋。

简茸没想到丁哥叫的居然是路柏沅。

简茸见路柏沅皱眉不吭声,说:"我已经报警了,刚报的,警察应该快到了。"

过了良久,路柏沅才"嗯"了一声:"你去车里等。"

路柏沅的车子是SUV,车内宽敞,开着暖气。

简茸把手伸到空调口想暖暖。

"简茸。"路柏沅叫道。

简茸下意识收回手,转头看他:"嗯?"

路柏沅正在回丁哥的消息,他头也没抬,问:"我们以前见过?"

简茸想也没想,点头:"见过,去年全球总决赛的时候,我也在现场。"

路柏沅顿了一下,失笑道:"我的记性没那么差。我是说总决赛之前。"

路柏沅给丁哥发完消息,别过头来看他的头发:"你染头发之前,我们见过吗?"

简茸张了张嘴,没说话。

因为他也不知道最早那一面,算不算是"见过"。他敢保证路柏沅当时肯定没看清自己长什么模样。

最终,简茸说:"我见过你。"

路柏沅颔首:"我打LSPL的时候?"

"对。"简茸想了一下,道,"我当时在现场。"所以有那顶周边帽子。

那就说得通了。虽然那场是总决赛,但LSPL是次级联赛,那会儿电竞还不火,比赛场地很小,一眼就能看完在场观众。

但路柏沅不太记得自己有看观众席。

他很轻地皱了一下眉,随即又松开:"你怎么只戴了口罩?"

"帽子不小心弄湿了,我赶时间就没吹干,围巾退回去了。"

简茸去年的围巾已经贡献给小橘猫了，今年冬天因为没怎么出门，一直没买。

驾驶座的车窗被敲响，两人同时看了过去，两位民警就站在车窗外。

路柏沅降下车窗，民警探头："是你们报的警？"

简茸："是。"

简茸把口罩戴好，刚要下车，手臂就被旁边的人轻轻拽住。

路柏沅把刚解下来的围巾丢给他。

围巾上还有路柏沅的体温，简茸抓着围巾怔了两秒："不用，我不冷。"

路柏沅没应，他打开车门下车，随手把高领毛衣的衣领拉高，对车外的民警道："你们辛苦了。我们基地的门锁被撬，应该是进过人。我们没进屋，所以还不清楚有没有损失。"

车门关上，路柏沅的声音被隔绝在车外。

路柏沅背对着他，外套把他上半身裹得厚实，男人肩宽腿长的体型更加明显。路柏沅跟民警说话时轻轻垂着头，不知说到什么，民警探头看了眼副驾驶座上的简茸。

简茸立即回过神，匆匆忙忙地戴好围巾下车。

这边民警已经大致了解了情况，做好记录，他说："走吧，进屋看看。"

不知屋里有没有人，民警开门前做好了准备。大门被推开，路柏沅顺手按开客厅的灯。

电视下方的抽屉被打开，东西散落一地，明显被人翻过。一楼就被翻成这样，楼上的状况可想而知。

二十分钟后，一行人大致确认了一下损失。

台式电脑、电视机等大件电器都在，现金全被偷走，丁哥和小白的手提电脑、袁谦的游戏机和Pine的鞋丢了，路柏沅也丢了一块表。

"你的手表价值是多少？"民警打开本子，问。

路柏沅想了两秒："大约二十万。"

民警:"……"

简茸:"……"

简茸满脸后悔的表情:"二十万的表放在基地,你怎么不告诉我?"

路柏沅:"我才想起有这块表。"

简茸:"……"

二十万没了。

他就该厚着脸皮去以前的业主群里托别人给小橘送粮,出点钱应该有人愿意帮忙,等初三其他人回基地他再回去。

这么大个基地,他是怎么放心出门的?

"行吧。"民警沉默几秒,安慰道,"我们会尽力追查的。你们这附近都有监控,应该很容易就能抓到人。连这种小区都敢闯,小偷也真是豁出去了……还好你们队员不在家,不然恐怕得出事。"

路柏沅跟民警并肩走着,"嗯"了一声:"是。"

做完检查,民警离开之前叮嘱道:"这门锁,要么换一个,要么你们今晚就出去住吧。你们这里面值钱的东西不少,我怕小偷半夜又潜回来偷别的,不安全。"

"他敢。"简茸磨牙,"让我看见他,我……"

"知道了。"路柏沅对民警道,"您放心,我们今晚不住这儿。"

民警离开之后,简茸四处看了看,想找一件趁手的武器在基地蹲小偷。

为了确定剩余财物没损坏,客厅的电视开着。春晚主持人声情并茂地念了一段台词之后,开始进行新年倒计时。

当主持人喊到"一"时,简茸才意识到这时候该做什么、说什么。他倏地把视线从厨房的菜刀上收回来,看向身边的路柏沅:"新年快乐。"

"新年快乐。"路柏沅同时说了一句。

两人都是一怔,然后路柏沅笑起来。

简茸看着他笑,心想:我应该先报警,再打电话给丁哥。有警察在,丁哥就不会再让其他人跑这一趟,那路柏沅这时候应该跟家人在跨年。

"走吧。"路柏沅打断他的思绪,"你去楼上拿衣服,回去了。"

简茸回过神:"去哪里?"

"我家。"

车上。

简茸抱着背包坐在副驾驶座上,那句"还是不打扰了,我回自己家吧"在嘴里来来回回转了半天,一直没说出口。

车子刚开出一段路,两人的手机同时响起,是微信讨论组的语音。路柏沅不用猜都知道是哪个讨论组,他把语音挂掉,道:"你接。"

当简茸接通语音电话,点开免提时,里面几个人已经聊了一阵了。

"那游戏机我本来就要换。"袁谦不太在意,"偷就偷了吧。"

小白:"呜呜呜,我就今年没把手提电脑带回家,我电脑里存了那么多东西,如果找不回来怎么办啊?"

Pine 那边鞭炮震天响,他问:"少儿不宜?"

小白一脸震惊:"P宝,你好脏。行吧,是有一些,我还打算当作简茸的十八岁生日礼物送他呢。"

简茸立刻打断:"滚,我不要。"

"哎,你进来了?"小白不知在吃什么东西,声音含糊不清,"你别嫌弃啊,那可都是绝佳资源,我给你一次收回上句话的机会。"

小白这么三言两语,大家郁闷的心情都好了一些。

"行了。"丁哥打断他们,喃喃,"小路怎么还没进语音?"

路柏沅一只手支在方向盘上:"我在。"

丁哥一怔:"你还在基地?"

"车上,我马上回去。"路柏沅解释,"简茸今晚住我那儿。"

"也行,我还在给他找酒店呢,他跟你回去也好。"丁哥又道,"简茸,你没被吓到吧?"

简茸在看窗外刚下起的小雪:"没。"

丁哥松了一口气:"那就好。你们到家了在群里说一声,我好放心。"

小白他们又在群里聊了好一会儿,挂断语音电话时显示通话时间四十分钟。

简茸关上手机:"还没到吗?"

路柏沅看了眼导航:"还要一会儿。"

简茸一脸震惊:"你开这么久的车过来的?"

路柏沅"嗯"了一声:"我太久没开车,手生。你先睡一会儿,到了我叫你。你会不会调座椅?"

简茸坐直身体摇头:"不用,我不困。"

话是这么说,当路柏沅把车开进加油站时,简茸已经偏着脑袋睡着了。

路柏沅降下车窗,给来人比了个"嘘"的手势,轻声说:"加满,谢谢。"

等待加油时,简茸皱眉,动了动脑袋,像睡得不舒服。

路柏沅听见动静,又别过头看了他一眼,很快收回目光。

几秒后,路柏沅放轻动作,解开安全带,推门下车。

两分钟后,路柏沅回到驾驶座,开车驶离加油站。

路柏沅说手生,车子却开得很稳。

路灯交错着照射进车内,半分钟后,简茸偷偷睁眼。

十三岁的简茸觉得路柏沅是世界上最帅、游戏技术最强的人,现在的简茸亦然。

很久以前,简茸也曾这样看过他,或许角度还要再低一点。

那时,简茸的求职刚被网吧老板拒绝。

简茸说:"我知道你这里招童工,二号机那个网管今年才十六岁,我都知道,而且他的游戏玩得没有我好哦!"

十三岁的小孩嗓音很大,坐在附近的客人都在笑。

网吧老板瞪眼,说:"十六岁是童工,你十三岁就是婴儿工,赶紧滚出去,别影响我的生意。"

然后简茸就被赶出去了。他当时已经走了好几家店，实在累了，于是拍了拍裤子，坐在网吧门口的地板上蹭空调，老板出声赶他好几次他都赖着不走。

直到他的脑袋被人拍了拍，他捂着脑袋转头："好啦，我马上走。"

简茸看到陌生的蓝色牛仔裤，愣了一下，抬头去看——但这人实在太高太高，他得很用力地仰头才看得见。

陌生男生垂着眼皮看他，眼底情绪不明。

这种打量的目光在十三岁的小孩心里实在不算友善。

但男生样貌太帅了，简茸呆呆地看了他一会儿，才学着网吧老板瞪眼，凶巴巴地问干什么。

男生没说话，只是从口袋里掏出一张入场券，包着刚买的咖啡递给他。

简茸虽然小，但也明白这是什么意思，他刚犹豫要不要收下，男生又忽然收回手，转身回了网吧。

小简茸觉得自己被耍了，气得要死，又觉得自己打不过那个人。于是他把气撒在刚被拍过的头发上。

直到男生又出来。

这次对方手上多了一瓶牛奶。男生看到简茸正在揉自己的头发，疑惑地皱了一下眉，但没多问，把入场券和牛奶一起重新递了过来。

"你想看就来。"男生的嗓音有些低沉，"你不想看，就拿进去卖点钱。"

几秒后，他又道："但是只能按票价卖。"

简茸怔怔地接过他递来的东西，一时间没应，也忘了说谢谢。

票上写着"《英雄联盟》LSPL总决赛入场券"，时间就在当天下午。

那时，他已经玩了两年的《英雄联盟》，虽然不知道"LSPL"是什么东西，但能看出是一场比赛。

男生的手机响起，他看了一眼来电显示，接起电话道："我马上回去。"

等小简茸回过神，男生已经过了马路，只剩下一个模糊的背影。

后来他拿着那张票进了网吧，跟人谈好了价格，比原价要贵两倍。

对方边骂他是小黄牛边掏钱，当对方把钱递过来时，他忽然想起男生递票过来时的眼神。

简茸反悔了，抱着票跑了。

然后他走路去了比赛场馆。工作人员因为他年纪小，犹豫好久才放他入场。

等了十分钟，他看到那个男生抱着键盘走上了比赛场地。

他穿着自己上午刚见过的黑色卫衣和牛仔裤，绷着嘴角不跟周围的人说话，鹤立鸡群似的站在众人中间。

解说只有一位，带着口音向大家介绍——这位是TTC战队的打野选手，Road。

……

车子停下，简茸倏地回神，立马合上眼。

"到了。"路柏沅停稳车，关掉车子引擎。

路柏沅见身边的人没动静，盯着他颤颤巍巍的睫毛看了几秒，笑着别开眼。

"简茸，你装睡的技术比你装作打不过对面还差。"

— 第一册完 —

图书在版编目（CIP）数据

我行让我上 / 酱子贝著 . -- 北京：北京燕山出版社 , 2021.6 (2021.11 重印)
ISBN 978-7-5402-6104-7

Ⅰ . ①我… Ⅱ . ①酱… Ⅲ . ①长篇小说 – 中国 – 当代 Ⅳ . ① I247.5

中国版本图书馆 CIP 数据核字 (2021) 第 122326 号

我行让我上

作　　者： 酱子贝
责任编辑： 王月佳
装帧设计： 白砚川
封面绘制： 好省 Suuygo
出版发行： 北京燕山出版社有限公司
社　　址： 北京市丰台区东铁匠营苇子坑 138 号 C 座
电　　话： 010-65240430（总编室）
印　　刷： 长沙鸿发印务实业有限公司
开　　本： 710mm×1000mm　1/16
字　　数： 267 千字
印　　张： 20
版　　次： 2021 年 8 月第 1 版
印　　次： 2021 年 11 月第 2 次印刷
定　　价： 58.00 元

版权所有　盗版必究